卵料理のカフェ⑧

気むずかし屋にはクッキーを

ローラ・チャイルズ　東野さやか 訳

Eggs on Ice

by Laura Childs

コージーブックス

JN190992

EGGS ON ICE
by
Laura Childs

This edition published by arrangement with Berkley,
an imprint of Penguin Publishing Group,
a division of Penguin Random House LLC
through Tuttle-Mori Agency,Inc.,Tokyo

挿画／永野敬子

謝辞

サム、トム、グレイス、ロクサーヌ、タラ、ジェシカ、ボブ、ジェニー、トロイ、また、バークレーの装幀担当、イラストレーター、ライター、広報担当、営業のみなさまに深く感謝します。みんなすばらしい仲間です。また、すべての書店関係者、書評家、ブロガーのみなさんもありがとう。いつも応援してくれるやさしい読者のみなさんとフェイスブックのお友だちにも感謝の念でいっぱいです。みなさんのために書くのが楽しくてしかたありません！

気むずかし屋にはクッキーを

主要登場人物

スザンヌ・デイツ……………………………カックルベリー・クラブ経営者
トニ・ギャレット……………………………スザンヌの親友。同店の共同経営者。給仕担当
ペトラ…………………………………………同店の共同経営者。調理担当
ジュニア・ギャレット………………………トニの別居中の夫
サム・ヘイズレット…………………………医師。スザンヌの婚約者
アラン・シャープ……………………………弁護士。法律事務所を経営
ドン・シンダー………………………………弁護士。アランの事務所の共同経営者
アンバー・ペイソン…………………………アランの事務所の事務員
モブリー………………………………………町長
テディ・ハードウィック……………………舞台監督
ヨーダー師……………………………………牧師
イーサン・ジェイクス………………………副牧師
ロイ・ドゥーギー……………………………保安官

1

まさにディケンズの世界そのものだった。ビロードのトップコートにシルクのアスコットタイ、劇場内に響きわたる似非《えせ》イギリス風アクセント、キーライトが照らしている書き物机には、黒い帳簿がうずたかく積まれている。いい感じ。

「完璧な配役だわ」舞台袖からのぞきながら、スザンヌ・デイツは友人のトニに小声で言った。「アラン・シャープさんにエベニーザ・スクルージを演じさせるなんて」

「わが町の気むずかし屋にぴったりの役だね」トニは含み笑いを洩らした。「いい演技をするのも当然だよ」

クリスマスまであと数週間という日曜の夜、キンドレッド演劇集団は『クリスマス・キャロル』上演に向けて、初の舞台稽古をおこなっていた。スザンヌとトニはカックルベリー・クラブにクリスマスの飾りつけをする仕事をサボって、衣装、大道具、照明を手伝っていた。いまふたりは、改装したオークハースト劇場の薄暗い袖にいて、町の住民がなかなか達者な演技を披露するのを見ていた。

「バド・ノルデンをごらんよ」トニが言った。「二トンの除雪機を運転する大きなブサ男くんが、ここまでボブ・クラチットになりきるなんて誰も思ってなかったんじゃないかな」

「彼はいい演技をしてるわ」スザンヌは言った。「ほかのキャストもね。科白《せりふ》を暗記してきてるし、ちゃんと感情がこもってる」舞台にあがったことも、ハイスクールのミュージカルで歌ったこともないスザンヌは、袖で待機する係で満足だった。「ほら、あそこ、モブリー町長がどたどた歩きまわってる。あの人ですら百十パーセントの力を発揮しているわ」

「あいつの場合、そんなふうになるのは、投票箱に細工するときくらいなものだよ」

「そうだとしても」とスザンヌは言った。「今回にかぎって言えば、モブリー町長も地元のためにがんばっているじゃないの」

「あたしだって言葉じゃ言い表わせないくらいがんばってるよ。だって、どのロープを引けば緞帳《どんちょう》があがって、どの滑車が背景幕をおろすのか、いまだに覚えられないんだからさ」トニは長々とため息をついた。「おまけに照明ときたらいまいましいったらないよ。キーライトとクリーグライトの区別もつかなくて、自分がどうしようもないでくの坊に思えてきちゃうんだ」

「そんなに思いつめないの」スザンヌは言った。「いまはできなくても、ちゃんとできるようになる。そのためのリハーサルなんだから」スザンヌのほうもスモークマシンと格闘中で、どうすれば雰囲気のある霧が出せるのか苦労していた。少なすぎれば、なにもかもがピンボケになる。多すぎればステージ全体がオーキフェノーキー湿地の霧深い夜のようになってしまう。

「こんなこと、はやく終わらせたいよ」トニは言った。「初日は今度の土曜日なのに、いまから心配で心配で、つけ爪をかみすぎちゃったよ」彼女はおなかをなでた。「おまけになんかおなかもむずむずしてるしさ」

「いいことを思いついた」スザンヌは言った。「今夜、みんなが帰ったあと、ふたりだけで裏方のリハーサルをしましょうよ。どの滑車がどんな働きをするのか確認するの。必要なら全部のロープにラベルを貼ればいい。照明のスイッチにもね。そうすれば、初日のことであれこれ思い悩まなくてすむわ」

トニと、それからもうひとりの仲間であるペトラよりも、スザンヌは冷静にものを考えられるし、日々の生活に対して現実的なアプローチが取れる。カックルベリー・クラブでやっかいな問題に対処するのも、無謀な計画に浮かれるふたりを思いとどまらせようと説得するのもスザンヌだ。しかも、トニとペトラが音をあげる面倒な財務と人事も一手に引き受けている。言い換えるなら、スザンヌは理性の声だ。

四十代後半のスザンヌはまた、この町で医師として働くサム・ヘイズレットと最近婚約した。肩まであるシルバーブロンドの髪と涼しげな青い瞳をした彼女は自信にあふれ、それがスリムなブルージーンズにスエードのジャケットという服の好みにも反映している。今夜着ているのも、それとまったく同じ組み合わせだ。

いっぽうトニは、カックルベリー・クラブの自称〝お色気担当〟だ。銀色のスタッドで装飾したジーンズに、胸の谷間が見えそうな体にぴったりしたカウガールシャツというスタイルがお気に入りで、赤みがかったブロンドの髪はたっぷりあるのに、つけ毛を見ると、とにかくつけてみずにはいられないたちだ。

「この演目に出演者がこんなにたくさんいるなんて知らなかったよ」トニは息をつめてスイッチを操作し、ぴったりのタイミングで照明を落とした。「やった、うまくいった」と小さく快哉《かいさい》を叫んだ。芝居は第二幕の終盤に差しかかり、彼女は落ち着かない様子で緞帳をおろすタイミングをはかっていた。「いち、にの……」ごちゃごちゃしている頭上のロープと滑車につながっている太くて赤いロープをつかんだ。「これでいいのかな、それともべつの……？」

舞台から引っこんできた役者たちがふたりのわきをぞろぞろと通りすぎ、舞台裏に消えていく。ノルデン、モブリー、その他六名。

「まだ緞帳をおろしちゃだめ」スザンヌは小声でわめいた。「ここは照明を落とすの。だってこのあと幽霊が登場することに……」

トニがてのひらでスイッチを叩き、舞台全体が真っ暗になった。

「こんなに暗くしちゃだめだってば」スザンヌは言った。「観客席からうっすらなにか見える程度じゃないと」

トニは照明用のスイッチプレート全体に手を這わせ、ひとつのスイッチを探りあてた。

「これかな？」スイッチを操作すると、上から不気味な青い光が射した。

「それでいいわ」スザンヌは小声で言った。

「ちょっとコツがわかってきた気がする」トニの声にはほっとした気持ちと、裏方としてのささやかな自信がにじんでいた。

スザンヌは腰をかがめ、スモークマシンのスイッチを入れた。たちまち、白い霧が吐き出され、舞台全体にひろがった。

「ちょっとちょっと、それだと多すぎるよ」トニがたしなめた。

スザンヌは装置の目盛りを戻して、ちょうどいい噴霧状態に調節すると、手もとの台本に目をやった。ほの暗い明かりのなかで流れを追おうとした。「さてと、このあと幽霊が下手から登場して……」

「出てきた」

見ると、幽霊がぴったりのタイミングでふわふわと登場した。客席の前から数列のところにすわって、次に舞台にあがるときを待っているほかの役者たちが、しんと静まり返った。

灰緑色の長いローブをまとい、顔が陰になるよう頭巾を目深にかぶった幽霊は、大仰な仕種で舞台上を動きまわった。

「あれは誰？」袖からのぞきながらトニが訊いた。

スザンヌは首を横に振った。「さあ。テディ・ハードウィックさんが配役を発表した場には居合わせなかったから」

「でも、あの幽霊は上手だね。すごくリアルだもん。誰がやってるのか知らないけどさ」

幽霊がものものしいポーズを決め、復讐の亡霊のように両腕を振りあげた。「ウォォォー」くぐもった声が舞台を駆けめぐり、関係者しかいない劇場に響きわたった。

「怖い。それにとてもリアルだわ」スザンヌは幽霊の衣装を製作したのは誰か調べること、と心にメモをした。灰緑色という色合いといい、ゆったりとしたチーズクロスといい、とても真に迫った衣装だ。あの世から本物の幽霊が現われたとしか思えない。

「いままでのところ、ここが最高の場面だね」トニがうっとりした表情で進行を見守りながら言った。

ふと気がつくと、幽霊はすばやい動きでスクルージ役に近づくと、デスクに向かっている彼を抱きしめた。

「スクルージ」幽霊は悲しみのこもった声で呼びかけた。「スクルージ」するると、ほんの一瞬、スクルージと幽霊がひとつに溶け合い、あの世のダンスのような奇妙な動きをした。やがて幽霊はスクルージを放し、舞台の反対側の袖にふわふわと消えた。

「いいね、いいね」トニは調光器に手をかけて、青い照明をゆっくり暗くしていき、ほのかな光にまで落とした。

「完璧」スザンヌは小声で言った。

「スザンヌ？」背後で困惑した声がした。

振り返ると、キンドレッド・ベーカリーのオーナーのひとり、ビル・プロブストがじっと見つめていた。緊張で顔がこわばり、灰色のネッティング生地でできた幽霊の衣装を身に着けている。

「ごめん」ビルは言った。「出番の合図をすっかり聞き逃しちゃって」

「え？」スザンヌはぱちぱちとまばたきを繰り返し、舞台に目を向けた。アラン・シャープ演じるスクルージがスローモーションで再生しているみたいに、ゆっくりとした動きで書き物机に突っ伏していくところだった。

「ここで幕をおろすよ」トニが得意げに叫んだ。スザンヌたちに背を向けているので、ビルがいることにはまだ気づいていない。彼女が滑車を作動させたとたん、重たいダマスク織の幕がいきおいよくおりた。

けれどもスザンヌの目はまだ舞台に向いていた。ちょっと待って、と心のなかでつぶやく。頭のなかで切羽詰まった警報音が鳴り響いている。本物の幽霊役がわたしのすぐ隣に立っているなら、アラン・シャープを相手に演技していたのはいったい誰？

「アンコールはどうすんの？」トニが幕を途中まであげ、そこで舞台を見やった。

不気味な青い照明に照らされ、アラン・シャープはまだデスクに突っ伏していた。頭を低く垂れたその姿は、昏睡状態に陥っているようにも見える。

前から数列のところにすわっている役者たちから、ぱらぱらと拍手があがった。全員が感動的な山場に深く感じ入っているようだ。けれども、拍手がやんでしばらくたっても、シャープは起きあがっておじぎをする様子をまったく見せなかった。

メソッド演技法の一環かしら？　それとも、それよりはるかにおぞましいことが起こっているの？

スザンヌが行動に移ろうとした瞬間、トニが肘であばら骨のところを突いて小声で言った。

「シャープのやつ、ちょっとやりすぎだと思わない？　だってさ、あいつはジェレミー・アイアンズってわけじゃないし、ここはグローブ座じゃないんだからさ」

シャープがまだぴくりとも動かないのを見て、スザンヌはゆっくりと、ほとんど仕方なしに、自分なりに考えをまとめはじめた。謎の幽霊、死を招くような抱擁、ぐったりと倒れているアラン・シャープから結論を導き出そうとした。

「なんてこと」スザンヌはあえぐような声を洩らした。「あれは演技じゃないわ！」

「え？」トニが叫んだ。

「シャープさんはおそらく……」

スザンヌは最後まで言い終わらずに、舞台に駆け出した。アラン・シャープのだらんとして動かない体をまわりこみ、首の脈をとってみたが……なにも感じなかった。息をしている様子はなく、その他の生きている兆候もなかった。

おぞましいものを発見したショックで動揺しながらも、スザンヌはくるりと向きを変え、客席にいるもの問いたげな十人ほどの顔を見おろした。

「救急車を呼んで！　アラン・シャープさんがたいへんなことになってる！」

役者も裏方も全員が長いことその場で固まっていたが、やがて数人が冷静さを取り戻し、電話を操作しはじめた。その頃にはスザンヌはすでに向きを変え、全速力でトニのわきを走りすぎていた。そのまま、真っ暗な舞台裏に飛びこんだ。

すぐ前方からは足音が――あわただしく走り去る足音が聞こえるものの、顔の前に手をかざしてもほとんど見えない。奥のほうに非常口をしめす赤い光がひとつあるのをのぞけば、舞台裏全体は墓場のように真っ暗だった。逃げる謎の幽霊を追いかけて衣装ラックをかわしたとき、背筋がぞくりとした。ぼんやりとした赤い光のせいで、ヴィクトリア朝のセットが血で真っ赤に染まっているように見えたからだ。

「とまりなさい！」スザンヌは大声で呼びかけた。その声が反響して戻ってくるなか、ずらりと並んだ楽屋をまわりこむと、十歩ほど前方に幽霊がいるのが見えた。「あなたに言ってるのよ」

幽霊はまったく従わず、片手ですかし箱をひっくり返した。

スザンヌはよろけ、片膝を冷たいセメントの床にぶつけてしまった。すぐに体勢を立て直し、ひっくり返ったすかし箱をおぼつかない足取りで飛び越えた。前に目をやると、幽霊はまたスピードをあげ、書き割りを突きやぶり、ヴィクトリア朝風の街灯を倒しながら裏口に向かっているところだった。

スザンヌは気持ちをいっそう奮いたたせると、角をまわりこみ、埃《ほこり》をかぶった古い家具セットのわきを走りすぎた。古い劇場のいちばん奥にあたるこのあたりは、空気がよどみ、かびと腐敗のにおいが立ちこめている。心臓が激しく脈打ち、こめかみのあたりを血がどくどく流れていくのがわかる。暗くてしんとしていて、まるでお墓のなかにいるようだ。ただし、いるのは自分ひとりではない。

べつの角を曲がると、前のほうで灰緑色のチーズクロスがはためくのが見え、それを追って金属の階段をカンカンと音をさせながら駆けおりた。

おりきったところでスザンヌはためらった。こんなことをして大丈夫？　さっきの幽霊はどこ？　そのへんで待ち伏せをしているんじゃない？

なにか武器になるものはないかとあたりを見まわした。薄明かりのなか、折りたたみ椅子、古新聞の束、道具箱が見える。手をさっとのばし、さびついた金槌《かなづち》をつかんだ。そろそろと持ちあげ、重さを確認し、これがいざというときに身を守る武器になってくれることを祈った。

音をたてないようゆっくりした足どりで闇のなかを歩き出した。

幽霊は襲いかかるタイミングを待っているんだろうか？　すでにひとり殺しているのだから、もうひとり犠牲者を増やすこともためらわないだろう。

前方に狭い廊下が見えてきた。壁に背中をぴったりつけ、そろそろと前に進んだ。

すると、少し先に、劇場の裏口に向かう幽霊の姿が見えた。

「とまりなさい！」スザンヌは叫ぶと、急ぎ足で追いかけはじめた。

幽霊が急停止して、スザンヌを振り返った。頭巾と小刻みに揺れるチーズクロスが全身を覆っている。幽霊は血痕がてらてら光るおそろしげなハンティングナイフを振りあげると、先端をスザンヌのほうに突き出した。

スザンヌは心臓が口から飛び出そうになるのを感じ、ぱっと飛びのいた。

うそでしょ！

スザンヌは目を大きくひらき、肩で息をしながら幽霊を呆然と見つめた。厚手の頭巾のせいで、あいかわらず顔が見えない。その手にはナイフがしっかりと握られている。スザンヌは一歩うしろにさがった。さらにもう一歩。

わたしったら、なにを考えていたの？　とんでもない間違いだったわ。

幽霊はナイフを高くかかげると、刃が垂直になるように傾けた。なんだか、中世の記号を描くか、祝福を授けるかするように見える。

スザンヌの心臓が恐怖で縮みあがった。もうトニは緊急通報してくれたかしら？　ほかに誰か追ってきてる人はいないの？　わたしはこのおかしな男の次の被害者になるしかないの？

次の瞬間、幽霊はくるりと向きを変え、ずっしりと重い鉄の楽屋口を蹴りあけた。ドアが外の壁にぶつかって鈍い音をたてると同時に、氷のように冷たい風が吹きこんで、ちょっとした霧氷の嵐が起こった。数秒後、幽霊は外に飛び出し、ざくざくという鈍い足音をさせながら路地を行き、凍るような闇に溶けこんだ。

2

悲劇であり、喜劇でもあった。悲劇なのは舞台で人が血を流して死んでいるから。喜劇なのは幽霊が犯人だとトニが信じ切っているからだ。

「あの幽霊がするするっと出てきたとたん、温度が十五度もさがったもん」トニが言った。

「それに、絶対、なんか変なにおいがしたし」

「変なにおいって？」スザンヌは訊いた。

トニは顔をくしゃっとさせ、両手を揉み合わせた。「うーん、たとえて言うなら……硫黄かな？」

「安物のアフターシェーブローションじゃないのはたしか？」おかしなことなどなにひとつないはずなのに、スザンヌはまだ、まじめな顔をするのに苦労していた。

「ちがうってば。幽霊が地獄の底からよみがえったんだよ、きっと」

ロイ・ドゥーギー保安官と部下のエディ・ドリスコルがただちに劇場に駆けつけた。ふたりはカーキ色の制服とシュノーケルパーカとスノーブーツといういでたちであわただしく中央通路を走ってくると、アラン・シャープの体を調べて本当に死んでいることを確認した。

それが終わると、スザンヌが語る殺人事件の目撃談とそのあと犯人を追跡した話に耳を傾けた。しかしながら、トニの説明を聞くとふたりとも頭をかいた。

「本物の幽霊の仕業なんだってば」トニは言いつのった。

「わたしが追いかけたのが正真正銘の幽霊だったのなら、本物のソレルのブーツを履いていたことになるわ」スザンヌは言った。「裏口を出ていくとき、ちゃんと見えたもの」

「だが、顔は見ていないんだな？」ドゥーギー保安官はスザンヌに訊いた。

「幽霊なんだから見えるわけないじゃん」トニがぼそぼそ言った。

「男の顔はまったく見てないわ」スザンヌは保安官に言った。「ずっと頭巾を目深にかぶってたから」彼女はそこでトニのほうを向いた。「あれは生身の人間よ、トニ。幽霊なんかじゃない」

「男《マン》だというのはたしかですか？」ドリスコル助手が訊いた。人間《マン》に決まっているだろうという目を向けられ、彼はつけくわえた。「女じゃなくて」

スザンヌはこっくりとうなずいた。「そうだと思う。変装していたけど、それでも背は高かったし、声もかなりハスキーだったから。それに追いかけていくと……振り返ってわたしを脅してきたの」

「どんなふうに脅してきた？」保安官が訊いた。「言葉でか？」

「まず、大きなハンティングナイフを振りかざして、それから殺してやるとばかりにナイフの先端をわたしに向けてきたわ」

「そいつはそうとう深刻な脅しと言える。　男はあんたに話しかけたか？　声に聞き覚えはなかったか?」

スザンヌは首を横に振った。「ううん。低くてしゃがれた声でぼそぼそ言ってただけだもの。わざと声を変えているみたいな感じがした。ほら、俳優のニック・ノルティがいつもそういうしゃべり方をしてるでしょ?」

「犯人は声を偽装していた、と」ドリスコル助手がらせん綴じの小さなノートにメモを取りながら言った。

六人が即席の演劇一座のように舞台上に集まっていた。スザンヌ、トニ、ロイ・ドゥーギー保安官、ドリスコル保安官助手、芝居の舞台監督をつとめるテディ・ハードウィック、そしてすっかり事切れているアラン・シャープ。保安官の指示で、ほかの出演者は観客席にじっとすわっていた。

「やっぱり本物の幽霊だったんだよ」トニが言った。「劇場に幽霊が出るって話のなかには、ちゃんとした裏付けのあるものもあるんだ。トラベル・チャンネルで幽霊が出る劇場を取材したシリーズを放送してるくらいなんだからさ」

「でも、あの幽霊は刃がぎざぎざしたおそろしいナイフをアラン・チャープさんのおなかに突きたてたうえに、それをわたしの顔の前で振ったのよ」スザンヌは言った。

「幽霊成分が足りなくなってたんじゃないのかな」トニは自説をあきらめきれずに言い返した。

「ちがう。あの人は……犯人は……生身の人間だった。恐ろしいことに」あの幽霊が発した敵意にはリアルな迫力が感じられた。

「目の前にあるのは正真正銘の殺人事件だ」ドゥーギー保安官が言った。「必要なのは悪魔祓《ばら》いじゃない。ひたすら捜査するだけだ」彼は両脚を大きくひらき、両手でガンベルトをつかむと、カーキ色のズボンを引っ張りあげた。保安官はもじゃもじゃの白髪頭と肉づきのいい顔をした大男だ。動きがゆっくりなせいか、頭の回転もはやくないと人から思われている。でも、実際はちがう。頭は切れるし、十五手先を読めるチェス・プレーヤーのような読みの深さもそなえている。それに、牧師や年配のご婦人に気がきくからといって、怒らせてもガラガラヘビのような怖さはないという話にはならない。

「まったく同感です」ハードウィックが言った。「芝居の進行に差しつかえないよう、さっさと事件を解決してもらわないと。役者たちの評判に変な疵《きず》がつかないためにも」ハードウィックは三十代なかば、きまじめな感じの男性だ。今夜は黒っぽいスラックスに色の褪《あ》せた青いセーターを合わせ、首にロングスカーフを巻いていた。いかにも芸術家という感じがする。

「筋道をたてて考える必要がある」ドゥーギー保安官は言った。「考えうる動機をすべて精査しないとな」

「幽霊はスクルージ役をやりたかっただけかもしれないよ」トニが言った。

「そんな冗談みたいな話ではないでしょう」ハードウィックは言った。「もっと深刻な事態です」

「アラン・シャープを嫌っていたやつというと誰がいる?」保安官はほとんど自分に問いかけるように、ぼそぼそと質問を発した。

「みんなよ」スザンヌは答えた。「シャープさんは卑劣な弁護士で、いろんなことに頭を突っこんでいたもの。政治とかうさんくさい不動産取引とか。町や郡からありとあらゆる形のリベートを受け取っていたし。それに忘れないでほしいんだけど、あの人は刑務所の理事会を追い出されたのよ」シャープを亡き者にしようとした人がいままでいなかったことのほうが驚きだ。そのくらい、彼は嫌われていた。

ドゥーギー保安官はブーツのかかとに体重をあずけた。「この町の議員をつとめていたとはいえ、たしかに人格者というわけではなかったな」

ドリスコル保安官助手が喉の奥から低い声を洩らした。「それでも、われわれは法を遵守することを誓った身です。ありとあらゆる犯罪行為を全力で追及しなくては」

「おれに法執行官の心得を説教してくれるにはおよばないよ、エドワード」保安官は言った。

「シャープを殺した犯人を突きとめ、逮捕し、法の裁きの場に引き出してみせる。犯人がどこかでへまをしてくれれば……そこから突破口がひらけるだろうよ」

「では、まずは証拠集めですね」ドリスコル助手は言った。

保安官はうなずいた。「車から鑑識キットを持ってきてくれ」

ドリスコル助手が写真を撮ったり、証拠保存のためにアラン・シャープの手に袋をかぶせたりしているあいだ、ドゥーギー保安官はドリースデン&ドレイパー葬儀場の経営者であるジョージ・ドレイパーに電話をかけた。

「シャープさんを葬儀場に運ぶの？」スザンヌは訊いた。

「そうじゃない。ドレイパーに電話したのは、霊柩車を持っているのがやつだけで、郡が契約しているからだ。シャープの遺体を病院まで搬送して、遺体安置室に預けてもらうんだよ。ひょっとしたら、外部の鑑識の専門家に来てもらうことになるかもしれん。場合によってはセント・ポールにいる州捜査官に連絡することもありうる」

「だったら、外の足跡も調べないと」

「そうしよう」

スザンヌとドゥーギー保安官は楽屋裏をくねくねと進み、短い階段をおりて外に出た。たちまち冷たい風に乗った雪がふたりの顔に吹きつけた。路地には茶色の不恰好な大型ごみ容器がひとつあるだけで、隣の建物に明かりがひとつついているほかは真っ暗だ。けれども、人の目には見えない光が当たっているみたいに、真っ白い新雪がほのかに光っている。

「ふむ」保安官はオオカミのようにあたりのにおいをくんくんと嗅いだ。「犯人はこっちに逃げたんだな？」

「そうよ」吐いた息が白い筋となって夜に溶けていき、スザンヌはぶるっと身を震わせた。コートを着ていないせいではなく、あとちょっとのところで二人めの被害者になっていたかもしれないと思い出したから。本当にあぶなかった。

保安官はちらりと目をやり、雪に二インチほど沈んだひと組の足跡を指でしめした。

「あれが犯人の足跡か？　あっちに逃げたんだな？　追いかけて証拠をめちゃめちゃにしてないだろうな」

「してないわ。怖くてそれどころじゃなかった。だから、あれはまちがいなく犯人の足跡よ」

ドゥーギー保安官は携帯電話を出して膝をつき、何枚か写真を撮った。それからポケットからペンを取り出して比較のために足跡のわきに置き、異なる角度からさらに何枚か撮影した。

スザンヌは劇場のなかに引っこみ、どこまで話したものかと考えながらサムに電話をかけた。そうねえ、殺人事件、奇怪な追跡劇、顔の前に振りかざされた大きなナイフ。自宅に戻るまでその話はやめておこう。

サムが電話に出るなりスザンヌは言った。「ごめん、今夜は遅くなりそうなの。待っててくれなくていいわ」

「なにがあったの？」サムが訊いた。

「どうしてなにかあったと思うわけ？」いやだわ、声が震えていたのかしら？

「第一にきみの声だ。それに、ついさっき、ぼくのポケベルが鳴って187を表示した」

「その187というのは……？」

「殺人事件を意味する」

「ありがたくて涙が出るわ、保安官」スザンヌはつぶやいた。

「スザンヌ」サムの声は不自然なほど冷たく、そっけなかった。「ちょっと待って、たしかきみは劇場にいるんだよね。いま送られてきたメールを読んでいるところだ。え……なんてことだ。劇場で殺人事件が発生したとあるけど、きみもまだそこに？」

「ええ……そうなの」

「スザンヌ、大丈夫なのかい？」

「たぶん」

「いったいなにが……？　答えなくていい、いますぐそっちに行く」

そこで通話が切れた。

スザンヌは電話をしまい、舞台裏の楽屋まで歩いていった。外から戻ってきたドゥーギー保安官が足踏みして足についた雪を落とし、懐中電灯であたりを調べはじめていた。

「なにか見つかった？」スザンヌは訊いた。

「ずいぶんと散らかっているな」保安官は顔をあげもせずに言った。

「ものすごいいきおいで駆け抜けたときに、あちこちぶつかったせいだわ、きっと」

保安官は図書室を描いた背景幕を照らした。厚手の紙でできたそれは、上から下までびりびりに破かれていた。「ハードウィックは書き割りをいくつか交換しなくてはいけないようだ」

「主役もね」

「主役の座をねらってたやつに心あたりはないか？　スクルージ役を」

「それについてはなんにも知らないわ。ハードウィックさんに訊いてもらわないと」

「そうしよう」保安官が懐中電灯のスイッチを切り、ふたりは闇に包まれた。「とりあえず、おもてにまわってほかの役者たちの話を聞くとするか」

「偽の幽霊役が舞台に登場したとき、ほぼ全員が観客席にいたと思う」

「だったらひとりくらい、なにか目撃していてもおかしくないな」保安官は言った。


十分後、ジョージ・ドレイパーが到着した。黒い三つ揃いの葬儀用スーツで重々しい雰囲気を醸し、かちゃかちゃという小さな音をさせながら金属製の車輪付き担架を押していた。

それから一分もたたないうちに、サムがドレイパーのあとを追うように駆けこんできた。色褪せたジーンズに灰色のパーカ、テニスシューズという格好で、端整な顔に焦燥の色を浮かべて劇場内をきょろきょろ見まわした。スザンヌが二列めにいるのにようやく気づくと、片手をあげて呼んだ。「スザンヌ！」

スザンヌはサムの顔に不安の色が浮かび、緊張で全身がこわばっているのに気づいて、いきおいよく立ちあがった。彼のもとに駆けつけ、その腕に飛びこんだ。ああ、なんて気持ちがいいの。

「大丈夫？」サムが訊いた。

「いまはもうなんともないわ」

サムはスザンヌの額にキスをし、つづいて唇へと移動した。ほんの一瞬しかつづかなかった。ドゥーギー保安官が手を振りながら呼んだからだ。

「やれやれ」サムは小声で言った。「あと二カ月も郡の監察医をしなくちゃいけないとはね」

「そこへ殺人事件が舞いおりてきた」スザンヌは言った。

「先生」保安官がさっきよりも強引な口調で、また呼んだ。

「どこにも行っちゃだめだよ」サムはスザンヌにそう言い置くと、階段を使わずに舞台に一気に飛び乗り、遺体を検分している保安官とドレイパーに近づいた。三人は顔を寄せ合い、しばらく小声でなにやら話し合った。写真の撮影はまだつづいていた。やがて三人はドリスコル助手に来るように身振りで指示し、四人でアラン・シャープの亡骸を黒いビニールの死体収容袋に入れて、担架に乗せようと持ちあげた。

遺体が乗ると、役者たちは全員が黙りこんだ。ヘイズレット医師の到着と、ひとつの車輪がきいきいいう担架と、黒光りする死体収容袋のせいでシャープの死が生々しく感じられたせいだろう。

「待て！　待ってくれ！」かすれた声が呼びとめた。

全員が振り向くと、長身でわし鼻の男性がロングコートをはためかせながら、通路をよたよたと小走りでくるのが見えた。

「ドン・シンダーさんだわ」スザンヌは隣にすわっているトニに言った。

「アラン・シャープと法律事務所を経営してる人？」トニは訊いた。

「シャープ&シンダー&ヤング法律事務所をね。設立してかれこれ四年ほどになるかしら」

「おい、うそだろ」シンダーはけたたましい声をあげながら舞台に近づいた。骨張った指で担架の上の死体袋を指差した。「あれがアランか？　まさか、ありえない」彼は舞台にあがれる場所を探しまわり、ようやく階段を見つけた。

シャープの遺体のそばに近寄ろうとしたシンダーをドゥーギー保安官が押しとどめた。両肩をつかみ、袖のほうに引っ張っていく。シンダーは細面の顔を真っ赤に染め、両腕をやみくもに振りまわして叫んだ。

「アランが死ぬはずがない！　ついさっき、話したばかりなんだ。共同で声明を出したばかりなんだぞ」絶望感に包まれ、目に見えて動揺していた。

保安官に折りたたみ椅子があるところまで連れていかれると、シンダーは力なくすわりこんだ。

シンダーは懸命に口を動かそうとしていたが、やっとのことでかすれ声を絞り出した。「なにがあったんです？」

ドゥーギー保安官は腰をかがめ、彼なりに理解した一連の出来事について小声で説明した。シンダーはずっと首を横に振りながら言いつづけた。「うそだ、うそだ」

ふたりが話している横で、サムはジョージ・ドレイパーに手を貸して舞台から担架をおろし、それからスザンヌとトニがいる場所へと歩み寄った。

「ここにいても、ぼくたちにやれることはもうなにもない」サムは言った。

「でもまだ、ほら、遺体を調べる仕事があるんじゃない？」トニが訊いた。

「いますぐじゃなくてもいいんだ」サムはいかにも医者らしく、物静かで落ち着いた声で言った。「さあ、家に帰ろう。スザンヌもトニも。どっちの車で来てるんだい？　カックルベリー・クラブからどっちが運転してきたの？」

「どっちでもないの」スザンヌは言った。「ジュニアが乗せてきてくれたから」ジュニアはトニの自堕落で元がつきそうでなかなかつかない夫だ。四年前、ふたりはラスヴェガスまで行って結婚したものの、結婚証明書のインクが乾くより早く、ホテルの部屋代がＶＩＳＡカードで決済されるより早く、ジュニアが地元の海外戦争復員兵協会のウェイトレスに色目を使ったのだ。安物のモヘアのセーターを着て、髪にショッキングピンクのつけ毛をつけたウエイトレスに。

　車はトニのアパートメントに向かった。細かな雪あられがフロントガラスに吹きつけてくる一方、サムのＢＭＷはヒーターががんがんにかかっていた。

「気をつけてね」車から飛び出したトニにスザンヌは声をかけた。

「うん」トニは言った。

「ちゃんと戸締まりするんだよ」サムが注意した。

　そうしてふたりきりになると、暖かい車内で寄り添った。メイン・ストリートを通ってキンドレッドの町の中心を抜け、ファウンダーズ・パークの前を過ぎ、カイパー金物店とラッズ・ドラッグストアなどの小さな商店が入っている築百年にもなる赤煉瓦のビルの前を通りすぎた。とある交差点まで来ると、町役場の職員が移動式クレーンに乗って、あざやかな色の電飾と緑色のモールを取りつけていた。クリスマスの飾りつけだ。

残りあと数ブロックになるまで、スザンヌもサムもひとことも発しなかった。スザンヌは、サムにはなにか言いたいことがあるような気がして尋ねた。「どうかしたの?」

サムは単刀直入に言った。「この件にはかかわらないでほしい」

「もうかかわってるわ。アラン・シャープさんが刺されるところを目撃したんだもの」

「言いたいことはわかってるはずだ」

「いまひとつぴんとこないわ」そう言ったものの、サムが言わんとしていることはちゃんとわかっていた。

「保安官に聞いたけど、きみは犯人を追いかけたそうだね。しかも相手は振り返って、きみに向けてナイフを抜いたそうじゃないか。へたをしたら殺されていたかもしれないんだよ」

まったくよけいなことを言ってくれるわね、保安官ったら。

「保安官は大げさに言っただけじゃないかしら」

「ちがうな。きみのほうがたいしたことじゃないように言っているんじゃないか。その理由もわかってる」

「ねえ、いったいなんの話?」

「首を突っこむのはやめてほしいと頼んでいるんだ」

「自分の身くらい自分で守れるわ」

「アラン・シャープもそう思っていたはずだよ」

たしかに。

サムは黙ってドライブウェイに乗り入れた。ヘッドライトが凍った舗装路をさっと照らし、まだうっすら雪が残っているのがわかる。「スザンヌ、ぼくは監察医だ。どうしていいかわからないよ、もしもきみの……」

「わたしの身になにか起こるなんてありえないわ」

「とにかく、充分に気をつけてほしいと言っているんだ」

「もう、サムったら、わたしのことならよくわかってるでしょ」スザンヌは落ち着いているうえに、ちょっと冗談めかした声を出そうと必死だった。

「たしかによくわかってる。だからこそ、気をつけてほしいと頼んでいるんじゃないか」

3

「殺人事件のことならもう知ってるわ」

月曜の朝、スザンヌとトニがカックルベリー・クラブの勝手口から転がるようにして入っていくと、ペトラが開口一番、そう言った。凍てつくような外気がものすごいいきおいで流れこんだ。

「夜が明けてからWLGN局のラジオを聴いていたけど、ニュース番組はシャープさんが殺された事件をずっと取りあげていたもの。農業レポートの前にもやっていたわ。トップニュースが痛ましい殺人事件で、そのあとは豚の市場価格の概況だった」ペトラはショックと恐怖の入り交じった目でスザンヌとトニを見つめた。「あなたたちもその場にいたんでしょ」

彼女は両手をチェック柄のエプロンのポケットに深く突っこみ、かぶりを振った。「さぞかしおそろしかったでしょうね」

「というか、気味が悪い話でさ」トニが目を輝かせながらコートを脱いだ。

「ううん、ペトラの言うとおりよ」スザンヌは言った。「おそろしかったわ」

「容疑者はひとりもいないんですって?」ペトラはがっちり体形のスカンジナヴィア系で、

気立てのよさそうな顔に、頭は白髪交じり、はしばみ色の瞳は温かみがあって表情が豊かだ。五十代前半のペトラは自信と満足感にあふれ、年齢を名誉の印のようにまとっていた。

「幽霊の仕業かもしれないんだ」トニが言った。

「アラン・シャープさんをよく思わない人の仕業かもしれないわ」スザンヌは言った。

「まあ、それはびっくり」ペトラは言った。「キンドレッド住民の半分は人でなしのアラン・シャープさんをよく思ってないもの。シャープさんを好きじゃなかった人のリストを絞りこむとしたら、ドゥーギー保安官は春の雪どけシーズンまで聞き込みをしなきゃいけないでしょうね」

「保安官になんとしても解決してもらわないと」スザンヌは言った。「みんな、今度の事件にはひどく動揺しているもの」

「クリスマスのお芝居は予定どおり上演するの？」ペトラは訊いた。

スザンヌは肩をすくめた。「さあ、どうかしら」

「ショーはつづけられなくてはならない」トニが言った。「そういう格言があったよね？」

「でも、主人公役が冷酷に殺害された場合はあてはまらないんじゃないかしら」スザンヌは言った。

ペトラは木べらを手にすると、腰をかがめてフライパンをのぞきこみ、ハッシュブラウンをかき混ぜはじめた。「うーん、その〝殺害〟という言葉は好きじゃないわ。この厨房では捜査に関するたわごとは一切禁止にしてちょうだい。気分がふさぐだけじゃなく、罰があたりそうだもの」

「ねえ、トニ」スザンヌは言った。「正面のドアの鍵をあけて、モーニング用にテーブルがちゃんとセッティングされているかたしかめてくれない？　わたしは黒板にきょうのお勧め料理を書くから」そこまで言うとペトラを横目で見やった。「お勧めがいくつかあるんでしょ？」

「最高にすてきな《キラー》お勧め料理がね」言ったとたん、ペトラは手で口を覆った。「えっと、言ってる意味、わかるでしょ？」彼女はエプロンのポケットに手を入れ、三インチ×五インチのレシピカードをスザンヌに渡した。「はい、これをどうぞ、スージー・Q」

スザンヌはお勧め料理のリストを見やった。「エルヴィスのフレンチトースト？」

「なんなの、それ？」トニが訊いた。

「ピーナッツバターとバナナをはさんだフレンチトースト」ペトラは言った。

トニの顔がぱっと輝いた。「すごくおいしそうじゃん」


スザンヌとトニはスイングドアを抜け、カフェで忙しく働きはじめた。電気をつけ、サーモスタットの設定を数度あげ、店内を見まわす。テーブルには淡黄色と白のクロスがかかっているし、塩入れもコショウ入れも砂糖入れも揃っている。けれども、まだナプキン、カトラリー、クリーム入れ、陶器のコーヒーマグを用意しなくてはならない。朝の混雑が始まったら――あと十分もすれば始まるはず――覚悟が必要だ。おなかをすかせたトラック運転手や農業従事者たちが、この店の心のこもったおいしい朝食を目当てに一斉に押し寄せてくる。トニがテーブルセッティングをし、スザンヌはポットふたつにコーヒーを淹れた。フレンチローストとコナブレンド。お茶を淹れるための湯も用意して、ミングローズ柄のすてきなコールポートのポットと中国の白地に青い柄のポットを出した。午後、クリームティーや特別なお茶会のときにお勧めした結果、ティーバッグを使うのをやめて、茶葉から淹れた熱々のお茶を飲むお客が増えてきている。

「スティッキーバンが焼きあがったわよ」ペトラの声が飛んだ。

身を乗り出すと、すでにペトラがアイシングのかかったシナモンとペカンのスティッキーバンをのせたトレイふたつを仕切り窓ごしに寄こしてくれていた。ありがたい。ガラスのパイ容器にスティッキーバンを慎重な手つきで積みあげた。パイ容器が鎮座している古めかしいセラミックのカウンターは、長らく使われないまま放置されていたドラッグストアから昔のソーダファウンテン柄の背景幕を発掘したときに、おまけとして手に入れたものだ。

カックルベリー・クラブはそのほかの部分も負けず劣らず魅力にあふれている。かっこいい金属看板とカラフルに彩色されたお皿が壁を飾り、ペトラの手によるタペストリーも何点かかかっている。オーク材の戸棚にはキャンドル、花瓶、クロス、ガラス食器がおさめられ、店内にぐるりとしつらえられた木の棚には、スザンヌが集めた膨大な数の磁器のニワトリが並んでいる。それこそ、ヒヨコの形をした塩コショウ入れから、赤と緑に彩られた巨大なオンドリまで、ありとあらゆるものが揃っている。

カフェをはさんだ反対側は〈ブック・ヌック〉と〈ニッティング・ネスト〉になっている。古いガソリンスタンドだったこの建物を購入して手を入れた際、おまけの部屋がふたつもついていたのはまさに天の恵みと言える。現在、片方はベストセラー本でいっぱいで、もう片方はキルト用の生地と色とりどりの毛糸が山と積まれている。後者はペトラの好みを反映していて、本人も週に二度ほど、編み物とキルト製作の教室をひらいている。

「黒板のメニューを早く」トニの声が飛んだ。「お勧め料理を書かなきゃ」

「すぐやるわ」スザンヌは返事をした。数分ほどぼんやりしていたようだ。アラン・シャープと……謎の幽霊のことを考えていた。

さてと……ローズマリーのスコーンとスティッキーバン。エルヴィスのフレンチトースト。ハッシュブラウンとターキーのベーコン。朝食用のブリトー。ピーチコブラーのパンケーキ。スクランブルエッグと野菜たっぷりのオムレツ。どれも採れたて食材を使っていて、しかも寒さに負けないための元気がたっぷり詰まっている。

メニューを書き終えると正面の窓まで行き、カフェカーテンをあけて一面の雪を見わたした。雪に埋もれているせいでなにもかも——ドライブウェイ、木立、筋向かいの小さな建物——が真っ白でこんもりして見える。次の瞬間、昨夜、幽霊が手にしていたナイフから真っ赤な血がしたたっていたのを思い出し、急に不安な思いに襲われた。わたしの身は安全？ 人殺しが野放しになっているいま、本当に安全な人なんてこの町にいるの？

　三分後、朝いちばんのお客が現われはじめると、スザンヌは目がまわるほど忙しくなった。お客を出迎えてテーブルに案内し、コーヒーを注ぎ、昨夜の殺人事件の話題が逆風のように吹きまくるなか、聞き耳をたてた。注文を取ってそれをペトラに伝え、急いでカフェに戻ってさらに注文を取った。

「本日のゴシップネタを聞いた？」カウンターのなかに戻るとトニが訊いてきた。「アラン・シャープ殺害事件の話題で持ちきりって感じ」

「もうみんなとっくに知っているのね」スザンヌは言った。

「小さな町だもん」トニは言った。「われらが地下ネットワークにはアメリカ陸軍よりもはるかに優秀な通信員が揃ってる」

「おまけに全員が犯人に関する持論を持っている」

「八番テーブルの男の人はアルカイダの犯行じゃないかってさ」トニは自分の頭を指でこんこんと叩いた。「ばっかじゃないの」

　スザンヌはできあがった朝食メニューを三つ手にし、お客のもとに届けると、また窓の外に目をやった。よく知った顔が駐車場をひょこひょこ歩いてくるのが見えたので、大きく顔をほころばせ、急ぎ足で入り口に向かった。

「ヨーダー牧師さま」スザンヌはあけたドアを押さえながら言った。「おひさしぶりですね」ヨーダー師はカックルベリー・クラブの駐車場の隣にある旅路の果て教会の精神的な支柱だ。背が高く痩《や》せていて、厳格なカルヴァン主義的な雰囲気をたたえている。とはいえ、よく知れば、キンドレッドのなかでも有数の温厚でやさしい心の持ち主だとわかる。

　ヨーダー師はせかせかと入ってくると、体を震わせながらも笑顔になって、薄いコートの袖を手袋をはめた手ではたいた。「おたくのすばらしい厨房からただよってくるおいしそうなにおいの誘惑に、とうとう勝てなくなってしまってね」

「世の中にはいい誘惑というものがありますもの」

「わたしの仲間を紹介しよう」ヨーダー師は言った。「イーサン・ジェイクスだ」

「はじめまして」スザンヌはヨーダー師が連れてきた若い男性と握手した。イーサン・ジェイクスはヨーダー師とは正反対だった。顔はやつれ、額にはしわが寄り、ずっと顔をしかめているように見える。

「ジェイクス師はあらたに牧師として任命され、当教会のあたらしい副牧師となっていただく予定です」ヨーダー師は言った。

「え……まさか、この町を離れるわけではありませんよね」スザンヌは驚きと困惑の色もあらわに尋ねた。

「いますぐというわけではないんですよ。しかし、準備をしておくに越したことはありませんので」

　スザンヌはふたりをテーブルに案内してすわらせ、それぞれにコーヒーを注いだ。

「昨夜、たいへんなことがあったのはご存じですか？　劇場で」

「なんとも痛ましい出来事です」ヨーダー師はかぶりを振った。「ミスタ・シャープもお気の毒に」

それをきっかけに、若いイーサン・ジェイクスがいきなり聖書の一節をそらんじた。「彼は、あなたに益をあたえるための神のしもべである。しかし、もしあなたが悪事をすれば、恐れなければならない。彼はいたずらに剣を帯びているのではない。彼は神のしもべであって、悪事をおこなう者に対しては、怒りをもって報いるからである」

「アラン・シャープさんが悪事をおこなう者とお考えなのでしょうか？」スザンヌはジェイクス師の熱っぽさに気圧《けお》されながら尋ねた。

「そう言っていいでしょう。キンドレッドに来て最初の任務がアラン・シャープに接触することでした。町議会でわたしの意見を代弁し、祈りの日の後援者になってもらおうと思ったのです。しかし、シャープは鼻で笑っただけでした」ジェイクス師は軽蔑するように口をゆがめ、かぶりを振った。「テクノロジー、ポルノ、ドラッグといった悪魔の誘惑が横行する現代社会において、祈りの日は必要不可欠な行事だというのに！」

「まあ、わたしなら、この町の悪人をこらしめる仕事はドゥーギー保安官にまかせておきますけど。正当な処罰をあたえる仕事も」スザンヌはヨーダー師にほほえんだ。「きょうはペトラのオムレツが目当てでいらしたんでしょう？」

「野菜とチーズが入っているやつを。それに紅茶も。軽いコクのお茶があれば」

「いまちょうど、アッサム・ティーを淹れているところです」

「それはいい」ヨーダー師は言った。

「ジェイクス師はどうなさいますか？」

彼は落ちくぼんだ目でスザンヌをじっと見つめた。

「ポーチドエッグをひとつ、なにもつけないトーストにのせたものを」


十一時、ドゥーギー保安官がふらりと現われた。モーニングの客はほとんどいなくなっていたし、ランチで混むにはまだ早い時間だったから、彼は店内を見まわし、邪魔されずにすみそうだと満足すると、大股でカウンターに歩み寄った。お気に入りのスツールに腰をおろし、制帽をむしり取るように脱いで隣のスツールに置いた。おれのそばに寄るんじゃないぞという、明確な警告だ。

スザンヌはブラックコーヒーを注いでやり、スティッキーバンを二個皿にのせ、保安官の前に置いた。彼は訓練された熊のように甘いものに反応をしめした。

「ゆうべは遅くまで劇場にいたの？」

保安官はコーヒーに息を吹きかけてから、ひとくち飲んだ。「訊いてくれるな」

「そうとうたいへんだったみたいね」

「まあ、仕方ない。やっかい事といらだちは手に手を取ってやってくると相場が決まっているからな」

「役者さんたちからの事情聴取はどうだったの？」

「たいした収穫は得られなかった。バターを少しもらえるか？」

「つまり、まともな手がかりは出てこなかったということ？」スザンヌはバターを四かけら、保安官に出した。

「そういうことになる」ドゥーギー保安官はスティッキーバンにバターを塗ってひとくち食べ、なにか考える顔で口を動かした。「あんたがなにか思い出したんじゃないかと期待してたんだがな。ほら、日があらたまったから」彼はスツールにすわり直した。「じっくり考える時間があったことだし、きのうの話につけくわえることはないか？　ひと晩寝てなにか思い出さなかったか？」

「幽霊を見たことしか記憶にないわ。もちろん、偽物の幽霊だけど」

ドゥーギー保安官は周囲を見まわしてから、スツールにすわったまま身を乗り出し、秘密めいた顔でスザンヌを見つめた。「だが、そのせいでこの件は異様なほどおそろしいものになっている……頭のいかれた野郎は幽霊の衣装を前もって準備していたんだからな。つまり、アラン・シャープ殺害は前もって計画されていたってことだ」

「それも用意周到に」スザンヌはその言葉の持つ意味に背筋がぞくっとした。昨夜は衣装にまで考えがおよばなかったが、たしかにそう言われれば納得できる。

「十人以上もの人間が見ている前でアラン・シャープを殺害できるほど大胆不敵な人物によって計画され、遂行された」

「もしかしたら犯人は危険な反社会的人格なのかも」

「たしかに、そういう意見は必ず出てくる。だがたいていの場合……」保安官はそこで口ごもり、ぼんやりと考えこむ顔になった。「人が殺人をおかす場合、そいつを駆りたてる理由があるものだ」

「動機ね」

保安官は大きくうなずいた。「怒り、恨み、嫉妬、政治理念などいろいろある」

「昨夜、とても重要な質問をしたわよね。アラン・シャープさんを嫌っていたのは誰かって」

「訊いたあとで、すぐにあんたは答えたよな。この町の住民のほぼ全員だと」

「つまり、容疑者は山のようにいるってこと」

「しかも話を聞くたびに、山は高くなるいっぽうときてる。誰もかれもがシャープに不平不満のたぐいを抱いていたみたいだ。おれも何度となくあの男と話す機会があった。たしかに、最低の下種《げす》野郎だよ」

「それで、これからどうするの?」

保安官は困ったような顔をした。「聞き込みをつづける。シャープの財務状況と、ビジネス上の利害関係について調べる。それでなにかわかるかもしれん」そこで彼はずるずると音をたててコーヒーを飲んだ。「今回の事件では住民は心底怯えてる。ものすごいプレッシャーを感じるよ。モブリー町長なんか、町議会を臨時招集したくらいだ」

「住民が怯えるのは当然だわ」

「おれもそれは理解してる。だが、それで捜査が楽になるわけじゃない。シャープを殺した犯人はけさ、この店で朝めしを食ってたかもしれないんだぞ。口のなかをフラップジャックでいっぱいにして、誰にもあやしまれていないことに、ひとりほくそえんでいたかもしれない」

「そんなことを言って、わたしを怖がらせようとしたってだめよ」

「そんなつもりじゃない。ただおれは、今度の事件がえらく異様に思えてな。それに、半分凍った湖でカーレースに興じる若造どもを取り締まったり、二件の家宅侵入を捜査したりで、おれにはやらなきゃいけないことがほかにもたくさんあるんだよ」

「わかった。いますぐベーコンエッグをお皿によそってあげる。きょう一日を乗り切るのに必要なタンパク質を補給しないとね」スザンヌは仕切り窓のほうを向いて、ペトラに注文を伝えた。そして、いましがた保安官から聞いた話を振り返った。殺人犯が朝食を食べにこの店に来たか、ランチを食べに来るかもしれないという話を。その場合、彼女にはなにもできることはない。

それともあるの？

4

「それ、さっきやったんじゃなかったっけ？」トニが訊いてきた。

スザンヌは黄色いチョークを持ったまま振り返った。「なんのこと？」

トニは黒板をしめした。黒い表面にあざやかな色の丸文字が躍り、お勧めメニューのいくつかを星の印で目立たせてある。「メニューを書く仕事」

「楽しいとあっという間に時間がたっちゃうわね。いま書いているのはランチのメニュー」

トニは目をむくと、あわてて腕時計に目をやった。「うっそー、もうそんな時間？」それから時計を指で叩いた。「またとまってるよ、もう」

「それ、誕生日にジュニアからプレゼントされたもの？」

「うん。カウンティ・フェアのクレーンゲームで取ったんだと思うけどさ。使い捨てライター、キューピー人形、ブリキのバックルなんかが山をなしてるなかから、吊りあげたんじゃないかな」

「質屋で手に入れたのかもよ」

「たしかに、ジュニアは質屋が大好きだもんね。高くて買えないものがあると、なにか質入れするんだ。工具、タイヤ、釣り具、船外機」彼女は一歩うしろにさがって黒板に目をこらした。「それ、なんて書いてあるの？　オウム《パロット》のスープ？」

「ニンジン《キャロット》のスープ。あとはチキンのミートボール、ブラック＆ブルーバーガー、ハムとチーズのホットサンド。そうそう、それに冬のサラダプレートも」

「男どもはあんまりサラダは好きじゃないと思うけど」

「これはボリュームたっぷりのサラダよ。刻んだリンゴ、くるみ、フェタチーズ、ドライクランベリーをバルサミコ酢のドレッシングであえてあるの。だいいち、好みでなかったらほかのメニューをオーダーすればいいだけでしょ。はい、これ」スザンヌはトニにチョークを差し出した。「あとはやってもらえる？　わたしは〈ブック・ヌック〉に駆けこんで、UPSがけさ入り口のところに無造作に置いていった宅配便を全部あけなきゃいけないから」

スザンヌは〈ブック・ヌック〉に入ると、ナイフを手に段ボール箱をせっせとあけていった。それが終わると、新着本を棚に並べはじめた。光沢のある色彩豊かな本のカバーや、ガーデニング、ミステリ、ロマンス小説、歴史小説が並んで息を吹き返した本棚を見ていると心が満たされてくる。地元在住のロマンス小説家のカーメン・コープランドの小説、『王に口づけを』が届いているのもほっとした。しかも出版社はカーメンの本を一ケース分も送ってきていた。

カーメンのサイン会の日程を決めなくては。もっとも、その手のイベントはちょっと不愉快なものになりがちだ。隣のジェサップという町にあるだだっ広いヴィクトリア朝風の豪邸に住むカーメンは、全体の一パーセントに属するリッチな気取り屋で、しかも残り九十九パーセントにその事実を常に意識させるからだ。

新刊本をすべて棚におさめると、スザンヌはクリスマス用のディスプレイにするため、子ども向けの本を何冊か選んだ。〈ブック・ヌック〉はけっして広くはないが、へたったイージーチェア二脚と使い古した木のテーブルが置いてある。テーブルにはいま、きらきらしたクリスマスツリーが置かれ、精製綿を敷いて地吹雪を表現している。

鼻歌を歌いながら、もこもこのトナカイの人形をふたつと、トナカイが出てくる子ども用絵本を何冊かディスプレイにくわえているあいだも、ふと気づくと昨夜の惨事のことを考えていた。保安官の役にたちそうな手がかりを求め、記憶を掘り返した。それも必死に。けれども、いまのところなにも出てきていない。あの胸の苦しくなるような体験は、ひとまずわきにおいておこう。そのうちなにかひょっこり思い出すかもしれない。そうであってほしい。だって保安官はわたしを頼りにしているみたいだもの。

「スザンヌ?」トニが〈ブック・ヌック〉の入り口から顔をのぞかせた。「ちょっと応援を頼めるかな」

スザンヌは顔をあげた。「え?」

「カフェのほうが立てこんできてさ。もう十以上も注文があったんだ」

「そう、わかった」スザンヌが言うと、トニはいなくなった。「すぐ行く」

スザンヌがカフェに駆けこんだちょうどそのとき、モブリー町長が正面のドアから入ってきた。

モブリー町長は悲しみに沈んだ目を向け、重大な宣言をするような声で「スザンヌ」と言った。

「モブリー町長。けさの臨時議会はどうだったの？」

町長の赤ら顔がくもった。「どうしてあんたがそれを知ってる？」

「気づいていないかもしれないけど、ここはカフェよ。みんながおしゃべりする場なの。ドーナツやスティッキーバンを食べ、馬も殺せるくらいたっぷりコーヒーを飲んで、甘いものでハイになり、心ゆくまで噂話を楽しむ場所よ。テレビのフェイクニュース番組を二十四時間ぶっつづけでやっているようなものなの」

「そういう話は聞きたくないね」モブリー町長は太りすぎでイタチのように小ずるく、けんかっぱやい性格が肉づきのいい顔に出ている。町長になって三期めで、選挙では三回とも票の水増しをおこなったと言われている。町民は単にモブリー町長を嫌っているだけでなく、なにより信頼していない。まあ、うさんくさい事業にぶよっとした指を突っこんでいるという噂があるのだから、仕方ない。モブリー町長とアラン・シャープは、この町の取引のとりまとめ役だった。シャープがこの世を去ったいま、ふたりでおこなってきた悪事をこのままつづけるかどうかは、モブリー町長しだいだろう。

スザンヌは町長を窓の近くの小さなテーブルに案内した。年がら年じゅうむすっとしていて、油断のならない町長はすぐさま話を切り出した。

「臨時議会があったことを知っているなら、アラン・シャープの件も聞きおよんでいるのだろうな」

「冗談言わないで。ゆうべわたしは現場にいて、舞台袖で働いていたのよ。町長も含めた全員が舞台からはけるのを見ていたし、シャープさんが刺されるところを目撃したじゃない！」まったく、町長ったらどうしちゃったの？

「ああ、そうだった。たしかに見かけた気がするよ」町長はぼそぼそと言った。勘違いしたことなどまったく気にしていないようだ。もっとも、それはいつものことだ。この人はいつだって、自分が世界の中心だと思っている。しかも情報網を蜘蛛《くも》の巣のように張りめぐらせ、あらゆることを報告させているのだ。

「アランはいいやつだった」町長はひかえめな口調で言った。

「でも、前回の選挙はまかせなかったはずだけど」スザンヌは言った。モブリー町長とシャープはずっと仲がよかった。しかし、最近は様子が変わってきていた。この二カ月ほどでなにかたいへんなことがあったにちがいない。意見の食い違いから、関係に大きな亀裂が入ったのだろう。

「ああ、べつの者を雇った」町長は硬い灰色の大理石のような目でスザンヌをにらみつけた。

「そうするしかなかったからな。アラン自身が町議会議員選挙に出たからだ。解任したのは、そのことで住民から不正があるのではと糾弾されたり、仲間内でごにょごにょやっていると批判されたくなかったからだ」

実際、仲間内でごにょごにょやっているくせに、とスザンヌは心のなかで反論した。それから、少しからかってやろうと思いついた。情報を引き出すチャンスでもある。

「でも、選挙が終わった直後に、シャープさんと激しく衝突してたわね。そうでしょ？」

「それはちょっとちがう。われわれはそれぞれ、いわゆる……ええと、ちがうことに関心を持つようになっただけだ」町長はそこで顔をくしゃっとさせ、おなじみのワニのような笑みを浮かべた。「だが、話を殺人事件に戻すが、あんたはすべてを知ってるわけではなさそうだな、スザンヌ」

「わたしがなにを知らないというの？」

「すでにドゥーギー保安官には、第一容疑者の目星がついているそうだ」

スザンヌはびっくりした。いまのは本当？　保安官はもう犯人を追いつめていながら、わたしにはとぼけていたわけ？　それとも、その容疑者とやらが浮上したのは、この三十分ほどのこと？

「誰なの？」スザンヌは訊いた。

モブリー町長は肉づきのいい手で、子どもみたいに口にチャックをする仕種をした。

「いずれわかるさ、スザンヌ。法律をちゃんと守っているほかのキンドレッド住民と同じタイミングでな。いくらいらぬ首を突っこんでくることで有名なあんたでも、今回の捜査にかかわらせるわけにはいかない」町長は例の不愉快な笑顔を向けた。本人としてはせいいっぱいすごんだようだが、スザンヌは挑発に乗らなかった。

スザンヌは注文票を出した。「ご注文をうかがいます、町長」モブリー町長のくだらない駆け引きに応じるつもりはない。容疑者の名前はあとで保安官からうまいことを言って引き出せばいい。口は堅いけれど、黙っていることが苦手な人だもの。

モブリー町長は黒板のメニューに目をこらした。「ハムとチーズのサンドイッチにチェダーチーズを追加してもらおうか」

「パンは全粒粉をトーストしたものにします？」

「サワードゥブレッドがいい。バターで焼くよう、ペトラに言ってくれ」

「両面ともね？」

「大盛りのフライドポテトも頼む。熱々のところを出すように」

そんなに脂肪分を摂って大丈夫かしら、とスザンヌは思った。

「あの脂肪の塊野郎にうざいことを言われたのかい？」注文を取って戻ると、トニが訊いた。

彼女はカウンターのなかでテイクアウトの注文を包んでいるところだった。漬け汁が洩れないようピクルスをビニールで包み、ポテトサラダを入れた小さな容器にふたをかぶせた。

「いつもと同じよ」スザンヌは言った。「あのくらいなら平気」

「本当だね？　なんだったら、あいつのテーブルまで行ってなにかぶちまけてやろうか。ちょうど、地獄の青い炎よりも熱いスマトラブレンドのコーヒーを淹れたばかりなんだ。それを町長のシャツにたらしてやってもいいし、股ぐらにかけたっていいんだよ」

「あなたはいい友だちだわ、トニ。でも、町長にはそこまでする価値なんかないの」

スザンヌとトニは仕事に戻った。注文を取り、ランチのメインディッシュを配り、舞踏家のマーサ・グレアムばりの華麗な動きを見せた。ペトラは厨房でひたすら調理に励んで注文の品を次々と送り出し、お客がデザートに焼きたてのペカンパイを注文するたびに顔を輝かせた。

二時になると、ペトラはオーブンから天板いっぱいのスコーンを出して、上品なサンドイッチを作るのに精を出しはじめた。二時半までには数人のお客がアフタヌーン・ティーを求めて訪れた。

オープン当初はみんな、おやつのパイとコーヒーが目当てだった。けれども、少々の説得とたっぷりの魅力のおかげで、かたくなにパイとコーヒーを愛していた人たちもアフタヌーン・ティーのファンに変わった。もちろん、ペトラが作るチョコチップ入りのスコーン、チキンとチャツネをはさんだサンドイッチ、ピンクや黄色のマカロンも形勢を変えるのにひと役買った。

トニが貴重なシェリーのプリムローズチンツのティーカップに熱々のお茶を注いでいると、紺色のダウンコートを着た若い女性が店に入ってきた。けれども彼女はあいている席には着かず、ちょっとびくびくした様子で落ち着きなく立っていた。

トニは女性のもとに急いだ。「いらっしゃい、お嬢さん。三品からなるアフタヌーン・ティーのコースの提供が始まったばかりだけど、よかったらどうぞ」

「あの……スザンヌ・デイツさんを探してるんです」若い女性は言った。「いまいらっしゃいますか？」

「彼女なら〈ブック・ヌック〉のほうで仕事してるよ」トニはカフェの奥をしめした。「あそこに入って、ハイティーを給仕するかたわら、暴れ馬を調教してそうなブロンド美人に出くわしたら……それがうちのボス。スザンヌだよ」

スザンヌがカウンターのなかで本の注文書を書いたりお茶を飲んだりしていると、若い女性が近づいてきた。

「なにかお手伝いしましょうか？」スザンヌは顔をあげずに言った。注文の金額を計算しているところだった。全部足すと……かなりの額になった。

「そうしていただきたいんです」

そこでスザンヌは人なつこい笑みを浮かべて顔をあげた。「ちょうどリー・チャイルドの新しいスリラー小説が入荷したところで、あとカーメン・コープランドの最新ロマンス小説が……」目の前の女性に見覚えがあり、スザンヌは驚きのあまり口をつぐんだ。「待って。前にお会いしたことがあるわ」

若い女性は胸に手を当てた。「アンバーです。アンバー・ペイソン」歳は二十代後半、そうとうの美人だが、表情は暗かった。天使のようになめらかな鳶《とび》色の髪が血色のいい肌を引き立てている。中世の教会のステンドグラスにでも描かれそうな顔立ちだとスザンヌは思った。

「サムのいるウェストヴェイル診療所で働いていたでしょ」スザンヌは言った。「受付の人だわ。エスターのすぐうしろの席にすわってた」紺のダウンコートを着ていても、おしゃれだし、とてもセクシーだ。

「いまもあそこで働いていたらと思います」

「また会えてうれしいわ。そうそう、さっきのあれは、最新のベストセラー本を売りつけようとしたわけじゃないのよ」

「いいんです」アンバーは足を踏み替えた。なにか言いたいことがあるらしい。

「本を買いにきたのでないなら、ダージリンかアッサムでも淹れましょうか？　あらたな味に挑戦したい気分なら日本の緑茶でもいかが？」

アンバーは首を横に振った。「ありがたいけど、お茶は……けっこうです」彼女は身を乗り出し、カウンターに両手をついて声を落とした。「ここに来たのは助けてほしいからなんです」

「助ける？」スザンヌは首をかしげた。「言いたいことがよくわからないんだけど」

「わたしたちには共通の友だちがいます」

「というと？」スザンヌはアンバーが用件に入るのを辛抱強く待った。

「ミッシー・ラングストン」

「ええ、ミッシーは大事なお友だちよ。でも、それがどういう……とにかく、わたしにどう助けてほしいの？」

「実はかなり面倒なことになってるんです」アンバーはもごもごと言った。「そしたら、ミッシーから教わったんです。あなたはとてもとても頭がよくて、それで……その……いくらか力になってくれるんじゃないかって」

「なにかアドバイスがほしいなら、その面倒な事態というのがなにかを具体的に話してもらわないと」スザンヌは目の前の女性から、得体の知れない不吉なものを感じはじめた。

「要するにですね……さっきまで法執行センターにいたんですけど……アラン・シャープさんのことでいろいろと質問されました」

「ドゥーギー保安官から話を聞かれたということ？　あるいは、助手の誰かから？」

「保安官からです」

「あなたもゆうべのリハーサルに役者のひとりとして参加していたのね？」でも、劇場でアンバーを見かけた記憶はなかった。

アンバーは首を横に振った。「ちがいます」

「だったら、どうしてシャープさんのことで話を聞かれたの？」

アンバーはひとつ大きく息を吸いこんでから言った。

「わたしが殺したと思われているからです」

5

「そもそもの始まりから話してもらったほうがよさそうね。すべて隠さずに話してちょうだい」

アンバーの衝撃的な告白を受け、スザンヌはすぐさま〈ブック・ヌック〉の隣にある小さなオフィスに彼女を案内した。いま、スザンヌは革の回転椅子にすわり、送り状、注文書、メーカーの製品パンフレット、レシピでごちゃごちゃしたデスクをはさんでアンバーと向かい合っていた。

「アラン・シャープさんが殺された事件の容疑者になっているのは、本当に本当なの？」

アンバーは悲しそうにうなずいた。「ドゥーギー保安官によれば、そうらしいです」

スザンヌはかぶりを振った。「それはにわかには信じがたいわ。だって、あなたは劇場にいなかったんだもの」

「ええ、いませんでした。けさまで、お芝居をやることも知らなかったくらいです」

「だったらどうして保安官はあなたを取り調べているの？　どう関係しているわけ？」

「診療所を辞めたあと、シャープさんの法律事務所で働いていたんです」

「そうだったの。シャープ&シンダー&ヤング法律事務所ね」

「理想の仕事になると思ってました。もっと大きな責任のある仕事、それもパラリーガルと同等の責任をともなう仕事をまかされるだろうと。法律について学ぶ絶好のチャンスになると思っていたんです」アンバーはすばやく、震える息を吸いこんだ。「でも残念ながら、思っていたようにはならなかった。だから辞めたんです」

「どのくらい前のこと？」

アンバーはしばらく考えてから答えた。「二カ月前です。しかも円満な退職というわけではなくて」

「言い換えれば、あなたのほうから見切りをつけたってわけね。どうして？」それだけで話が終わるとは思えなかった。爆弾が落とされるのはこれからだ。

アンバーはほとんどスザンヌと目を合わせようとしなかった。「辞めたのはシャープさんのせいです」

「うまくやっていけなくて、シャープさんに退職を強要されたの？　それとも、必要以上に時間外労働をさせられて辞めざるをえなかったとか？」

「いえ、仕事の量は手にあまるというほどじゃありませんでした。むしろ、法律の仕事は楽しかったし、わたしは根っからの働き者ですし。辞めたのは……まったくべつの理由からです」

スザンヌは背筋がひやりとするのを感じた。「まったくべつの理由……。つづけて」

アンバーは悲痛な表情を浮かべた。「勤めて一カ月ほどたった頃から、シャープさんの悪質なセクハラが始まりました。わたしの外見とか、顔立ちとか、着ているものを頻繁に話題にするようになったんです。そのうち、なにか理由をつけてはわたしの体に触れたり、耳もとでささやくようになりました。わたしの自宅の前を二度ほど車で流したこともあったんですよ。メイソン・ストリートにあるメゾネットアパートですけど」

それを聞いたとたん、シャープの死もそう悪いことではなかったのかもしれないとスザンヌは考えた。「ほかには？」

アンバーはまだスザンヌと目を合わせようとしなかった。「ランチに行こうと誘ってきたり、ふたりだけで会おうと言われたことも何度かありました。わたしが〝遠慮しておきます〟としか言わないでいると、今度はやぼったいプレゼント攻撃が始まって。クマのぬいぐるみ、キャンディ、デスクに置くおもしろグッズ。やがてある日……フリルのいっぱいついた黒い下着をプレゼントだと言って渡されたんです」

スザンヌは顔をしかめた。あきれて言葉も出ない。シャープのことは以前から虫が好かなかったけれど、ここまで見下げた人とは思ってもいなかった。

「わたしはシャープさんとの関係を仕事上だけのものにとどめようと、できるかぎりのことをしました。ビジネス学校でそう教わったんです」アンバーはスザンヌにちらりと目を向けた。「もしかしたら、最近では事情がちがっているのかもしれませんけど」

「そんなことないわ」スザンヌはきっぱりした口調で言った。「いまも同じよ。というか、そういう不愉快で悪質なふるまいに対して、女性たちが敢然と立ちあがるようになったわ。反撃に出るようになったの」

アンバーはうなずいた。「そうですよね。でも、ノーと言われても引きさがらないような上司が相手では、立ちあがるなんて無理です。町じゅうに悪口をばらまかれると思うと怖くて」

「シャープさんは実際にそんなことをしたの？　あなたの評判を貶《おとし》めようとした？」

「ええ、まあ」

「なんてひどい」スザンヌは椅子に背中をあずけ、考えこむように両手の指先を合わせた。「あなたに必要なのはわたしじゃないわ、ハニー。弁護士さんよ」

アンバーは唇をゆがめた。「シャープさんのパートナーのことですか？」

「いいえ。その人じゃ絶対にだめ。職場のハラスメントを専門とする弁護士さんでないと。待って、まさかドン・シンダーさんともなにかあったわけじゃないわよね？」

「いいえ、ありません」

「シャープさんがあなたにセクハラをしていたことをシンダーさんは知っていたの？」

「知らなかったと思います。シンダーさんはほとんどオフィスにいなかったし、この件であの人に相談するのもちがうような気がして。あの人を信頼していいものか、わからなかったというのもありますけど」

スザンヌはしばらく考えこんだ。

「ミッシーの言うとおりでしょうか？」アンバーは訊いた。「助けてもらえますか？」

「ドゥーギー保安官と話すくらいはできると思う」スザンヌはゆっくりと言った。「いい友だちだから、わたしの言うことを聞いてくれるかもしれない」彼女は指でデスクを叩いた。

「保安官にはシャープさんからセクハラされていたことを話した？」

アンバーはうなだれた。「してません。だって、恥ずかしくて」

スザンヌはさらに考えた。「でも、あなたがアラン・シャープさんに腹をたてていたと、保安官にこっそり教えた人がいるのよ」

「誰の仕業か、心当たりはまったくありません」

「とにかく、誰かが保安官に告げ口したの。その情報は、あなたを署に呼んで事情聴取をするくらいの重みがある内容だった。残念ながら、あなたには敵がいるようね。それも、あなたをものすごく困った立場に追いこもうとする敵が」

「そんなにもわたしを憎んでいる人がいると思うとぞっとするわ」

「ほかにあなたにいやがらせをしてる人はいる？　昔の雇い主、昔の恋人、嫉妬深いガールフレンド、ルームメイトなんかは？」

「いまは勤めていないし、ルームメイトはいません」

「じゃあ、恋人は？」

「昔の恋人の仕業にしても、カートがあそこまで残忍になれるとは思えません」

「わからないわよ。その、カートという人にシャープさんの不埒《ふらち》なふるまいについて話した？」

「少しだけ」

「そう」

アンバーは椅子にすわったまま背筋をぴんとのばし、せつなそうな目をスザンヌに向けた。

「ミッシーの話は本当なんですか？　助けてもらえるんでしょうか？」

「アンバー、引き受けるわ。だって、わたし以上に真相を突きとめたいと思ってる人はいないもの」


一時間半後、スザンヌ、トニ、ペトラの三人はお客のいなくなったカックルベリー・クラブに集い、トニが好んで言うところの重役会議をしていた。つまり、ペトラは持ちこんだ編み物をし、トニは新しい紫色のネイルチップをつける作業に励んでいた。

「なにを編んでるの？」トニがペトラに訊いた。

「編み物教室で見せる見本よ」ペトラは言った。「ホッキョクギツネの毛が入った毛糸でセーターを編んでいるの」

「冗談だよね？」

「ホッキョクギツネの毛は三十パーセントで、残りの七十パーセントはメリノという種類の羊のウールだけど」

「じゃあ、そのウールはもとは生きてたってこと？」

ペトラはぷっと噴き出した。「ほとんどのウールは生きていたのよ。というか、いまも生きてるわ」

スザンヌはトニとペトラがいるテーブルに着いた。「始めてもいい？」アンバーの件をふたりに話そうかさんざん迷ったが、サムと話し合うまでは黙っていようと決めた。そこで、今週の予定をざっとさらっておきたいのだと告げるだけにした。

「今週は超がつくほど忙しくなるよ」トニがすかさず言った。「あさってはクリスマスのお茶会がある。ちなみに、席は全部埋まってる。そのあと金曜日からはトイ・ドライブがスタートするし」

「集めたおもちゃを入れる容器をジュニアがいくつか持ってきてくれると言ってたけど、その予定に変更はない？」スザンヌは訊いた。

「ちゃんと持ってくるってさ」トニが言った。

「それと、ポスターもあったほうがいいわね」

ペトラが手を振った。「もう準備してる。でも、それとはべつに、なにか宣伝が必要ね。うちの店でおもちゃを集めていることを、みんなに知ってもらわないと」

「それはもう手配済み」スザンヌは言った。「《ビューグル》紙のローラ・ベンチリーが新聞に記事を書いてくれるし、わたしはわたしで、ポーラ・パタースンの『友人と隣人』というラジオ番組に出演する予定だから。ポーラは二分くれると約束してくれたわ」

「完璧。で、ほかになにかあったかしら？」ペトラはカフェを見まわした。「そうそう、クリスマスの飾りつけがあるんだった」

「それはまかせて。なんたってあたしは、クリスマス用のガーランドときらきらモールの女王だからさ」トニは言いながら大げさに手を振り動かし、そのせいでつけたネイルチップがはがれてしまった。「いけね」彼女はネイルチップを拾いあげ、つけ直した。

「だったら、そのきらきらモールを準備してちょうだい」スザンヌは言った。「だって、クリスマスのお茶会に間に合うように飾りつけなきゃいけないもの」それからペトラをちらりと見やった。「あなたのほうは全部用意できてる？　食材の注文はすませたの？」

「注文は入れたし、メニューも考えてあるわ。いまは土曜の午後に教会で開催する、資金集めのワインとチーズの会の準備に取りかかっているところ」

「土曜日といえば、お芝居の初日だったわね」スザンヌは言った。

「そうだ、お芝居！」トニが次の紫色のネイルチップをつけながら言った。「やたら忙しくて、忘れてた」彼女は指先でリズミカルにテーブルを叩き、新しいネイルチップの接着具合をたしかめた。「通し稽古は予定どおり今夜やるの？」

「ううん。キャンセルになったんですって」ペトラの表情がくもった。「言うのを忘れていたわ。ランチタイムにテディ・ハードウィックから電話があって、今夜のリハーサルは中止にするけど、明日の夜に再開するそうよ」

「アラン・シャープへの弔意からだね。それ以外に延期する理由がある？」トニが言った。

「わたしが思うに」ペトラは言った。「誰かがスクルージ役に名乗りをあげるのを待っているんじゃないかしら」

「そして次の被害者になるってわけだ」とトニ。

スザンヌはため息をついた。「クリスマスのジンクスがないよう祈るばかりだわ」


仕事からの帰り道、スザンヌは〈アルケミー〉に寄って、ミッシーと話していこうと思いたった。なにしろミッシーはアンバーと親しいのだ。彼女なら、昼間アンバーが助けを求めてきた理由をもっとはっきり知っているかもしれない。

〈アルケミー〉は最先端をいく高級ブティックで、キンドレッドのような中西部の小さな町ではあまり歓迎されないと思われていたが、実際には華々しい成功をおさめている。〈アルケミー〉には最新のトレンディなファッションが並んでいる――〈セブン・フォー・オール・マンカインド〉のジーンズ、肩を出すデザインのセーター、穴あきパーカ、スエードのブーティー、さらには〈ラグ&ボーン〉、〈ヴィンス〉、〈C&C・Tシャツ〉といったデザイナーズブランドなどだ。

店のなかに入ったとたん、気分が一瞬にしてあがった。キャンドルの炎が揺らめき、オーディオシステムからはアデルの「セット・ファイヤー・トゥ・ザ・レイン」が流れ、趣味のいいディスプレイから美しい服が〝どうぞさわって〟とばかりに手招きしている。ある区画にはオリーブドラブ色のジャケット、迷彩柄のジーンズ、スエードのブーツが、べつの台にはオレンジ、赤、プラム色のセーターが山と積まれている。昔なつかしい陳列棚には、おびただしい数のバッグとすてきなスカーフが並んでいる。ほんの一瞬、スザンヌはキャラメル色の革のスラックスに同じ色合いのセーターを着た自分の姿を思い浮かべた。スラックスはバターのようにやわらかく、セーターはスエードのフリンジと風変わりな鳥の羽根で飾りたてられている。キャメルのコートを無造作にはおり、銀色のメルセデスベンツの隣でポーズを取っている。しかし、すぐにスザンヌは頭を左右に振り、ファッション・ショーのモデルとなった夢はシャボン玉のようにはじけて消えた。

そのとき、店の奥から昂奮した甲高い声が響いた。

「スザンヌ！　ずいぶんとご無沙汰じゃないのよ」

ミッシー・ラングストンがせかせかとやってきた。長いブロンドの髪、白い肌、あふれんばかりの熱意。一年前までのミッシーは女性らしさのあふれる、ふっくらした体つきをしていた。それがいまや、ダイエットで十代の少女のような体形にまでサイズダウンしている。店で売っている格別に小さな服に体が入るようにだ。スザンヌは首をひねった。減量はミッシー本人の考えなのか、それともこの店のオーナーでもある高慢ちきなロマンス小説家のカーメン・コープランドに強要されたのか、どっちだろう。

スザンヌとミッシーはいつものように音だけのキスを交わし、たがいに〝元気だった？〟と愛想よくあいさつした。それからスザンヌはすぐさま用件を切り出した。

「きょう、あなたのお友だちが会いに来たわ」

ミッシーはわかっているというようにうなずいた。「アンバーでしょ。あなたなら力になってくれると話したから」

「でも、わたしがドゥーギー保安官に言えることなんて、ほとんどなにもないのよ」スザンヌは言った。「アンバーに本当に必要なのは優秀な弁護士だわ」

「わたしにしてくれたようなことをアンバーのためにもしてもらえたらと思って」ミッシーは小さく身を震わせた。「わたしがレスター・ドラモンドを殺したと疑いをかけられたときに窮地を救ってくれたこと、一生忘れないわ」

「そうね、でも、あのときはあなたのことをよく知ってたから、これっぽっちも疑っていなかった。アンバーのことは、サムの勤務先の診療所で何カ月か働いていたこと以外、なにも知らないもの」

「だったら、サムと話してみて。あるいは診療所の人から話を聞くのでもいいわ」

「サムはわたしがシャープさんの事件にかかわるのを快く思ってないの。というより、絶対に許さないという感じ」

ミッシーはほほえんだ。「あなたが人の言うことを聞いたことなんかあったかしら、スザンヌ？　わたしの知るかぎり、あなたはいつだって自分の頭で考えて行動するし、正しいことをしてるじゃない」

たしかにそう。でも、これって正しいこと？　スザンヌは心のなかで自問した。

ミッシーは手をのばし、スザンヌの手を握った。「聞いて、スザンヌ。アンバーが悪い人じゃないと、母のお墓に誓って言える。しかも彼女はいま、やってもいない犯罪をやったと濡れ衣を着せられそうになっているのよ」

「わざわざアンバーに罪を着せようとする人がいること自体、不安だわ」スザンヌは言った。

「彼女がどこかの時点で敵を作ったということでしょ」

「うそを言いはじめたのが誰かは関係ないわ。アンバーは困っていて、助けを必要としているんだから」

「だからさっきも言ったように、弁護士をつけるべきよ」

「彼女に必要なのは友だちだわ」

スザンヌは片方の眉をあげた。「わたしがその友人ってこと？」

「あなたの敵はわたしの敵とかいうことわざかなにかがあるでしょ？」

「そんなのは、剣と鎧《よろい》と毛皮のマントが出てくるB級映画のなかだけの話でしょうに」

「でも、その逆も真なんじゃない？」ミッシーは訴えた。「わたしの友だちはあなたの友だちでしょう？」

「そういうことになるわね」

ミッシーはさらに熱っぽくアンバーの件を頼みこみ、助けてやってと懇願した。スザンヌは注意深く聞いてはいたものの、まだ納得できなかった。

とうとうミッシーはこう言った。「じゃあ、取引しましょう。あなたはアンバーのためにできるかぎりのことをする。ドゥーギー保安官にいろいろ口出しをしてほしいの。そしたらわたしのほうも支援を考えないでもないわ。そうねえ……」彼女は店内を見まわした。「あなたの店でちょっとしたファッション・ショーをやるというのはどう？」

「どういうこと、それ？」スザンヌは訊いた。

「だからね、今度の水曜日、カックルベリー・クラブは大規模なクリスマスのお茶会をひらくんでしょ。何人かの女の子と何着かのしゃれた服と一緒にお店を訪れて、ミニ・ファッションョン・ショーを開催したらどうかなと思って」

「ファッション・ショー」スザンヌはその提案が気に入った。

「ちょっとしたサプライズになるでしょ。お客さま全員へのクリスマスプレゼントという感じで。どうかしら、スザンヌ？」

「すてきなアイデアだわ。でも、袖の下なんか必要ないのよ。保安官と話して、捜査に口を出すつもりでいる……」

「アンバーの力になってくれるのね？」ミッシーは大声を出した。

「ええ」スザンヌは言った。思いきり首を突っこんで、持てる力をすべて使うつもりだ。

「あなたのためよ、ミッシー。アンバーの力になるよう努力する。せいいっぱいのことをするわ」


自宅に着いたときには、六時をかなり過ぎていた。スザンヌはブーツを脱ぎ捨て、玄関の間にあるクロゼットにコートをしまい、愛犬たちはどこだろうと首をひねった。いつもなら爪が床を叩くコツコツという音が聞こえ、ふたつの生暖かい鼻先で手のにおいをくんくん嗅ぎながら、お帰りなさいと言ってくれるはずなのに。けれどもキッチンに入ると、サムがバクスターとスクラッフにおやつのジャーキーをあたえていた。もうわたしのやることはなさそうね。

「やあ」サムは顔を大きくほころばせた。「おかえり」

「もう帰ってたのね」いつもならサムのほうがあとから帰ってくる。もっとも、細かいことを言えば、ここはまだ表向きにはサムの家ではない。スザンヌが好んで使う言い方をすれば、ふたりは現在、同じ屋根の下で暮らしている。けれども、わずか数カ月後には結婚するのだから、サムがアパートメントを借りつづけるのはまったくの無駄というもの。なにしろ、二階にあるキングサイズのベッドには余裕がたっぷりあるのだ。

「なにか料理をしてるのかしら？　それとも忙しくしているように見せようと、うろうろしているだけ？」スザンヌが訊くと、ようやくバクスターとスクラッフがやってきて、なでてとばかりに鼻を思いきり上向けた。あるいは、おやつをねだっているのかもしれない。

サムがこぼれんばかりの笑みを向けたとたん、スザンヌの心臓がどきんと高鳴った。目の前にいる、わたしよりちょっぴり年下のこの人は、わたしを愛しているだけじゃなく、結婚を申しこんでくれたのだ。

「ぼくがやってるのはとても料理なんて呼べないよ。冷蔵庫を引っかきまわして、きみの料理の意欲をかき立ててくれそうな食材をいくつか引っ張り出してるだけだ」彼は急ぎ足で二歩、スザンヌのほうに歩み寄ると、彼女を包みこむように抱いて引き寄せた。そして、長く甘いキスをした。それから唇を下に這わせ、首筋に何度も軽いキスをした。「だって、きみのほうがおいしいものを作れるじゃないか」

「ううん、もう」スザンヌは口では抵抗したものの、サムのほうに体を寄せた。おいしいものうんぬんについては、ひとまずおいておこう。とにかく、お願い、キスをやめないで。というか、これ以上カロリーを無駄に消費するのも、夕食をどうするかなんて考えるのもやめにして、一緒に二階にあがって、それから……。

「ラムチョップはどうかな？」サムが訊いた。残念なことに、彼がひと息入れたせいで、キスは終わった。

「おなかがすいているのね？」

「もう腹ぺこなんだ。盲腸の手術やら手首の骨折やら大腸菌感染の疑いやらで、一日大変だったんだ。それでおなかがすかないわけがないよ」

わたしはちがうわ、とスザンヌは心のなかで言い返した。わたしだったらそんな仕事をしたあとで、食べ物なんかこれっぽっちも入らない。とにかく、サムの気持ちが食べ物にきっちり切り替わったからには、今夜のキスと抱擁はもうおしまいだ。

「ラムチョップをさっと焼いて、フライドポテトとブロッコリーニを添えましょうか」

サムはうれしそうに笑った。「きみの作るおいしいジャガイモ料理を食べられるなら、路上強盗でもなんでもするよ」

スザンヌは忙しく働きはじめた。毎晩、きちんとした食事を作るのは楽しい。心が安まるとはさよならだ。

となり、家族同然の時間を楽しむ。テレビの前でひとりサンドイッチを食べるなんて暮らしし、きょうも一日終わったという気持ちになれる。食事のあとは、サムとのくつろぎタイム

ょう訪ねてきたとサムに話した。

暖かなキャンドルの光に照らされたダイニングテーブルに着くと、スザンヌは夕食を半分ほど食べ終え、モンラッシェのボトルがほぼあくのを待ってから、アンバー・ペイソンがき

高いのだ。

「アンバー？」サムは眉をひそめた。「うちの診療所にいたアンバーのことかな」彼の声を聞きつけるや、バクスターとスクラッフが耳をぴんと立てた。サムのほうがスザンヌよりもおおらかで、食事をしながらおかずをわけてくれるから、上等なおやつをもらえる可能性が

「うん、まあ、おたくのアンバーじゃなくなって、半年以上はたってるけど。だって、最近

はアラン・シャープさんのところで働いていたんだもの」

それを聞いて、サムはぐっと身を乗り出した。「アラン・シャープのところで？　冗談を

言ってるんじゃないよね」

「それだけじゃないの。アンバーは大変なことになっているみたいよ」スザンヌはアンバー

が保安官から疑いをかけられていること、その結果、助けを求められたことを説明した。

サムは呆気にとられた。「アンバーがアラン・シャープ殺害の容疑者だって？　そんなわ

けないじゃないか」

「保安官に尋問されてひどくショックを受けていた様子からして、口から出まかせを言っていたとは思えないわ」

「それで、アンバーはきみに助けを求めてきたんだね？　保安官とのパイプをめいっぱい使ってほしいと？」

「だいたいそんなところ」

いつものように、サムの現実的なところが前面に出てきた。

「アンバーに必要なのはきみじゃない。弁護士だ」

スザンヌはフォークを彼に向けた。

「ええ、わかってる。わたしも同じことを彼女に言ったの」

「最高のアドバイスをしたね。きみのほうには妙な捜査に巻きこまれるつもりはないということなんだから」

「でも、力になれないと言ったわけじゃないわ」スザンヌはサムをじっと見つめながら言った。

「弁護士を雇うようアドバイスしたなら、充分、力になってやったことになるよ」サムはラムチョップをひと切れ口に入れ、おいしそうにかんだ。「これ、本当においしいね。かかっているソースなんか、どうやって作るのか見当もつかないけど、最高だ」バクスターが立ちあがって、耳をぴんと立てた。

スザンヌがそれ以上なにも言わず見つめているので、サムの肉をかむ速度はゆっくりになっていった。そして口のなかのものをのみくだすと言った。「まさか……スザンヌ、だめだ、絶対」バクスターはお肉をもらえないとわかって、ふたたび横になった。

「面倒なことに巻きこまれるつもりはないわ」スザンヌは言った。「保安官にいくつか簡単な質問をするだけ。探りを入れて、アンバーを犯人扱いした人が誰かを突きとめたいの」

サムはフォークをおろした。「アラン・シャープは殺害されたんだよ、スザンヌ。しかも犯人はきみを脅した。わかってるのかい？　だいいち、ぼくらはアンバーをよく知らない。ドラッグかなにかやってたかもしれないじゃないか。そうでなければ……」彼は適切な言葉を探した。「妄想状態にあったとか」

「数カ月前、あなたと同じ職場にいたときのアンバーは妄想状態なんかじゃなかった。そもそも、アンバーは信頼のおける人だとミッシー・ラングストンが太鼓判をおしてるの。ふたりはかなり親しいみたいだし、アンバーは分別のある人だとミッシーは固く信じてるわ。それに、わたしだってちゃんと用心するわよ」スザンヌは立ちあがって自分の皿を手に取ると、サムの皿をさげようと手をのばした。にこやかにほほえみながら。

「いや、きみは危ない橋ばかり渡っている。いつもそうだ」

「もう、どうすればそんなことないって信じてくれるの？　ピーチパイをひと切れ、デザートに出すとか？」

サムは顔をしかめた。「話をそらそうとしているね」

スザンヌは皿を下におろすとテーブルをまわりこみ、サムにキスをした。はじめのうちはそっと触れる程度だったが、しだいに激しさを増していった。「ちがうわ」とささやく。「話をそらすというのは、こういうのを言うの」

サムはほんの少しだけ身を引いた。「ずるいぞ、きみは。これで話は終わったわけじゃないからな」

けれどもけっきょく、話はそれで終わりだった。スザンヌはその気になれば、相手をまるめこむのがものすごく上手なのだ。

6

フライパンがジュージューいい、あぶくのたった湯のなかで卵が揺れ、銅製のポットの音が響くなか、スザンヌ、トニ、ペトラの三人はきょうの準備をしていた。

「けさは雲の上の卵を作るわね」ペトラがよく響く声で言った。ほろほろと軽い口どけのバターミルクのビスケットにポーチドエッグをのせた料理は、ペトラのお気に入りの朝食メニューだ。「あとは、カボチャの朝食用キャセロールにブルーベリーのフラップジャック」

「パンケーキとフラップジャックはどこがちがうのさ？」トニが訊いた。生ジュースを作るためにオレンジを刻んでいるところだったが、ネイルチップが邪魔で苦労している。

「フラップジャックのほうが体によくて素朴な味なのよ」ペトラが言った。「それからトニ、お客さまのオレンジジュースに紫色のプラスチック片が浮かんでいたら、その指につけてる妙なものを全部むしり取ってやるわよ」

「はいはい、わかってるって！」トニはさらにいくつかオレンジをスライスしてから、積みあげた皿を並べ直しているスザンヌのほうをちらりと見た。「きょうはやけにおとなしいんだね」

「うん、ちょっと考え事をしていたの」

「考えてたのはいいこと？　それとも悪いこと？」トニは訊いた。

「というか、疑わしいことかな」

　ペトラがフライパンから顔をあげた。「わかった。アラン・シャープさんのことね？」

「ええ、そうなの」スザンヌは言った。「ねえ……絶対にひとことも洩らさないと約束できる？」

「早く話しなってば」トニは急かした。「もう気が気じゃないよ」

「実は……アンバー・ペイソンがきのう会いに来たの」

「以前、ウェストヴェイル診療所で働いていた娘さんね」ペトラが言った。

「ええ。ただ、最近はアラン・シャープさんのところでパラリーガルみたいな仕事をしていたんですって」

　ペトラは大きな木べらを手にしたまま、固まったように動かなかった。

「それでアンバーが犯人じゃないかと言った人がいるみたい。誰かはわからないけど。アラン・シャープさんを殺した犯人だと」

「なにそれ？」トニがわめいた。「きのう店に顔を出したあの子が本当に疑われてるって？」

「保安官からたっぷり事情を聞かれたらしいわ」

「ちょっと待って」ペトラが言った。「まちがった噂を流すにしたって、なぜアンバーなの？　だから、どうして彼女がシャープさんに不満を抱いていたと思うわけ？」

「シャープさんが嫌がらせをするようになった直後に仕事を辞めたからじゃないかと思う」

おぞましい話を打ちあけたおかげで、少しほっとした。少なくとも、もう他人の深刻な秘密をひとりで抱えなくてもいいのだ。

トニが皿のように目をまるくした。「それってつまり、あいつがアンバーにセクハラしてたってこと?」

「シャープさんはしょっちゅうアンバーの体にさわろうとしていたらしいの。彼がやたらとプレゼントを渡してくるようになって、もう堪えられないと思ったみたい」

「プレゼントってどんなもの?」トニが訊いた。

スザンヌは大きく息を吸いこんだ。「下着」

「あの変態」ペトラは吐き捨てるように言った。スープ鍋のふたを乱暴に閉め、スザンヌとトニをじっと見つめた。「愚かで傲慢な最低男。しょせん、ナイフで刺されてもおかしくない人だったのよ」

「そうかもね」スザンヌは言った。「でも、刺したのはアンバーじゃない」

「たしかに、あのときの幽霊はえらく大きく見えたもんね」トニが言った。「アンバーって子は痩せてて華奢な感じだった」

「そうは言うけど、幽霊は衣装を着ていたんでしょ」とペトラ。「だったら、ほら、実際よりも大きく見せることはできたんじゃない?」

スザンヌはアンバーが紺のダウンコートを着ていたのを思い出した。あれを着て、幽霊の衣装をかぶれば……？

「なに言ってんのさ」トニはペトラに突っかかった。「あんたはアンバーの仕業だと思ってんの？」

ペトラは首を横に振った。「そんなこと言ってないわ」

「アンバー本人は一切関係ないと否定してた」スザンヌは言った。「ここ数週間、シャープさんを見かけてもいないって」

「彼女の言うことを信じるの？」ペトラが訊いた。

「そうねえ。信じていると言えるかな。アンバーの言い分を好意的に解釈してあげたいの」

ペトラはオーブンからビスケットをのせた天板を出して、スザンヌの横にある寄せ木のテーブルに置いた。「ひとつ話しておきたいことがあるわ。二、三週間くらい前だけど、アンバーのことで噂を聞いたの」

スザンヌはびっくりした。「どんな噂？」

「彼女とシャープさんがつき合っているらしいって」ペトラは言った。「もうカップルとして公認されているも同然という話だった」

「どこで聞いたの？」スザンヌは訊いた。

「教会でよ。ビンゴゲームのあとで」

トニがペトラに向かって人差し指を振った。「そういう話をひろめるのは、信者としてどうかと思うよ」

ペトラはトニをにらんだ。「だから、いままでひとことも言わなかったんじゃない。ばかばかしくてくだらない噂をひろめるようなまねはしていないわ」

スザンヌはペトラの話に考えこんだ。アンバーの話がうそだったとは考えられる？　聞かされた話には裏があるの？　そうだとしたら、なにがどうなってるの？　だって、仕返し目的でナイフで刺すなんて、いくらなんでもやりすぎだ。警察の人なら〝過剰殺傷〟という言葉を使うところだろう。

「実はね」スザンヌは言った。「わたしに助けを求めるようアンバーに勧めたのはミッシー・ラングストンなの。ミッシーがアンバーの人柄を保証してくれたようなものよ」

「ミッシーは本当にいい人よね」ペトラは言った。「それに信頼できるし」

「ええ、本当に。うちのクリスマスのお茶会でファッション・ショーを開催するとまで言ってくれた」

「こんなに日にちが迫ってるのに？」トニが訊いた。

「交換条件として申し出てくれたのよ。保安官がアンバーを悩ませるのをやめさせるためになにかするなら、ファッション・ショーを開催してお茶会を盛りあげてくれるって」

「その交換条件は本当に公平なのかしらね」ペトラがつぶやいた。「あなたのほうは危険をともなうかもしれないわけだし……」

「わたしはもう、アンバーの力になるって決めたの。ミッシーがファッション・ショーの話を持ちかけてくる前から」

「じゃあ、どっちも決まったことなのね」

「ファッション・ショーをやるのは賛成だな」トニが言った。「クリスマスのお茶会がいっそう華やかになるじゃん」

「わたしはスザンヌのことが心配なだけ」ペトラは言った。「シャープさんの事件に巻きこまれるなんて」

トニはスザンヌに茶目っ気のある視線を送った。「本人は巻きこまれたがってるのかもしれないよ」

スザンヌはなにも言わなかった。考えるのに一生懸命だった。いったい誰がアンバーに罪を着せようとしているのだろう？　そしてその動機は？　もちろん、シャープさんを殺した犯人が画策したことだというのが単純な答えだ。しかし、それでもまだ疑問は残る――その犯人とは誰なのか？

お客が入りはじめ、スザンヌ、トニ、ペトラは仕事にかかった。ペトラは厨房で精力的に働き、スザンヌとトニは注文の品を次々にお客のもとに届けた。悪人退治のため真っ黒なヘリコプターから降下するネイビー・シールズのチーム6のように、ひたすら整然と作業を進めている。ただし、この場合の悪人はアラン・シャープを殺害した犯人だ。

スザンヌが六番テーブルにチーズ入りオムレツをふたつ届けると、トニが手を振って合図した。

「どうしたの？」スザンヌは声を出さず、口の動きだけで尋ねた。

トニは電話を高くかかげて前後に振った。「あんたに電話」それから声を落としてつけくわえた。「男の声だけど、サムじゃないよ」

スザンヌはカウンターをまわりこみ、受話器をつかんだ。「お電話替わりました」

「スザンヌさん？」よく響く男性の声だった。

「そうです」スザンヌは言った。聞き覚えのない声だ。知らない相手かしら。

「ドン・シンダーと申します」

まあ、びっくり！　アラン・シャープさんの共同経営者じゃないの！

「シンダーさん」スザンヌは落ち着きを取り戻して言った。「このたびは残念なことでしたね。共同経営者の方を失ったこと、わたしから……いえ、カックルベリー・クラブの全員を代表して、心からお悔やみ申しあげます」

「ご親切にどうも」シンダーは言った。「しかし、お電話したのはべつの件でして。明日の晩、ドリースデン&ドレイパー葬儀場でアランのお別れ会を開催するのですが、会のケータリングをあなたの店にお願いできないかと」

「会？　明日の晩？」

「急すぎるようでしたら……よその店を当たりますが。すみません、なにしろ……」シンダーは落ち着かぬ様子で咳払いした。「こういうことは不得手でして。この手の会を準備したことがないんです」

「失礼しました、シンダーさん」スザンヌは言った。「訊き返してしまったりして。もちろん、喜んでできるかぎりのお手伝いをいたします」

「ありがたい」シンダーは心からほっとした声を出した。

「なにか具体的に考えていらっしゃることはありますか？　デザートだとか、あるいは……？」

「いや……とくに……」シンダーは語尾を濁《にご》した。

「いまはいろいろ、立てこんでいらっしゃると思います。そんなときにあれこれ質問しては、よけいに悩ませてしまうだけですよね。わたしのほうで簡単な案を作りますから、のちほどそちらのオフィスにうかがうのはいかがでしょう？」シンダーの法律事務所に立ち寄れば、質問できるし、独自の調査をスタートさせる絶好の機会になると、ふと思いついたのだ。

「それはご親切に」シンダーは言った。

「わたしにできるのはそのくらいですから。ランチタイムのあとでうかがいます」


「ほーい、道をあけてくれよ」

入り口のドアが乱暴にあいて、ボール紙でできた大きな樽《たる》が戸口に現われた。樽はドアをくぐろうとしたものの、途中でつかえ、最後はねじこまれるようにしてなかに入った。トニの元夫になる予定のジュニア・ギャレットが樽のあとをくっつくようにして現われた。

「ジュニア」スザンヌは声をかけた。ランチタイムに向けてテーブルセッティングをしつつ、遅い朝食を食べ終えそうなふたりのお客に目を配っているところだった。

「樽を持ってきてやったぜ」ジュニアはボール紙の大きな容器を軽く叩いた。「トラックにあと二個積んである」

「トイ・ドライブで使う樽ね」スザンヌはうれしそうな顔で言った。「思っていたとおりのものだわ。どこで手に入れたの？」

「バンディブラザーズ食肉加工」

スザンヌの顔がくもった。「食肉加工の工場から持ってきたの？」

ジュニアは片手をあげてスザンヌを黙らせた。「やいのやいの言われるまえに言っておくが、持ってきたやつはまっさらの新品だから安心しろ、スザンヌ」

「本当なんでしょうね？」

ジュニアは目を半眼ぎみにしてスザンヌを見つめた。

「おれがあんたにうそをつくと思うか？」

「思うね」トニがいつの間にか厨房から出てきて、洗ったばかりのカップとソーサーをのせたトレイを手にして立っていた。「あたしにはいつだってうそばっかりついてるじゃん」

「それはおれたちが結婚してるからだよ」ジュニアは言い返した。「夫婦ってのはそういうもんだろ。言い訳したり、ありえない話をでっちあげたりするじゃないか。けど、スザンヌにはうそはつかないよ。絶対に」

「たしかに」スザンヌは言った。ジュニアは言ってみれば歳のいきすぎた不良少年で、信頼できるとは言いかねる。きょうの彼はいつものダボダボのジーンズに鋲《びょう》打ち仕上げのバイクブーツを合わせ、くたびれた格子柄のジャケットを着ていた。黒い髪をひと房、額に垂らしているのは、ジェイムズ・ディーン、エルヴィス、その他もろもろのかつての悪ガキにちなんでのことだ。

「ここに来たってことは、朝ごはんを食べさせてもらおうって魂胆だね」トニが言った。

「断るつもりはないぜ。こんな重労働をさせられたんだから」

「思ったとおりだ」トニは言った。「あんたは無職も同然だし、そこの樽もおおかた倉庫から盗んできたんだろうからさ」

「クリスマス用のしゃれた紙で包めば、誰にもわかりゃしないさ」

スザンヌはこのあたりで割って入ることにした。「ねえ、ジュニア、カウンター席に着いてて。ペトラに言って、スクランブルエッグのセットを用意してもらうから」

ジュニアは脚の骨が折れそうないきおいでカウンターに向かった。

「シナモントーストをつけてもらえるかい？」

「いいわよ」スザンヌは言った。せめて、それくらいはしてあげなくては。持ってきてくれた樽は、まさに希望どおりのものだった。あとは寄付されたおもちゃでいっぱいにすればいい。

スザンヌはジュニアの注文をペトラに伝え、自分用にコーヒーを注いだ。カップをかかげてジュニアに訊いた。「あなたも飲む？」

「いや、コーラがいい」ジュニアは毎日、缶入りコーラを一ダースくらい飲んでいる。コカインでハイになっているシマリスみたいに落ち着きがないのも当然だ。

ジュニアはスツールにすわったまま、ゆっくりと三百六十度まわった。

「このカウンター席は最高だよな。みんながこの店に来て、なごやかで上品な雑談を楽しむ理由がよくわかる」

「高校を中退したあんたの場合、なにを話題にするんだろうね」トニが訊いた。「アリストテレスの偉業についてとか？」

ジュニアはトニに向かって指を振った。「そいつの悪口はやめときな。たしかラジオ番組をやってるジャッキー・Oと結婚したやつだろ？」

トニは首を振り振り、厨房に引っこんだ。

スザンヌはジュニアの前に卵料理とトーストを置きながら、雑談のつもりで声をかけた。「洗車場のほうはどうなってるの、ジュニア？」ジュニアは町の南のはずれにある、営業をやめてしまったタイフーン洗車場を購入しようと、必死に交渉をつづけている。

ジュニアはそう訊かれて、まごついたように首をすくめた。「残念だが、その夢はあきらめざるをえなくなった。寒さだのなんだの、いろいろあってさ」

「そうは言うけど、ジュニア、冬だって車をきれいにしておきたい人はたくさんいるわ。融雪剤やべとべと汚れは塗装にも車の下にもダメージが大きいもの」

「ああ。でもな、冬のあいだも濡れたTシャツで働いてくれる女の子がひとりも見つからないんだよ」

「あ、そうか」うっかり忘れていたが、若い娘がトップレスか濡れたTシャツ姿で車を洗ってくれる洗車場を開業するのがジュニアの夢だった。「たしかにそれは問題ね。少なくとも女の子にとっては」

ジュニアはまじめくさった顔でうなずくと、卵料理をむさぼるように食べた。

「仕事にともなう危険ってやつだな」

「その危険は発生せずにすむわけね」よかった、ほっとしたわ。

「いまはそんなことはどうでもいいけどな」

「え？」

「トレーラーを移動させなきゃならなくてさ」

「じゃあ、もう、町のごみ処理場の近くにはとめてないの？」ジュニアはごみ処理場のそばに違法駐車したおんぼろトレーラーハウスで暮らしていた。

「こないだの土曜からこっちはな。例のいけすかないアラン・シャープの野郎に追い出されたんだよ。そこは自分の土地だと言って」

「いま、なんて言った？」スザンヌは語気鋭く尋ねた。いまのは聞き間違い？　ジュニアがアラン・シャープに追い出された？

「だから、あのいけすかないシャープの野郎が禁止命令とかいうものを持ってきたんだって」ジュニアはがなりたてた。「おれもいろいろ言い返したけど、最後にはロバートソン保安官助手に法的文書を渡されて、二十四時間以内に移動させろと言われたってわけだ」ジュニアは顔をしかめた。「想像できるか？　バディ・ブレッジェマンのレッカー車を借りて、昔の砂利採取場近くの場所までトレーラーを移動させたんだぜ。そのあとジャッキアップしてセメントのブロックの上に置いて、水道と電気も引かなきゃならなかった。ここ三日間、それにかかりきりだったんだ」

　スザンヌはジュニアをじっと見つめた。「じゃあ、聞いてないのね」

　ジュニアは片方の耳に指を突っこんで、ぐりぐりまわした。「なにを聞いてないって？」

「アラン・シャープさんは日曜の夜に殺されたの」

　ジュニアは真っ赤になるまで熱した針金を背中にくっつけられたみたいな反応をした。

「いま、なんて言った？」

「アラン・シャープさんが殺されたの」スザンヌは繰り返した。「ナイフで刺されて」

「うそだろ！」ジュニアは自分の胸をぴしゃりと叩いた。「いったい誰だ、そんなことをしたのは？」

「幽霊だよ」トニが言った。さっきからふたりの話を聞いていて、こっそり厨房から出てきたのだった。

　ジュニアは目を丸くし、漫画みたいに二度見した。「人に取り憑く、薄気味悪いあれのことか？」

「ちがうわ」スザンヌは言った。「幽霊の衣装を着た人間の仕業」

「それはあんたの考えじゃん」トニがぶつくさ言った。

「オークハースト劇場で通し稽古をやっている最中の出来事だったの」スザンヌはジュニアに説明した。

「どこだったんだ?」

「第二幕の最後」

「そうじゃなくて、やつは体のどこを刺された?」

「ああ」スザンヌは言った。「おなかじゃないかしら。ナイフが大事な臓器にまで達したということしか知らないけど」そこで顔をしかめた。ええ、たしかそういう話だった。

「ひでえな。容疑者はあがってるのか?」

「たぶん、あんただね」トニが人差し指でジュニアをしめした。「アラン・シャープのせいでトレーラーを動かすはめになって、さんざっぱら文句を言ってたじゃないか。そういうことを人が大勢いるところでわめかないほうがいいと思うよ」

ジュニアはしゅんとなった。「ちぇっ……土曜の夜〈シュミッツ・バー〉に行ったときに、よくない言葉をいくつか口走った気がする。けど、もちろん、そいつはクラップル・ボムを二杯ほど飲んで、気が大きくなってたせいだ」

「あんたってば、頭がちょっと足りないだけじゃすまないんだから。つける薬がないくらいの大ばかだよ」

ジュニアはうなだれた。「何杯か飲んだだけじゃないか」

「飲んで騒いだわけだ。あんたにはあきれたよ、ジュニア。家族の誰かが殺人事件の容疑者になるなんてのはごめんだからね」

ジュニアはトニの顔をうかがった。「一緒に住んでもないのに、なんで家族ってことになるんだよ」

「細かいこと言うんじゃないの」トニはたしなめた。「それに、あたしたちが一緒に住んでないわけは、あんたがよく知ってるはずだろ。だってあたしたちは〝り・こ・ん〟するんだから」

「へっ、三年間もそうやって息巻いてるくせに、いまだに離婚してないじゃないか」ジュニアはばかにしたように笑うと、口の横から舌を突き出した。「まだおれにほれてるんだろ」

トニはジュニアに向かってこぶしを振りまわした。「そんなことを言ってられるのもいまのうちだけだよ。もうすぐなんだから」

ジュニアはスザンヌのほうを向いた。「まさか、アラン・シャープのおっさんを殺すやつがいるとはな」

「その、まさかなの」スザンヌは言った。

「じゃあ、大々的に犯人の捜索がおこなわれてるってわけか。うへえ、すげえことになってるんだな」

「あんたは身を隠してたほうがいいよ」トニは言った。

「なあ、べっぴんさんよ。おれがダディ・ウォーバックスみたいにポケットを現金でぱんぱんにふくらませてるような大金持ちになったら、そういう態度を変えることになるぜ」

「それ、なんの話？」スザンヌは訊いた。ジュニアを見ていると、音量をさげてチャンネルサーフィンをしている気分になってくる。次になんの話が出てくるか、予想もつかない。フンコロガシを取材したドキュメンタリーかもしれないし、ライフタイム・チャンネルの映画かもしれない。

「今夜、《シューティング・スター》主催のカジノに行くんだよ。まあ見てろって。何百万ドルも儲けてくるからな！」

「あれは福引きじゃないか、ばかだね。カジノじゃないよ」トニがたしなめた。

「どっちだって同じさ。わかるんだよ。今夜はえらくビッグなことが起こるって」

「そうだね」トニは言った。「あんたが逮捕されるんだよ」

7

いつの間にかモーニングタイムが終わって、ランチタイムの時間になった。トニはあわただしく飛びまわるハチドリのように厨房とカフェを行ったり来たりしながら、ジュニアのことを愚痴った。

「あいつの頭は周波数がぜんぜんちがうんだよ」仕切り窓の前で一緒になったときに、トニはスザンヌに訴えた。「だから、あたしら普通の人間にはキャッチできないんだ」

「ジュニアも悪気はないのよ」スザンヌは言った。「要するに、体が大きいだけで心は子どもなの」

「いつもいつも、うっかりよけいなことを言って、まずいことになるんだよね。ねえ、スザンヌ、ジュニアがアラン・シャープのことをくそみそに言ってたって保安官が聞きつけたらどうしよう？」

「その場合、ジュニアはものすごく困った立場に置かれるでしょうね」けれどもスザンヌはジュニアが保安官のレーダーに引っかかる心配はあまりしていなかった。すでにアンバーという容疑者がいるのだから。本当に問題なのはアンバーのほうだ。

ランチタイムは何事もなく過ぎていき、ペトラが腕を振るったランチのおかげでカックルベリー・クラブは活気に満ちていた。クラブケーキ、スロークッカーで調理した酢豚、落とし卵のスープ、それから目玉焼きをトッピングした小さなソーセージピザ。

スザンヌが二人前のピザの注文を受けていると、ドゥーギー保安官が足音も荒く入ってきた。彼は急ぎ足で入り口からカウンター席までの距離を移動し、スツールに腰かけた。スザンヌはすぐさま注文票を仕切り窓の向こうに押しやり、保安官のほうを向いた。

「なにかあったの？」スザンヌはコーヒーを注いでやりながら訊いた。保安官の好みどおりの、熱々で濃いコーヒーだ。

保安官は肩をすぼめた。「容疑者がひとり浮かんだんだがな、いまのところまだ様子見だ」

「アンバー・ペイソン」スザンヌは言った。

保安官はコーヒーカップを口のすぐ近くまで持っていったが、スザンヌの言葉を聞いたとたんいきおいよく口から離し、そのせいでコーヒーがカーキ色のシャツに飛び散った。

「ちくしょう、スザンヌ！」彼は怒りを爆発させた。「見ろ、こんなになっちまったじゃないか。しかも、このシャツはクリーニングから戻ってきたばかりなんだぞ。糊《のり》を多めにしてもらったってのに」

「アンバー・ペイソン」スザンヌは繰り返した。アンバーの名前を出しただけで保安官があれだけぎくりとしたのだから、正解なのはあきらかだ。

「どこで彼女のことを知った？」保安官は血相を変えてぶっきらぼうに言うと、紙ナプキンを何枚もわしづかみにして丸め、シャツをぬぐいはじめた。

「目をしっかりあけて、聞き耳をたてているもの。でも、わたしのほうこそ知りたいわ。保安官はどこで彼女のことを知ったの？　アンバーを犯人と名指しした卑劣な人は誰？」

「そいつは機密情報だ」

スザンヌは保安官をにらみつけた。「当ててみせましょうか。タレコミがあった。匿名のタレコミが」

保安官は怖い顔になり、目尻にしわを寄せてスザンヌをにらんだ。「教えてやるが、たしかにタレコミがあった」

「それに嬉々として飛びついたのね？」

「法執行機関というのはそういうものなんだよ、スザンヌ。おれたちのところには、役にたちそうな情報が寄せられる」

「たくさんの偽情報と一緒に」

「そうともかぎらない」

「アンバーはシャープさんを殺してないわ。彼女を取り調べたり、先月の足取りの裏づけを取ったりして貴重な時間を無駄にしてると、真犯人を取り逃がすことになるわよ」

「なんでまた、アンバー・ペイソンにそこまで肩入れする？」

「そんなことしてないわ」

「彼女の弁護をしているようにしか見えないがな」

「そこがわたしのおかしなところなのよねえ。弱者や不当な非難を受けている人に同情してしまうの」これ以上食いさがったら、保安官はかたくなになって、自分の意見を意地でも曲げなくなる。そこでこう言ってみた。「ほかにも容疑者はいるんでしょ」

保安官はカウンターごしに身を乗り出した。「こいつは絶対トニには言わないでほしいんだが、ジュニアの野郎が先だっての晩、〈シュミッツ・バー〉でアラン・シャープを誹謗中傷する発言をしていたのを聞かれている」

「そのことならトニもとっくに知ってるわ。ついでに言っておくけど、それはジュニアがばかなことを吐き散らしただけ。人のことをぼろくそに言ったり、強気なことを言ったりするけど、ハエ一匹殺せやしないわ」

「死刑囚監房にいる連中だって同じだ、スザンヌ。連続殺人鬼に分類される連中も、飼ってる猟犬や年老いたばあちゃんにはやさしいんだよ。だが、世間一般に対しては敵意をむき出しにする」

「ジュニアはちがう」

保安官はコーヒーをひとくち飲んだ。「そうは言うが、あの男は実際、少々、頭がいかれているとしか思えんからな」

スザンヌは注文票をひらいた。「きょうはなににするの、保安官? クラブケーキ、それとも落とし卵のスープ?」

保安官は大きな手を振った。「そうだな、ペトラに言って、ハンバーガーを焼いてもらえないか？」

「メニューにはないけど、なんとかなると思うわ」保安官はほかの常連客のように黒板メニューから注文することはしない。〈スパゴ〉や〈ジ・アイヴィー〉のような高級レストランに、肩で風を切って入っていくハリウッドの大物プロデューサーのようにふるまい、どんな気まぐれな注文をしても応じてもらえるものと思っている。

「それと、バーガーにはマンステールチーズを薄く切ったやつを一枚、はさむよう言ってくれよ。オニオンフライもだ。つけ合わせにホームフライも一人前頼む」

「とっても心臓によさそうなメニューだこと」

スザンヌの冗談は保安官には受けなかった。「ああ、わかってる」

トニが厨房に引き返す途中でふたりのところにやってきた。

「あんたって食が細い《ライト・イーター》んだね、保安官」

保安官はまんざらでもない顔で振り向いた。「そうか？」

「明る《ライト》くなったとたん、食べ《イート》はじめるからさ」トニはけらけらと笑った。

「黙れ、トニ。そういうくだらない冗談はたくさんだ」保安官は鼻息も荒く言った。

「ねえ、あたしが最近始めたエクササイズの話はしたっけ？」トニは身をぐっと乗り出し、にやりとした。「毎日ディドリー・スクワットってやつをやってんだ（ディドリー・スクワットはなにもしないの意）」

ランチタイムの混雑がおさまりはじめたところで、スザンヌは店を抜け出し、車でドン・

シンダーの法律事務所に向かった。シャープ&シンダー&ヤング法律事務所はキンドレッドの中心部、メイン・ストリート沿いに並ぶ修復された煉瓦造りのビルのひとつにあった。

ロビーに入るとテナント一覧をたしかめ、磨きあげられた木の階段をのぼった。階段をのぼりきるとスモークガラスの両開きドアが現われ、シャープ&シンダー&ヤングと刻まれていた。

木のカウンターについていた若い女性が顔をあげた。「なにか?」

「ドン・シンダーさんにお会いしたいのですが。スザンヌ・デイツと申します」

「ええ、おいでになることはうかがっています。いま連絡しますので、少々お待ちを」

二秒後、シンダーその人が目の前に現われた。彼はスザンヌにあいさつすると、先に立ってドア口をくぐり、鏡板を貼った廊下を進んでオフィスに入った。高さのある窓から太陽の光がたっぷり入り、それが美しい淡黄色の煉瓦壁に躍っている。書類や本が収められたガラス扉付きの古めかしい書棚がふたつあり、茶色い革の椅子が二脚、シンダーのデスクのほうを向いて置かれている。スザンヌはその椅子の片方に腰をおろし、彼と向かい合った。

「古いながらもとてもすてきな建物ですね。いつからこちらに?」

「賃貸借契約書にサインしたのが、たしか、二年前でしたかね」シンダーは言った。「あと三年間、契約が残っています」

「では、オフィスはこれからもお使いになるんですね。シャープさんがあんなことに……」

シンダーがうつむいたのを見て、スザンヌは語尾を濁した。共同経営者の死がそうとうこたえているようだ。

「これを見てください」シンダーはいきおいよく立ちあがると、壁にかかった額入り写真に触れた。「アランとふたりでカボ・サン・ルカスにカジキを釣りに行ったときのものです」

スザンヌも立ちあがって写真をながめた。それから、隣の写真に目を移した。その写真では陽に灼けてうれしそうな顔をしたふたりが、屋外のテラスでメキシコビールの瓶をかかげ、そのうしろで太平洋がきらめいている。べつの写真では、金ぴかの衣装と羽毛のついた頭飾りを着けた退屈そうなショーガールふたりと一緒にスロットマシンの前でポーズをとっていた。

「それはラスヴェガスで開催された中西部法律家会議にアランと参加したときのものです」シンダーが首を振ったとき、その目に涙が光った。「本当に残念でなりませんよ」

シンダーはスザンヌに席に戻るよう手で合図した。彼もどっかりと腰をおろすと、いまにも崩れそうな書類の山をわきに押しやってからデスクに肘をついた。

「ちょっと教えていただきたいのですが」スザンヌは言った。「こちらに以前勤めていた職員のことで。アンバー・ペイソンですけど」

「彼女が容疑者なのは知っていますよ」シンダーはすぐに答えた。

「ドゥーギー保安官からはそう聞きました。でも、あなたのお考えをうかがいたいんです」

シンダーはスザンヌの求めを検討するように、顎を手にのせ、すわったまま体を横に傾けた。「アンバーをよく知るまでにはいたりませんでね。アランが彼女を雇ったのは、ええっと……？」彼は顎をかいた。「たしか、六カ月か七カ月前でしたか。しかし、けっきょく三カ月ほどしかつづきませんでした」彼は肩をすくめた。「どうしようもありませんな、ああいう……彼らのことをなんて言うんでしたっけ？ ミレニアル世代でしたか？ 職を転々と替えてばかりだ」そこでかぶりを振った。「わたしには理解ができないが、とにかく若い人は転職を繰り返すことが多い」

「アンバーは転職のために辞めたのではないと聞いています」

「そうなんですか？」

「あの、彼女と一緒に仕事をしていらしたとばかり」スザンヌは困惑した。四人しかいない事務所なのに、共同経営者のひとりがアンバーが辞めたいきさつを知らないなんてありうる？

「いや、全然です」シンダーは言った。「アンバーはアランの下で働いていました。デスクもアランのオフィスのすぐ近くでしたし。見ておわかりのように、わたしはいちばん奥の部屋で、そのあいだには半分隠居したも同然のもうひとりの共同経営者のオフィスがあります」

「ピート・ヤングさんですね。いまはどちらに？」

「フロリダのイスラモラダに行っています。いまこうして話しているあいだも、ソトイワシ釣りにいそしんでいるはずです」

「オフィスの並びはどうでもいいんです。アンバーが殺害を計画するほどシャープさんを憎んでいたとはとても思えません」

「それがおかしな話でね。わたしのもとには毎日のように依頼人が訪れますが、みんな口を揃えて聖書に誓って自分は無実だ、妻を殺したのが誰か、または会社の金を着服した者は誰か、見当もつかないと訴えるんです。信じたくもなりますよ……実際、わたしも信じかけるんです。しかし、やがて彼らに不利な証拠が積みあがっていき、こう考えるわけです。〝なんだ、ちっとも楽勝な案件じゃないじゃないか。うまくいっても司法取引がせいぜいか〟とね」シンダーはそこで少し嫌気が差した顔になり、いったん言葉を切った。「まったく、いい面の皮です」

「というより、心が折れますね」スザンヌは言った。

「たしかに」

スザンヌはそこで本来の用件に入り、アラン・シャープのお別れ会用に考えたメニューをシンダーに見せた。シンプルそのものの内容で、三種類のサンドイッチ――具はチキンサラダ、ハムサラダ、キュウリとクリームチーズ――とひと口サイズのブラウニー、それにコーヒー。

「教会のおふるまいみたいなクッキーもありますか？」シンダーは訊いた。

スザンヌは顔をしかめた。「どういうものでしょう？」

「ほら、葬式のあと、教会の地下でよく出しているナッツの入ったグラハムクッキーがあるでしょう？」

「ああ、わかりました。そういうのも出せますよ」

スザンヌは、カックルベリー・クラブの厨房から葬儀場の奥に急ごしらえで設置したテーブルまで運ぶのは造作もないと説明した。

「いや、それはすばらしい」シンダーはスザンヌの説明を聞きながら何度もそう言った。けれども、けっきょくのところ、彼は詳細にはさほど興味をしめしていなかった。受け答えは失礼にならない程度の形ばかりものでしかなかった。

ドン・シンダーは共同経営者を失ったことで、深い悲しみに沈んでいた。

8

スザンヌがカックルベリー・クラブに戻ったときには、アフタヌーン・ティーはほぼ終わっていた。五つほどのテーブルにお客がいて、トニが出したのだろう、上等なコールポートの食器が並び、中国風のしゃれた青と白の柄のティーポットが使われていた。エプロンをつけてトニを手伝おうとしたところへ、電話が鳴った。

アンバーからだった。当然のことながら、いくらかでも進展があったか尋ねてきた。

「これといってないわ」そう答えると、心がちくりと痛み、心臓がぎゅっと縮まる思いがした。「ランチタイムにドゥーギー保安官と話したけど、あなたが容疑者なのは電話で通報があったからだそうよ」

「わたしのことを通報した人がいるんですか？」アンバーは驚いた声を出した。「いったい誰なんでしょう？」

「さっぱりわからない。保安官によれば、匿名の通報だったらしいけど」

「だったら、そんなの、通報でもなんでもないじゃないですか」アンバーはむっとした声で言った。「卑劣きわまる人の仕業だわ……あるいはただのいたずらかも」

「いたずらにしてはたちが悪すぎるけど。残念ながら、保安官はその通報を重要視しているみたい」スザンヌは言葉を切った。「ねえ、アンバー、ドゥーギー保安官から話を聞かれたとき、シャープさんから言い寄られて不愉快な思いをしたこと、ちゃんと話しておけばよかったのに」

「とてもじゃないけどできなかったんです。あまりに恥ずかしくて」アンバーはちょっと口をつぐんだ。「まさか保安官に話したんですか？」

「いいえ。でも、いいかげん、心ならずも法律事務所を退職したいきさつを、ドゥーギー保安官にきっちり説明するべきだと思う。シャープさんのふるまいには迷惑していたけれど、なんらかの報復をはかるほど怒っていたわけでも衝動に駆られたわけでもないことも」

「保安官に電話して、それを全部話せというんですか？」

「ううん、そういうことは弁護士さんにまかせたほうがいいわ。最悪な事態になりそうな事案からあなたを救い出すだけの法的知識を身につけている人に」

「あなたが助けてくれるものとばかり思ってたのに」

「あなたの代弁をするのはわたしじゃないというだけのことよ」

「本当に弁護士さんに連絡しなくちゃいけないんでしょうか？」アンバーは消え入りそうな声で尋ねた。

「わたしもいつだって相談にのるわ」スザンヌはあわてて言った。「でも、あくまで心の支えという立場からよ」

「それが真っ当な助言なのはわかりますけど」アンバーはスザンヌが無実を証明してくれるものと思いこんでいたのか、すっかり気落ちした声で言った。

「ねえ、どうかしら。明日、うちでひらくクリスマスのお茶会にいらっしゃいな。終わったあとでもっと話し合えば、なにか答えが見つかるかもしれないわ」アンバーがあまりにがっくりした声を出すものだから、なにか元気づけるようなことをしてあげなくてはという気になったのだ。

「いいんですか?」

「ええ、もちろん。わたしの特別なお客さまということにするわ。お代はけっこうよ。きっと楽しめると思うわ。ミッシーがサプライズでファッション・ショーをひらいてくれるそうだし」

「ありがとう、スザンヌ。うれしくて涙が出そう。楽しみにしています」


スザンヌがカウンターのなかでアッサム・ティーの缶と烏龍茶《ウーロン》の缶を選り分けていると、『クリスマス・キャロル』の舞台監督のテディ・ハードウィックが息せき切って入ってきた。紺色のピーコートを着てカシミアのスカーフを品よく肩にかけ、大きな買い物袋を手にしている。その表情はけわしく、なにか思いがけないことがあったような顔をしていた。

「テディ」スザンヌは声をかけた。「おいしいお茶を一杯淹れましょうか? 体が温まって緊張がほぐれるわよ。たぶん……ペトラに確認しないとだめだけど……でも、ラズベリーのスコーンをひとつくらいは見つけられると思うし」

テディは首を横に振った。「時間がないんだ、スザンヌ。いま、スクルージの代役を見つけようと、町じゅうをまわっているところでね。すでにドゥーギー保安官に打診してみたが、アラン・シャープ殺しの捜査で忙しすぎるという返事だった」

「というか、利益相反になるからじゃないかしら」

テディはその考えを振り払うように手を振った。

「それでものは相談だけど、サムは引き受けてくれるだろうか？」

「本人に訊いたほうがいいと思うけど」

「でも、きみも口添えしてくれないか？　彼をその気にさせてほしい」

「無理じいしろということ？」

ハードウィックはほほえんだ。歯をたくさん見せているのに、温かさのかけらもない笑顔だ。「そうしてもらえれば最高だ」

あなたにとっては最高でも、サムにとってはそうじゃないわ。

「そういう話があることは伝えておく。でも、いい返事は保証できないわ」サムがスクルージ役をやりたがるとは思えなかった。ほんの数日で科白を全部覚えなくてはいけないのに。しかも、スクルージ役の前任者が殺されたばかりというのも引っかかる。

「ペトラはいる？」

「厨房にこもってる」

ハードウィックはしびれを切らしたように、かかとをあげさげした。

「ぼくが来ていると伝えてもらえないか？　とても大事な用件なんだ」そう言うと、手にしていた袋をかかげた。「芝居で使う衣装が変更になったことを伝えておきたい」

スザンヌは身を乗り出して、仕切り窓ごしに声をかけた。「ペトラ、テディ・ハードウィックさんが話したいことがあるんですって。大事な話らしいわ」

ペトラの声がただようように返ってきた。「すぐ行く」

ペトラが衣装の打ち合わせでハードウィックと〈ニッティング・ネスト〉に引っこむと、スザンヌはトラック運転手のお客にコーヒーとスコーンを出した。このお客はコーヒーとケーキを求めて立ち寄ったのだが、トニから店のチョコチップ入りのスコーンを事細かに説明され、すっかり魅了されてしまったのだ。あるいは、決め手となったのは、黄色いバラの刺《し》繍《しゅう》がついた、襟ぐりの深い緑色のシルクのブラウスをトニが着ていたことかもしれない。

そのとき、入り口のドアが大きくあいて、よく知った人物が現われた。

「デイル」スザンヌは声をかけた。近くにあるジャスパー・クリーク刑務所の看守として働いているデイル・ハフィントンだ。大柄で感じがよく、人なつこくてざっくばらんな顔をしている。

「遅かったかな？」彼は訊いた。

スザンヌは手振りでカウンターをしめした。

「遅かったけど、適当になにかかき集めてみる」そう言うと、厨房をせかせか動きまわっているトニに声をかけた。「スコーンは残ってる？」

「ないよ」トニは言った。「残念だけど」

デイルは真ん中のスツールにどっかりと腰をおろし、両肘をカウンターについた。

「コーヒーとクッキーでいいよ」

「仕事の帰り？」スザンヌは残っていたコーヒーを大きな陶器のマグに注いで、シュガークッキーを皿にのせて尋ねた。

「そうなんだ。また勤務が変わってさ。いつ仕事に行けばいいのかわからない状態だよ。昼かもしれないし、夜中かもしれないんだぜ」

「それじゃいろいろ大変ね」スザンヌはコーヒーとクッキーをデイルの前に置いた。

「まったくだ。芝居に出るからよけいに大変なんだよ。これまでにもう三度もリハーサルに出られなくてさ。そのうえアラン・シャープがあんなことに……まあ、あんたもあの晩、いたんだっけ。あの上を下への大騒ぎを見ただろ。誰もかれもがやみくもに駆けずりまわってた。これからどうなるかなんて誰にもわからないよ」彼はクッキーをひとくちかじった。

「おれの考えを言わせてもらえば、芝居は中止になるだろうな」

「そんなことはないんじゃないかしら」スザンヌは言った。「ちょうどいま、ハードウィックさんが〈ニッティング・ネスト〉でペトラと打ち合わせしているもの。衣装の変更があるとかで」

デイルは安心したようだった。「じゃあ、芝居は予定どおり上演されるんだね？」

「そうみたい。スクルージの代役がまだ決まってないけど」スザンヌは小さく含み笑いを洩らした。「ハードウィックさんたらスクルージ役を引き受けるよう、サムを説得してくれないかとわたしに泣きついてきたのよ」

「うーん、サムは偏屈にはほど遠いから、あの役がやれるとは思えないな」

「それに予定が立てこんでいるから、検討すらしないわよ」スザンヌは言った。「でも、ハードウィックさんも気の毒に。だって、こんな土壇場になってからなんだもの。それに、一部始終を見ていたわけでしょ。お芝居の主人公が目の前で殺されるなんて、本当におそろしかったでしょうね」

「いや、やつは見てたわけじゃない」デイルはコーヒーをずるずると飲み、またクッキーをひとくち食べた。

「どういうこと？」スザンヌは訊いた。「ちゃんと見ていたはずよ」

デイルは顔の前でクッキーを持った手を振った。「いいや、見てない。幽霊がアラン・シャープを襲ったとき、ハードウィックのやつは観客席にすわってなかった」

「すわっていたわよ。少なくともわたしはすわっていたと思ってる」

しかし、デイルは頑として意見を変えなかった。「ありえないよ、スザンヌ。おれはほかの役者連中と一緒に観客席にいたんだ。ずっとあとになるまでハードウィックの姿はちらりとも見てないね」

「だったら、いったい彼はどこにいたの？」

「あんたと一緒に舞台裏にいたんだろ」デイルはクッキーの残りのひとかけらを口に入れた。

「このクッキー、もっとないのかい、スザンヌ？」

「それが最後の一枚なの」スザンヌは上の空で答えた。デイルの話に動揺していた。言われてみれば、彼女のほうもハードウィックの姿を見た記憶がなかった。だとしたら、どこにいたのだろう？　疑惑の念がおかしな方に向かっているのが気に入らなかった。でも……ハードウィックとシャープのあいだになにか問題が、火種となるものがあったのだろうか？　そんなことってありうる？

「スザンヌ？」デイルの声がした。「ちょっと頭がお留守になってたみたいだよ」

「ごめんなさい、デイル。クッキーはないけどブラウニーはどう？　店のおごりよ」

「いいね。最高だ」

デイルに出すブラウニーを取り出しながらも、テディ・ハードウィックのことをあれこれ考えつづけた。頭に流れこんできてはおかしな考えをもたらす奇妙な感覚が気になってしょうがなかった。

「ずっと思ってたんだけどさ」デイルは目の前のブラウニーをつまみあげた。「ハードウィックはいま、いろいろあって大変なんだよな。気の毒に」

「舞台監督の仕事のこと？　スクルージ役をあらたに決めなきゃいけないから？」

「それだけじゃないんだ。いま住んでるタウンハウスを建設した業者とそうとう揉めてるらしい」

「どういうこと？」スザンヌは訊いた。

「それがさ、新しい家に住みはじめてまだ七カ月にもならないってのに、もう基礎部分が二カ所、ひびが入ったんだとさ」デイルは言った。「こういうささいな欠陥がどうなるか、あんたもわかるだろ。即座に補修しないと、たいへんなことになる。地下水が染みこんできて、そのうち家そのものが崩壊するんだ」

「その建設業者は誰だかわかる？」

デイルは首を横に振った「全然。だが、そのタウンハウスを建てたのが誰にしろ、そいつはそうとう面倒なことになるだろうな」彼はそこで何度か口をもぐもぐさせた。「そして山ほどの訴訟を抱えることになる」

「トニ」デイルが帰ると、スザンヌは呼んだ。「あなたに手を貸してもらわなきゃいけないみたい」

「なに？」トニはカフェのテーブルのひとつについて、砂糖入れに砂糖を補充していた。まだお茶を楽しんでいるお客がふたりいたので、スザンヌはこう言った。「あとで話す」

「なにを話すのさ？」

「調査のこと」

9

スザンヌは疑わしそうに目を細め、ペトラがテディ・ハードウィックを出口まで見送り、別れのあいさつをするのをじっと見ていた。

「話は順調に進んだ？」ハードウィックがいなくなるとスザンヌは声をかけた。

「ええ」ペトラは放心したようにほほえんだ。「衣装の変更について確認をしただけだから」

「今夜は編み物教室があるんでしょ？」

ペトラはうなずいた。「わたしが担当する毛糸のマンモス講座がね」

スザンヌは思わず大声で笑った。「なんなの、それは？」

ペトラは人差し指をくいっくいっと動かし、先に立って〈ニッティング・ネスト〉に入った。ふわふわとやわらかそうなかせ巻き毛糸をひとつ手に取った。

「ねえ、見て。これはトナカイの毛でつむいだ糸なの」それからべつのかせを手にした。

「それからこっちはペルーのラマの毛を百パーセント使ったもの。そしてこれは――」ペトラはクリーム色の糸を手に取った。「――中央アジアのヤクの糸とバージンウールを半々に混ぜたもの」

「そんな糸、どこで手に入れたの？」

「個人輸入したのよ。あなたも承知しているはずだけど。だって、請求書が来てるでしょ。それと、アラスカに住んでいる編み物友だちがいてね。あちらの人たちはいつも風変わりな毛糸を使っているらしいの。そりを引く犬の毛皮からも糸をつむぐらしいわ」

「すごい」スザンヌは言った。「というか、あなたがすごいのよね」

ペトラは顔を赤くした。「そんなこと言わないで。恥ずかしいわ」

「恥ずかしがることなんかないわ。あなたはまさしく毛糸の芸術家だもの」

「編み物が好きなだけのおばさんよ」

「キルトもでしょ」

「ええ……たしかに」ペトラは言った。「キルト作りも大好きよ」

スザンヌは床から天井まである、毛糸がぎっしり詰まった棚と、あちこちに積み重ねてある布地の束を見やった。背の高い柳細工のバスケットにはベロッコ、アパラチアン・ベイビー、サーダー、マラブリゴ、その他、色とりどりのかせ糸が詰めこんである。ぱきっとした色もあれば、褪せた感じのサンタフェ・カラーに近い色もあるし、絶妙な色調のクリーム色、アラバスター色、それに宝石のような色まで揃っている。

「うちの在庫がクリスマスに向けてこんなに増えてたなんて気づかなかった」スザンヌはペトラが飾ったキルトのディスプレイを見ながら言った。手をのばし、やわらかくてすべすべした布に触れてみる。縫い合わされてほのぼのとしたキルトになるのが目に見えるようだ。

「それはあたらしく仕入れたキルト用の生地」ペトラが言った。「色と柄で分けてまとめてあるの」彼女はほほえんだ。「あそこにアイボリーとクリーム色だけをまとめた束があるでしょ？」

「ええ」

「あれはクリームと砂糖グループと名づけたの」ペトラの手がべつの束に移動した。「こっちの藍色とコバルトブルーの布はダークな夢グループというのよ」

「たくさん売れそうね」スザンヌはほがらかに言った。

「ええ」

トニが〈ニッティング・ネスト〉に顔をのぞかせた。「ふたりともそろそろ帰る？」首と肩を覆うようにピンクと黄色のロングスカーフを巻いているせいで、人間ブリトーみたいに見える。

「わたしは帰るわ」スザンヌは言った。「あなたに話があるし」

「わたしは今夜、教室があるから」ペトラはせかせかと〈ニッティング・ネスト〉のなかを歩きまわって、編み物を入れたバスケットを手に取り、椅子を半円形に並べた。「じゃあ、おふたりさん、また明日」

「バイバイ」トニが大声で応えた。

スザンヌとトニはコートをはおって、外に出た。紫紺の空に銀色の細い月が傾いている。

トニはスザンヌに目を向けた。「さあて、ふたりだけになったよ。いったいなにをたくらんでるのさ。さっきの話だと、ちょっとした調査をするってことだったよね」

「というより、ちょっと興味があって、確認したいだけよ」

「うん、わかった。それって、例の件と関係が……」

「ええ、あるわ」

「あれあれ、それじゃ話してもらおうかね、シャーロックくん」


すっかり暗くなったなか、車はキンドレッドの町を走った。吹きはじめた風が裸の木々を激しく揺らし、ひとすじの雪煙がヘッドライトの前を横切っていく。まだ町なかにいるというのに、不気味な景色がひろがっていた。

一方、トニはといえばラジオのスイッチを入れ、五時のニュース番組を聴いていた。しかもブーツを脱いで、ストッキングをはいた足をダッシュボードの上、暖房の噴き出し口のすぐ横にのせている。


「足がにおっても、かまわないよね？」

「あなた自身がにおわなければね」スザンヌは言った。

「ちょっと駐車場を歩いただけなのに、足の先が〈ミセス・ポールズ〉の冷凍フィッシュフライみたいになっちゃったんだ」トニはぶるっと体を震わせると、シートに深く沈みこんだ。

「ところで、どこに行くんだっけ？　ちょい待ち、最初に地元の酒場に寄って、いかした男をふたり、ナンパするって話だったよね？」

「あなたがそう思ってるだけでしょ。そうじゃなくて、さっき言った新興住宅地までドライブするの。たしかホワイトテイル・ウッズという名前だったはず」

スザンヌは曲がってリンダール・アベニューに入り、自動車販売店、〈ラッシュ・ストリート・ピザ〉、〈カーコウズ・ガーデンセンター〉の前を通りすぎた。ガーデンセンターは、カラフルな電飾を飾った小さなクリスマスツリー売り場以外は冬期休業中だ。やがて車はキンドレッドの住宅街も過ぎ、郊外に向かった。

「あんたのスーパーコンピュータ並みのおつむは、いったいなにを思いついたのさ？」トニが訊いた。「いま住んでるでかい家を売って、タウンハウスを買うつもり？　町はずれに引っ越すの？」彼女は助手席側のウィンドウについた雪をこそげ落として外をのぞいた。「そこになにがあるわけ？」

「頭のなかをおかしな考えが駆けめぐっているものだから、ちょっと調べてみようと思って。わたしの憶測が当たっているかたしかめたいの」

「じゃあ、それが終わったら〈シュミッツ・バー〉に寄って、何杯か引っかける？　たしか今夜は一杯分のお金でパッションー・パッカーが二杯飲めるんじゃなかったかな」

「パッション・パッカーがなにかも知らないわ」

「リンゴのシュナップスとクランベリージュース、パイナップルジュース、その他の甘いジュースで作るカクテルだよ。咳止めシロップみたいな味がするんだ」

「なんだかおいしくなさそう」スザンヌは言った。「でも、お酒を二杯くらい飲んだほうが、今夜のリハーサルがぐんとスムーズにいくかも」

「テディ・ハードウィックが新しいスクルージ役を見つけてるといいね」トニが言った。

「それがサムでないのを祈るばかりだわ」

ホワイトテイル・レーンに出ると、道路の両側に石柱が立ち、〈ホワイトテイル・ウッズ〉と書かれた大きな看板のある新興住宅地に入った。凍った道をがたがたと進んで数珠つなぎになったタウンハウスの前を通りすぎると、シンダーブロック、鉄管、建築資材をのせた荷役台が散らばっている区画が現われた。

「ここの開発はもうとっくに終わって、入居できるんだと思ってた」トニが言った。「でも、かなり深刻な問題がいくつかあるみたいだね。外壁とか排水設備とか、いろいろやり直さなきゃいけない感じだもん」

「いろいろとね」スザンヌは明かりひとつついていないテラスハウスに目をこらした。もう完成しているはずなのに、どの家も入居していないのがひと目でわかる。けれども、道路をはさんだ反対側には六軒つづきのタウンハウスがあって、そっちは煌々《こうこう》と明かりが灯っていた。一階の窓から明かりが洩れている家もあるし、ポーチの明かりもいくつかついていて、タウンハウス全体から生活感となごやかさが伝わってくる。

「で、なんでここに来たわけ？」トニはラジオを消すと、ダッシュボードから足をおろし、モカシンのようにビーズとフリンジをあしらった茶色いスエードのブーツを履いた。

「ここにテディ・ハードウィックさんの自宅があって、開発業者とそうとう揉めているという噂を聞いたから」

「ふーん、なるほど。で、その運のいい開発業者は誰なのさ？」

「それを突きとめるために来たのよ」

「すでに、ひそかに疑ってる相手がいるようだけど？」

「ええ、まあね」

トニはシートの上で体の向きを変えた。「あたしをこの隠密行動に巻きこみたいなら、いまの答えじゃ物足りないね。全部正直に話してもらわなきゃ」

スザンヌは手袋に包まれた指でハンドルを軽く叩いた。「わかった。じゃあ、話す。アラン・シャープさんが問題の開発業者だったんじゃないかとにらんでる」

トニは口をあんぐりあけてスザンヌを見つめた。「こないだ死んだアラン・シャープ？」

「言っておくけど、彼が開発業者だったとにらんでいるというだけよ」

「じゃあ、それをたしかめに来たんだね？　わかった、まかせて」トニはすぐにでも飛び出すつもりで、ドアに手をかけた。

「ちょっと待ちなさいって。口で言うほど簡単じゃないんだから」スザンヌは引きとめた。

「なにかもっともらしい話をでっちあげなくちゃ。手当たりしだいにドアをノックしてまわるわけにはいかないもの」

トニはにやりとした。「ふうん、そう？　まあ、いいからまかせておきなって」

トニの言葉にうそはなかった。彼女はタウンハウスのいちばん端の家まで歩いていくと、呼び鈴を鳴らし、それからスクリーンドアをばんばん叩いた。灰色のウールのスラックスと白いノルディックセーターを着た女性が二インチほどドアをあけると、トニは言った。

「こんちは。営業所を探してるんだけど、どっちに行けばいいか教えてもらえませんか？」

女性は顔を出した。少しびくびくしているのが雰囲気でわかる。けれども愛想がよさそうで、そこそこいい人らしいスザンヌが一緒にいるのがわかると口をひらいた。

「営業所はありましたけど、先月、閉鎖しちゃいましたよ」

「えー、残念」トニは言った。「いま、あたし、離婚しようとしてて、不動産を買おうと思ってるんだよね。ここにいる友だちは一軒家を買えって言うんだけどさ、あたしひとりが住むだけだから、ここのタウンハウスなんかぴったりじゃないかって思ったわけ」そこで言葉を切った。「営業所がないなら、開発業者さんのところに直接行くしかなさそうだね」

女性はうつむいた。「それはちょっとむずかしいかもしれませんね」

「全部売れちゃったの？」トニは訊いた。

「いいえ、まだ買える家はあるはずです。問題なのは……開発業者の方が亡くなったんです」

トニは手で口を覆い、一歩うしろにさがった。「えー？」そしてぱっと振り返った。「スザンヌ、そんな話、あんた聞いてる？」

「ええ、知ってたわ」スザンヌはそんなに大げさな芝居をしないでよと心のなかで思いながら言った。とは言え、これだけ演技力があるなら、トニがあたらしいスクルージ役になればいい。

「アラン・シャープさんという方でしてね」女性が言った。「二日前の夜に殺されたんです」彼女はシャープを殺した犯人が近くにひそんで、いまこの瞬間にも襲いかかろうとしていると言わんばかりに、目をきょろきょろさせた。

「ひどい話だね」トニは言った。

「あの方が出ていたお芝居がからんでいるんじゃないかと、わたしは見てますけどね」女性は言った。

スザンヌははやる気持ちを隠しきれなかった。テディ・ハードウィックが自宅の施工に不満を抱き、アラン・シャープに怒りをぶちまけてもなんの成果もあがらなくて、強硬手段に訴えたという線はありうるだろうか？

「ふうん、それだと話はちがってくるね」トニが言った。「不動産業協会に電話して、なんとかしてもらうしかないかな」

「あるいは、ファースト・ハートランド銀行に電話してごらんなさい」女性が言った。たしか、そこが融資していたはずだから」

「ありがとう」トニは言った。「とても助かった」

スザンヌの車に戻ると、トニは自分の芝居を得意そうに語った。

「いまので、なにかわかった?」

「あなたときたら、たいした役者だわ。真に迫っていたわよ」

「ひとつ引っかかるのはさ、ハードウィックがアラン・シャープ相手に喧嘩を売ってたことなんだよね。シャープは悪徳弁護士なんだから、適当な法的手段でハードウィックをあしらえばよかったじゃん」

「ハードウィックさんがシャープさんを殺したのなら、それが動機なのかもね」スザンヌは車をバックさせて急ハンドルを切ると、町の中心街に向かって走りはじめた。「シャープさんがのらりくらりとした態度をとったことが」

「で、このあとはどうすんの? あたしたちで有望な容疑者を突きとめたと思うと、鳥肌がたってきちゃった。問題は――この情報をどうするかってことだね」

スザンヌはしばらく考えこんだ。「法執行センターに寄って、ドゥーギー保安官に差し出すのがいいでしょうね」はい、どうぞとばかりに。バクスターが死んだリスをわざわざ持ってきて、裏のポーチに置いていくみたいに。

「この新情報でハードウィックは窮地に立たされるんじゃないかな」トニが言った。

「そして、アンバーへの追及はいくらか弱まるでしょうね」

けれども、保安官に会おうと法執行センターに出向いたところ、彼の姿はどこにもなかった。ふだんは活気にあふれてにぎやかな場所だが、このときはわりと静かだった。一日が終わり、勤務時間も終わっているのだ。勤務についているのは保安官助手のふたりだけで、どちらもあまりよく知らない顔だった。このふたりにいまさっきわかったことを話したところで、頭のいかれたおせっかい焼きのおばさんと片づけられるのがおちだ。それどころか、ミス・マープルみたいなタイプと思われたら心外だ。

「保安官は家に飛んで帰ったのかもよ」トニが言った。「もうすぐ五時だもん」

ふたりは長い廊下を引き返した。天井の蛍光灯がじじじ、と鳴り、飲酒運転や火災予防に関するポスターが貼られている。

「ここなら……」スザンヌは足をとめ、〝通信係〟の表示があるドアに手を置いた。

「いいね」トニは言った。「モリーに訊けばいいんだ」

しかし、ここに通信係として勤め、自分でクッキーを焼いては配り、保安官事務所でにらみをきかせているモリー・グラボウスキーに尋ねると、保安官は通報があって出ていると聞かされた。「事務所には戻らないそうよ」モリーは言った。

スザンヌとトニはセンターを出て、スザンヌの車に乗りこんだ。

「自宅に帰ったのかな？」トニがシートベルトを締めながら訊いた。

「中心街を軽く流してみましょう」スザンヌは言った。「なにかわかるかもしれない」

「そのあとは、〈シュミッツ・バー〉に行くんだからね」

メイン・ストリートは妖精の国のようにきらきら輝いていた。町役場の職員がようやく、クリスマスの飾りつけをすませたからだ。緑色のモールと色とりどりの電飾が街灯柱に巻きつけられ、さらには通り一帯に飾られている。由緒ある煉瓦造りのビル街に軒をつらねる小規模店舗の多くも、カラフルな電飾を張りめぐらし、クリスマス用のリースをかけていた。

「保安官のパトカーがある！」トニがいきなり叫んだ。

「どこ？」スザンヌは言った。「ああ、わかった。見えたわ」

保安官のホイップアンテナ付きのえび茶と薄茶色のパトカーが〈キンドレッド・ベーカリー〉の正面にとまっていた。

「保安官本人もいるわ」スザンヌは言った。保安官はちょうどベーカリーから出てきたところで、白い袋を手にしていた。カーキ色のパーカのファスナーを上まであげていて、出っ張ったお腹のところがぴんと張っている。「ドーナツを袋いっぱい買ったみたいね。いかにも警察官という感じ」

「保安官はジャンクなものを食べすぎだよね。ミドルネームのイニシャルをKFCにしたらいいのに」トニは笑いをかみ殺しながら言った。

保安官が自分の車に乗りこもうとしたとき、スザンヌはその隣に車をつけ、クラクションを鳴らした。保安官は前のシートにベーカリーの袋を放り、いぶかしげな顔でスザンヌたちを振り向いた。

スザンヌは助手席側のウィンドウをおろし、トニをはさんで反対側にいる相手に運転席から呼びかけた。「こんにちは、保安官。時間はある？」

保安官は肩をがっくりと落とし、手袋をした肉づきのいい指を二本出した。

「あとちょっとで逃げられたのにな」

「めっちゃホットな情報があるんだ」トニが言った。「すごい特ダネだよ」

保安官は自分の車にもたれた。身を切るような寒さのなか、息が白い筋となって立ちのぼっていく。「あんたら、また面倒を引き起こしてるのか？」

「あなたの時間と労力をいくらかでも節約してあげてるの」スザンヌは言った。

保安官がなにがあったんだ、というように首をかしげ、スザンヌはテディ・ハードウィックの自宅の基礎にまつわる噂を耳にしたと、早口で説明した。そこで、ホワイトテイル・ウッズまで出かけ、アラン・シャープがその地所の開発業者だったことを突きとめたことも話した。最後に、ハードウィックは頭に血がのぼりすぎて、基礎の欠陥を不安に思うあまり正気を失い、みずから鉄槌をくだしたのではという推理を披露した。

スザンヌの話を聞いているあいだ、保安官の顔は終始、冷ややかだった。ようやく話が終わると、彼は制帽をちょっと上にあげて言った。「シャープが不動産開発をいくつか進めていたのは知っているが、ハードウィックがその物件を買っていたとはな。こいつはなんとも……おもしろくなってきた」

「おもしろくなってきただけじゃなくて、いくらか状況が変わるとは思わない？」スザンヌは訊いた。

保安官はのろのろとうなずいた。「かもしれん。テディ・ハードウィックがそのタウンハウスのなかの一軒を所有してるのはたしかなんだろうな？　それと基礎に不具合があるって話も？」

「絶対にたしかよ。そもそもデイル・ハフィントンから聞いた話だもの」

「証書と固定資産税の記録を調べる必要がある」保安官は言った。「きちんと確認しないとな」

「あたしたちの話を疑ってるわけ？」トニが訊いた。「慎重にじっくりと解析学的な分析をしたってのに」

　保安官は目をすがめてトニをにらんだ。「そいつは重複表現なんじゃないか？」

「だったらなんだってのさ？」

「ハードウィックか……」保安官はぼそぼそひとりごとを言いはじめた。唇がひっきりなしに動き、首を左右にかしげ、あらたなパズルのピースがきっちりはまるかたしかめようとしている。「しかも、デイルが言うには、ハードウィックはシャープが刺されるところを見ていなかったんだな？」

「そうなの」スザンヌは言った。「だからシャープさんを殺したのはハードウィックさんということもありうるわけ。幽霊の衣装があることも知ってたんだし。自分でべつの衣装を簡単に用意できたわけだもの。そのあと裏口から逃げ、正面にまわって、こっそり劇場に戻ったのかも。すでにものすごい騒ぎになっていたから、誰にも気づかれずに戻るのはわけなかったんじゃないかしら」

「衣装を隠すのも、ね」とトニ。

「そうだな」保安官は言った。

「不動産関係で言えば、アラン・シャープさんがほかにどんな不動産取引にかかわってたか突きとめたらおもしろいんじゃないかしら」スザンヌは言った。「ほかの購入者なり賃借人にもシャープさんに不満を抱いていた人はいると思うの」

「かもしれん」保安官はスザンヌの話を軽視していたわけではないが、全面的に受け入れてもいなかった。

「わたしが疑り深い人間なら、モブリー町長にも目を光らせるわね」スザンヌは言ったが、自分でもなぜそんな考えが浮かんだのか、さっぱりわからなかった。いきなり襲ってきて、こらえようにもこらえきれない激しい咳のように、口からひょっこり飛び出したのだ。

保安官はぎくりとしたが、ひとことも発せず、唇をぎゅっと引き結んだ。

「どうかした？」スザンヌは訊いた。

「おれはなにも言ってないぞ」

「言わなくたってわかるわ。変な顔をしたもの。スクランブルエッグにチリソースをかけすぎたみたいな顔だった。モブリー町長がどうかしたの？　待って、言わないで」スザンヌは保安官の顔をうかがった。「あの人も容疑者なのね？」

保安官は渋々ながら口をひらいた。「まあ、町長とアラン・シャープは以前、共同住宅事業で組んでいたからな。具体的なことを全部つかんでるわけじゃないが、事業がうまくいかなくなって、仲違いしたらしい」

「ほうら、やっぱり！」トニが大声を出した。

トニの言葉に合いの手を入れるように、ドゥーギー保安官の車の無線機が突然、ガリガリというノイズを発した。保安官は手をのばしてマイクをつかんだ。「テン・フォー、ドゥーギーだ」

　モリーの声がたくさんのノイズと若干のパニックとともに無線機から響いた。

「テン・フィフティ・Fが発生、現在もつづいています」

「なんだと！」保安官は叫ぶなりパトカーに飛び乗って、ドアを閉めた。忠実なる通信係と四十五秒間、熱のこもったやりとりをしたのち、サイドウィンドウを少しおろしてスザンヌとトニに目をやった。

「なんかあったの？」トニが訊いた。「連続親切魔にサスペンダーをつけてもらったみたいな顔をしてるよ」

　保安官はトニの顔をじっと見つめた。「ジュニアのトレーラーがあるだろ？　そいつが火災にあった。通報してきたやつの話では、この世の終わりみたいに燃えてるそうだ」

10

たとえゾンビが大量に攻めてきたとしても、火災現場に駆けつけようとするふたりを制止するのは不可能だったろう。スザンヌは縁石から猛スピードで発進したドゥーギー保安官の車についていこうと、アクセルを思いきり強く踏みこんだ。けれども大型で高性能のパトカーはものの一分で彼女の車を大きく引き離し、回転灯を煌々と光らせ、サイレンを甲高く鳴らし、車のうしろを左右に振りながら雪道を走り去った。

トニはスザンヌの車の助手席に縮こまり、こぶしで口を押さえていた。そして何度も何度も同じ言葉を小声で繰り返した。「はやく、スザンヌ、もっとはやく。お願いだからもっと飛ばしてよ」

角を猛スピードで曲がると、車体が横滑りし、道路わきにとまっていた白いジープにあやうくぶつかりそうになった。スザンヌはコントロールを取り戻そうと悪戦苦闘し、どうにかこうにか愛車のトーラスの体勢を立て直した。「きっと油に火がついただけよ」と言ったものの、そうでないのはわかっていた。「わたしたちが着く頃には鎮火してると思うわ」

トニは両手で目を覆った。

スザンヌはライトをハイビームに切り替え、行く手をはばむ相手がいたら鳴らせるよう、手をクラクションにのせた。時速は四十マイル、五十マイルとあがっていき、いまは六十マイルに達している。それでも、まだ保安官には追いつけない。あっちは強力なV－8エンジンを搭載しているのだから、それこそ完全に水をあけられている。というか、この場合は泥交じりの雪をあけられていると言うべきかもしれない。

「あのばか」トニは食いしばった歯の隙間から声を絞り出した。「ホットドッグを焼くのにガスバーナーを使ったんなら、安物のカーペットみたいにひっぱたいてやる。そのあと州の精神科病院に入院させる」

「大丈夫よ、落ち着いて」スザンヌは言った。「絶対に大丈夫だから」

けれどもスザンヌの直感は完全にはずれていた。シルバー・クリーク・ロードに出て、〈エドのイージー倉庫〉と〈サイフェルト製粉〉の前を通りすぎると、前方に赤々とした炎が見えてきた。赤、黄、そして青い炎が地獄のトルネードのようにぐるぐるまわっている。ジュニアのずんぐりした小型トレーラーは周囲をぐるりと火に囲まれ、うごめく虫のように炎が側面を這いあがっていた。

「ああ、なんてこと」トニの口からうめき声が洩れた。「ジュニアがなかにいたらどうしよう？　クリスマスのガチョウみたいにジュージュー焼かれてるかもしれない」

「しっかりつかまっていて」スザンヌは言うと、ハイウェイからそれて真っ赤な消防車がとまっているほうに進んでいき、底をこすりながら浅い溝に突っこんだ。ブレーキを強めに踏みながら、たっぷり八インチは積もった雪をかきわけていった。消防車のすぐうしろにつけるつもりだったが、車が完全に停止するより先にトニがドアを乱暴にあけて飛び出した。スザンヌもニット帽をかぶりながら車を降りたところ、現場では十人以上の消防士が消火活動をおこなっていた。ヘルメットをかぶり、ずっしりした濃色の防火服にはすでにうっすら白い雪が積もっている。消防士たちは消火ホースをかまえ、燃えさかるジュニアのトレーラーに向かって二カ所からいきおいよく放水していた。

トニがジュニアの名前を大声で呼びながら強行突破しようとした。幸いにして、消防士のひとりが彼女を腰のところでつかまえ、危険な場所に立ち入らないよう押し戻した。

「放して！」トニはわめきながら足をじたばたさせ、隙あらば走り出そうとした。「なかにジュニアがいるんだ！」

スザンヌはトニに追いついて、その体を両腕でしっかり抱きしめた。

「行っちゃだめよ、トニ。暴走した電子レンジみたいな状態なんだから。ここを動かないで、消防士さんたちにまかせなきゃ」

消防士たちは連携してすばらしい仕事ぶりを発揮していた。ジュニアのトレーラーにできるかぎり接近し、大量の水をかけつづけている。ひとりが防煙マスクを装着し、トレーラーのサイドウィンドウに駆け寄った。斧《おの》をすばやくひと振りし、ガラスを割った。

「あいつ、なかにいる？」トニが大声で問いかけた。「ジュニアはいるの？」けれども音がものすごいうえ、混沌としているせいで、その声は届かなかった。

「シーッ、落ち着いて」スザンヌは言った。身を切るような寒さにもかかわらず、手袋をした手が汗でじっとりしている。だって……本当にジュニアがトレーラーのなかにいたら？煙を吸って気を失い、床の上で、髪や服を炎になめられているとしたら？

スザンヌとトニはしっかりと抱き合い、祈り、寒さに身をこわばらせ、炎がパチパチいいながら舞うさまをじっと見つめていた。数分後、スザンヌはすぐ隣にドゥーギー保安官が立っているのに気がついた。

「やつはなかにいないよ」保安官は言った。

トニの顔が不安と苦悶でゆがんだ。「だけど、万が一……」

次の瞬間、大きな爆発が起こった。二台の機関車が正面衝突したようなすさまじい音があがった。それから、青白い炎が空に向かって高々とあがった。

「ガソリンタンクだな」保安官は表情をほとんど変えなかった。

三人が圧倒されたように見守るなか、小さなトレーラーは簡易アルミフライパンで作るポップコーンみたいにふくれあがり、つづいてつなぎ目のところからねじれはじめた。数秒後、真っ黒に焦げた破片が空中に舞いあがった。

「さがって、みんなさがって」消防士が叫んだ。

三人ともうしろにさがると、舞いあがった破片がまわりに降り注いできた。ほとんどスローモーションのような動きで、ぽとん、ぽとんと小さな音をたてて雪に埋もれていく。カップに皿、道具、燃えている毛布、タイヤ、無線機、なんだかわからない黒焦げの物体。

「うそだろ」トニがうめき声を洩らした。

しかし、消防士たちはトレーラーとの距離を詰めながら、着々と消火していき、ついにはほぼ消しとめた。五分後、現場は刺激の強い悪臭が立ちこめるだけになった。

消防署長のマルフォード・フィンリーが長い金属棒を使ってトレーラーのドアをあけ、なかをのぞきこんだ。「無人だ」心の底からほっとしたように言った。

トニがスザンヌの腕にぐったりと倒れこんだ。

フィンリー署長が協議しようとドゥーギー保安官のもとに大股で歩み寄った。

「どうやら放火の可能性が高そうだ」フィンリーは言った。「あっという間に火がついたし、燃焼温度も高かった。こういう場合はたいてい、燃焼促進剤が使われている。だが、それでもいくつか分析をしなくてはならないが」

スザンヌとトニはフィンリーの言葉を聞きつけ、署長と保安官のほうを向いた。

「誰がわざと火をつけたりするのさ？」トニは怒ったように問いかけた。

質問に答えたのは保安官だった。「誰だっておかしくない。ホームレスがたまたま通りかかって、トレーラーに人がいないのをいいことにここでひと晩あかそうと思ったのかもしれん。暖を取ろうと火をつけたのかもしれんな。あるいは、どこかの悪ガキの仕業か。誰も住んでないと思ったんだろうよ。いまにも壊れそうなみすぼらしいトレーラーを見て、壊れてると思いこんだのかもな」

「いかにも悪ガキがやりそうなことだ」フィンリーが言った。彼は背が低くずんぐりしていて、歳は五十代なかば、黄色がかった白髪がちょぼちょぼと生えている。「夏に大型ごみ容器が燃やされたのを覚えてるだろ?」

保安官はうなずいた。「まったくばかなガキどもだ」

消防士たちが道具を片づける様子を手袋のはじっこを嚙みながら見ていたトニが、真っ先にジュニアの車の音を聞きつけた。ノッキングとブレーキの甲高い音でそれとわかった。

「ジュニア!」トニは大声で叫びながら、彼に向かって両腕を振った。

ジュニアは消防車の隣にとめると、がたがた揺れている車から飛び降りた。

「なんだよ、こりゃ!」彼の口からうわずった声が洩れた。彼は飛べない鳥が必死に空を飛ぼうとするように両腕を上下に動かしなら、ぴょこぴょこ跳ねまわりはじめた。「おれのトレーラーがなんでこんなことに?」彼は信じられないという顔で、くすぶる残骸を見つめた。「放火されたのか?」そう言うなり、答えも待たずに黒焦げになって蝶番《ちょうつがい》一個でぶらさがっているドアに向かって駆け出した。「なかのものを出さなきゃ!」

「ジュニア、だめ!」スザンヌは大きな声で呼びとめた。ジュニアをつかまえようとしたものの、相手はあまりに速すぎた。ひびの入った革のライダージャケットの背中を指がさっとかすめただけだった。

ほっとしたことに、ジュニアは消防士ふたりにつかまって、安全な場所へと引き戻された。ドゥーギー保安官がジュニアの肩にそっと手を置いた。

「入らせるわけにはいかないんだよ、ジュニア。なかはしっちゃかめっちゃかだ。だいいち、犯罪現場だとわかったことだしな」

「犯罪現場？」ジュニアはがっくりとうなだれた。「信じられねえ。おれの財産に火をつけたのはどこのどいつだ？」

「そいつをこれから突きとめるんだ」保安官は言った。「フィンリー署長のほうでも調べるそうだ」

「じゃあ、なかにはぜんぜん入れないってことか？」

「やめておいたほうがいいだろうな」保安官は言った。

ジュニアはあたりを見まわし、自分の持ち物だったものの残骸に目をとめた。

「車内から吹き飛ばされたものはどうなんだ？　地面に散らばってるやつだよ。あれを回収するのはかまわないだろ？」

トニも加勢した。「やらせてやってよ、保安官。もう、この人にはあれくらいしか残ってないんだから」

「ふむ」保安官は言った。「まあ、すっかり焼け焦げてるだろうからな。いいだろう、かまわん」

ジュニアはがっくりと肩を落としながら雪のなかを探しまわり、拾えるものを片っ端から拾いあげて古いポンコツ車のトランクと後部座席に押しこんでいった。トニが回収作業にくわわると、スザンヌは自分も協力したほうがよさそうだと判断した。トニにはわずかばかりの連帯感を、ジュニアにはいくばくかの思いやりをしめさなくては。

意外にも、かなりの数のジュニアの持ち物が回収できた。もちろん、大事なキャプテン＆テニールのカセットテープは真っ黒になっていたけれど、道具類は火災も、つづいて起こった爆発も切り抜けたようだ。炎にあぶられたとはいえ、おそらくまだ使えそうだ。

「もう場所がない」ジュニアはまだくすぶっているタイヤを自分の九八年型シェヴィ・コルシカの後部座席に押しこみながら言った。そしてスザンヌにすがるような目を向けた。

「工具箱をあんたの車の後部座席に預けてもかまわないか？　おれのブルー・ビーターにはこれ以上入らなくてさ」ジュニアは自分の車に全部名前をつけている。今夜乗っている古ぼけたポンコツ車はブルー・ビーターと命名されている。べつの車は〝黄色い老犬《オールド・イエラー》〟と呼んでいるし、ピックアップ・トラックは〝オールド・フェイスフル〟だ。

「好きなように突っこんでいいわ」スザンヌは言った。大きな損失をこうむったことを考えれば、ジュニアにだめとは言いにくい。それも、とりわけ大事なものを失ったのだから。

「ありがとう」トニが小声でスザンヌにお礼を言った。

けれども、まだ越えるべきハードルがひとつ残っていた。

「おれはどこで寝たらいいんだ？」ジュニアが弱った声で言った。「この陽気じゃ野宿ってわけにはいかないもんな。ケツの穴まで凍っちまう」

けっきょく、哀れに思ったトニがしばらく自分のところに寝泊まりしていいと言った。

ジュニアは即座に元気づいた。「ベイビー、ありがたい。おまえならきっと頼みを聞いてくれると思ってたぜ」

「あたしのアパートメントに寝泊まりしていいと言っただけで、同じベッドで寝ていいとは言ってないからね。あんたの寝床はでこぼこのソファだよ」

「そりゃないぜ、ベイビー」


ようやく帰宅したときも、スザンヌの服はまだかすかに煙のにおいがしていた。サムは居間のソファに寝っ転がって、医学雑誌を読んでいた。

彼はにっこりほほえみながら読書眼鏡をはずした。「リハーサルはどうだった？」

スザンヌはサムの正面にある椅子にへたりこむようにすわった。

「リハーサルに向かう途中でおかしなことがあったの。だから行けなかった」

寝ていたバクスターとスクラッフが目を覚まし、スザンヌのほうにやってくると、着ているもののにおいをつぶさに嗅いだ。二匹とも顔をしかめたところを見ると、まったくお気に召さなかったらしい。

「なにがあったんだい？」サムは床に足をつけて立ちあがった。「芝居のリハーサルをサボったの？　きみらしくないな」

「酌むべき事情があったのよ」

するとサムは眉根を寄せ、警戒するような顔をした。「なにかあったんだね？」

スザンヌはひとつ深呼吸をし、それからジュニアのトレーラー火災について、一部始終を語った。事情を説明し終えるとこう締めくくった。「というわけで、あらたな心配の種がまたひとつ生まれたの」

サムはまだスザンヌをじっと見つめている。「ぞっとするな。きみは帰ってくるたび、おそろしいことがあったんだと言う。きみはさながら死の天使だ。悪い知らせの前兆だよ」

「そうね。わたしはこの町の疫病神だわ」

「さあ、ここにおすわり」サムは雑誌の山をどけ、ソファのクッションをぽんぽんと叩いた。スザンヌは喜んで隣にすわり、彼の腕に抱かれた。とんでもない夜が終わり、ようやくくつろいでのんびりした気分になれた。

サムが彼女の唇と頬に何度もキスをしてから言った。「それで……火事はひどかった？」

「おそろしかった。トニなんか半狂乱になっちゃうし、帰ってきたジュニアは完全にパニック状態だったし。実際、気の毒に思えたわ」

「うん、そうだろうね。きみはやさしくて思いやりのある人だから」

「ええ、まあ」スザンヌはひとりごとのように言ってから、大きな声でつづけた。「なにか食べた？」

「トーストしたイングリッシュマフィンにピーナッツバターとジェリーを塗って食べたから、大丈夫。でも、きみは？」

「おなかがぺこぺこ。なにか軽いものを作るわ」

「だったら、ぼくもお相手するのにやぶさかではないよ。食事のお相手という意味だからね」

スザンヌはキッチンに引っこみ、残り物のチキンとライスのスープと薄く切ってグリルしたフォカッチャという簡単な夕食をこしらえた。放火事件についてもっとくわしい話をするあいだも、バクスターとスクラッフはスザンヌの足もとから動かなかった。それぞれにジャーキーのおやつをあたえてどかした。もちろん、一時的にすぎない。二匹ともそのうち戻ってくるに決まっている。

食事の用意ができると、スザンヌとサムはキッチンのカウンターでスツールにすわり、膝と肩を触れ合わせながら食べた。ずっとくっつきながら。

「なんともおかしな話だ」サムがスープをすくいながら言った。「まず殺人があって、次は火事だ。ん、放火だったんだっけ？」

「消防署のフィンリー署長はまだ決めかねてるみたい。いくつか検査しないといけないと言ってた」

「そうか……アラン・シャープの殺害とジュニアのトレーラー火災はどこかでつながっているんだろうか」

「どうかしら」

「本当におかしなことばかり起こるな」サムは考えこんだ。「次はなにが待っているんだ？イナゴとカエルの大量発生？」

「でなかったら、虻《あぶ》と腫れ物かも」

　サムは体を震わせた。「頼むから、腫れ物はやめてくれ。医学部にいたときのことをいろいろ思い出す」

「話は変わるけど、テディ・ハードウィックさんから連絡はあった？　スクルージ役の代役の件で」

「うん、あった」

「それで？」

「やると答えた。明日の夜から始めるとね」

「いったいどうして引き受けたの？　たったの二日で科白を全部覚えて、それなりの演技ができるようにならなきゃいけないのよ。しかもいまだって診療所の仕事がものすごく忙しいし、それに……えっと……」

「きみの相手も忙しい」サムは言った。

「ええ、そういうこと」

　サムはスザンヌに腕をまわし、強く引き寄せた。「ぼくも芝居に参加すれば、きみをしっかり見張っておけると思ったんだ」

「やさしいのね」スザンヌは言い、サムにキスをした。テディ・ハードウィックの自宅の基礎工事に欠陥があって、そのせいでアラン・シャープに腹をたてている話を彼にしようか迷った。でも、黙っていたほうがいいだろう。すでにひと晩で婚約者に聞かせるには、充分すぎるほど悪いニュースがありすぎた。

11

好奇心は猫を殺すというけれど、決意を固めたスザンヌに恐れるものはなかった。だから水曜の朝、彼女は郡裁判所の正面入り口を目指し、除雪していない歩道にできた踏み分け道をずんずんと歩いていた。

昨夜、保安官は証書と固定資産税の記録がどうとか言っていたが、まったくもって名案だ。そういうわけでスザンヌは建物に通じる通路で足を踏みならして雪を落とし、石目ガラスに〝郡登記所〟の文字が刻まれているドアに向かって洞窟のような廊下を歩いていた。

運のいいことに、きょうはときどき登記課の窓口にいる意地の悪い女性の姿はどこにもなく、ボニー・セーファーが大きな木のカウンターで業務をおこなっていた。ボニーはカックルベリー・クラブにもよく来るから、調べものを頼んでもいやな顔をしないだろう。

思ったとおりだった。ボニーはスザンヌと同じで、以前は中等学校の教師をしていた。気立てのいい女性でニットのアンサンブルを好み、ブロンドの髪をいまだに変わりページボーイスタイルにしている。ただし、彼女だとかわいらしく見える。

「スザンヌ」ボニーは心から喜んでいる声で出迎えた。「元気?」

「絶好調よ」

「トニとペトラはどうしてる?」

「いつものようにせっせと働いてる。クリスマスの準備で忙しいの」

ボニーは声をひそめた。「ゆうべの火事のこと、聞いたわ。ジュニアのトレーラーなんでしょ? あの人、これからどこに住むのかしら?」

「トニのところに一時的にやっかいになってるわ」

「ふうん」ボニーは口をとがらせた。感心できないと思っているのだろう。

そのあと、甘いスコーンと甘くないスコーン、それぞれのいい点について三分ほど議論したのち、ボニーはスザンヌの頼みに気持ちよくうなずいた。紫色の半眼鏡をかけ、分厚い茶色のバインダーとにらめっこを始めた。「あった」しばらくしてから言った。「テディ・ハードウィックはたしかにホワイトテイル・レーン三一六番地に住んでいるわね」

「固定資産税の額は?」スザンヌは訊いた。

「年間千四百ドル。もちろん、住宅ローンと毎月の管理組合費を払ったうえでね」

「そこの団地で差し押さえなどはおこなわれているの?」

「見たところ、なにもないわ」ボニーはバインダーを閉じた。「いまの家から引っ越すの? テディの家が売りに出されたら買うつもり?」

「まあね」スザンヌはあいまいに答えた。「彼から自宅のタウンハウスの話を聞いて、興味がわいたの。もちろん、ほかに真新しい棟がいくつか残ってるのは知っているけど」

「そっちはむずかしいかもね」ボニーは言った。「なにしろ……」

「わかってる。開発業者がアラン・シャープさんだものね。でも、融資は銀行が担当しているから、そっちに話を聞くという手もあるわ」

ボニーはうなずいた。「たしかに。わたしでもそこから始めるでしょうね」

重たい足音がオフィスの外の廊下から聞こえ、つづいて大声が響きわたった。声のレベルはしだいにあがっていき、ついにはかなり白熱した議論にまで発展した。

ボニーが目をぐるりとまわした。

「なんなの？」スザンヌは小声で訊いた。

「またモブリー町長がわけもなくわめきちらしてるの」ボニーが小声で説明した。「年がら年中なにかしら怒ってるんだから」

「ここで働いていると、いろんなことが耳に入ってくるみたいね」

「そうなのよ。以前は……つまり、アラン・シャープさんが町議会議員だったときなんか、町長としょっちゅう喧嘩を繰り広げてた。建物の屋根が吹っ飛びそうなくらい激しく言い合ってたんだから。一度なんか、お互い、手を出したこともあったはず」

「ふたりはそんなに相手を嫌ってたの？」スザンヌは訊いた。

「わたしの頭に浮かんだのは〝目の敵にしていた〟という言葉ね。ふたりのあいだになにがあったかは知らない。かつては同じ穴のムジナよろしく、よからぬ計画を練ったり、まじめな納税者のお金をかすめ取ったりしていたのに。それがいつの間にか……ドーン！　第三次世界大戦が始まったかのような状態になって、シャープさんは町長が財務上の不正をおかしているると非難するようになったの」

「不正行為がおこなわれていたと思う?」

「そういうことがあったのは知ってる。いまもおこなわれているし」

スザンヌはこぶしでカウンターを軽く叩いた。「教えてくれてありがとう、ボニー」

「どういたしまして。気をつけて帰ってね。それと、トニとペトラによろしく」

スザンヌが廊下に出ると、モブリー町長がまだわめいていた。相手は大きすぎるスーツにワイヤー縁眼鏡の若い男性だった。町長は顔を真っ赤にして、手をひっきりなしに振り動かし、相手の男性を罵倒し、わけのわからないことをわめきちらしている。スザンヌがそばを通りかかると、ちらりと目を向けてきたが、とくに気にした様子はなかった。ただひたすら、相手をあしざまにののしるばかりだった。

うん、あの横柄な高慢ちきもまずまちがいなく容疑者のひとりだわ。あの人の怒りはいまやマグニチュード七・六に達し、血圧は計測器の針が振り切れているにちがいない。だとすれば、頭のおかしな殺人鬼に分類してもいいだろう。

スザンヌは手袋をはずして、車のなかから電話をかけた。応答したトニに言った。

「もしもし、わたし」

「わたしって?」トニが訊き返した。

「すごく笑える。これから店に向かうと伝えたかったの。あともう一カ所、寄るところがあるけど」

「了解したよ、カップケーキちゃん。でも少しでも早く来てくれると助かるね。きょうの午後はクリスマスのお茶会だし、今夜はアラン・シャープのお別れ会でケータリングの仕事が入ってるんだからさ」

「すぐ行くってば」スザンヌはそこで言葉を切った。「ゆうべはジュニアとどうだった?」

「どうもこうもないよ」

「ごめん」

つるつると滑りやすい通りを進んでいると、またカナダから乾燥した風が吹きおろしてきたせいだろう、粉雪が舞いはじめた。これでまだ十二月の初めなのだから、二月になったらどうなることか。高さ十フィートもの雪の吹きだまりができるにちがいない。

スザンヌはアーケード・ストリートを進んで、〈ファブリーク〉というキンドレッドでたった一軒しかない布地販売店の前の縁石に寄せた。最近は自分で服やカーテンを縫う女性は多くないものの、〈ファブリーク〉はなんとか商売をつづけている。しかも、正面のウィンドウには金文字で〝布地、カーテン、布張り材料、教室〟とうたっている。

布張りか、とスザンヌは心のなかでつぶやいた。それは無理。まえに実演を見たことがあるが、あのときは女性が袖椅子の布張りをしていた。輪針を厚い生地にとおし、ひと針ひと針縫っていた。真剣そのものの表情で。

〈ファブリーク〉に入っていくと、ひとりのお客もいなかったが、紙芯に巻いた布でいっぱいだった。色とりどりのフェルト、コーデュロイ、それにウール地がスザンヌの目を惹いた。ほかにタータン、チェック、キャラコ、キルティング、フランネル、フリースも揃っている。

店主のアンドリーナ・チェンバレンが奥から現われ、急ぎ足でスザンヌを出迎えた。長身で髪は黒く、いつも首から巻き尺を垂らし、細い読書眼鏡はずり落ち気味だ。

「スザンヌ、元気だった？」アンドリーナは声をかけた。「どんなご用かしら？　いまはキルティング地がお買い得よ。通常だと一ヤード七ドル九十九セントのものが、クリスマス期間は四ドル九十九セントに値下げしているの」

「必ずペトラに伝えるわ。ほら、彼女はキルト作りが大好きだから」

「ええ、知ってる」アンドリーナは言った。「毎年恒例のイベント、〈キルト・トレイル〉の中心人物のひとりだもの」

「きょうはちょっとした情報を仕入れにきたの」スザンヌは言った。

「うちの教室について？」アンドリーナは眼鏡を押しあげた。

「ううん、そうじゃないの。最近、誰か、それも男性がチーズクロスかモスリンを何ヤードか買っていかなかったかと思って」

「あら、おかしなことを訊くのね。たしかに一週間ほど前、男の人が来店したわ。なんでそうはっきり覚えているかというと、うちの店に入ってくる男性は多くないからよ」

「じゃあ、その人がなにを買ったか覚えてるのね？」

「ええ、もちろん。チーズクロスをひと巻だった」

スザンヌの頭のなかで正解のチャイムが小気味よく鳴った。「チーズクロスの色は濃いグリーンだった？」幽霊の衣装は手作りしたものかもしれない。正確に言うなら、べつの幽霊の衣装だ。

「緑色じゃなかったわね」アンドリーナはゆっくりと言った。「だって、うちには生成りのものしか置いてないから。でも、染め方について訊かれたわ。ほら、どんな染料を使えばいいのかとか、生地を浸漬するには大きなバットかなにかを使うのかとか」

ここはどうしても訊いておかなくては。当然でしょ？「それが誰だったか覚えてる？」

「ヨーダー牧師さまの手伝いに来ている若い男の人よ。ほら、おたくのカフェの駐車場をはさんだ向こうにある教会の人」

「イーサン・ジェイクス」

「ええ、たしかそういう名前」

「チーズクロスをなにに使うのか言ってた？」

アンドリーナは首を横に振った。「クリスマスになにかするのかなと思っただけ。教会の聖書劇に使う壁飾りか背景幕にするのかなと。でも、どうして？　なにかまずいことでも？」

「ううん、全然」スザンヌは言った。「お邪魔してごめんなさいね」

カックルベリー・クラブまでの帰り道、スザンヌの頭はフル回転しつづけた。イーサン・

ジェイクス師がチーズクロスをほぼひと巻買って帰ったという。でも、どうして？　なにに使うつもりだったのだろう？　ジェイクス師がアラン・シャープと激しくやり合ったのは知っているが、聖職者が殺人をおかしたりするものだろうか？

チーズクロスをなにに使ったのか、突きとめなくては。そうすれば容疑者リストからジェイクス師を除外できる。

「あら、いらっしゃい」スザンヌが裏口から入るとペトラが声をかけた。「ずいぶんゆっくりだったわね」

「ごめん」スザンヌは冬用のコートを脱ぎ、かわりに黒いパリのウェイター風のエプロンを手に取った。「すごく忙しかった？」厨房からはベーコン、シナモン、溶けたチーズのにおいがしている。言い換えるなら、とてもおいしそうなにおいだ。

そのとき、トニがスイングドアから現われた。「ううん」彼女は言った。「けさはそんなに大変じゃなかった。たぶん、雪のせいだね。みんな家から出たがらないんだよ、きっと」

「午後のクリスマスのお茶会に、みんな来ないいんじゃないかと心配だわ」とペトラ。

「まさか。だって、満席なのよ」スザンヌは言った。

「ええ、でも全員が来るということにはならないでしょ」ペトラはふたたびフライパンのほうを向いた。輪切りにした甘いヴィダリアオニオンと一緒に、赤パプリカがじゅうじゅういっている。これはチキンとワイルドライス・ソーセージのつけ合わせになる。

トニはというと、いまだに昨夜の大火災の昂奮冷めやらずという状態だった。

「あんたも見ればわかるって」とペトラに訴えた。「炎が高さ五十フィートまであがったんだよ！」

「その話は聞いたわ」ペトラは応じた。「かれこれ五回ほど」

「聖書に出てくる燃えたつ炎みたいだった。ほら、〝わたしは、火を地上に投じるために来たのだ〟ってやつがあるじゃん」

「ルカによる福音書十二章四十九節ね」とペトラ。「それはともかく、ジュニアのトレーラーが跡形もなく燃えてしまったのなら、彼には住む家がないのよね。ちがう？」

トニはうなずいた。「そこが最悪なんだ」

「じゃあ、ジュニアはどこに住むの？〈モーテル6〉に泊まる余裕はあるの？」

トニは肩をすくめた。「どうかな。大型ごみ容器の裏の部屋なら、誰も泊まりたがらないから大丈夫かも。でなければ、窮屈だけど車で寝るとかさ」ジュニアはマトソンズ自動車修理工場の裏におんぼろ車のささやかなコレクションをとめている。

「ジュニアの車なんて、どれもまともに走らないじゃない」ペトラは言った。「そのうち、一酸化炭素中毒で死んじゃうかもしれないわ」

「ペトラに話しておいたほうがいいわよ」スザンヌはトニをせっついた。

「話しておくってなにを？」ペトラの声にある種の響きがよぎった。

「当分、うちに泊まればいいってジュニアに言ったんだ」トニは蚊の鳴くような声で答えた。

「だめじゃない、そんなことを言っちゃ」ペトラは振り返り、腰に手を当てた。「野良猫を拾うみたいに連れて帰ったの？　ちがうと言って」

「しばらくのあいだのことだって。ジュニアが新しいトレーラーを手に入れるまでのさ」

「なに言ってんの。そんなの何十年先かわからないじゃない」


モーニングとランチの狭間だったので、スザンヌはクリスマスのお茶会の準備に専念した。どうにか早出してくれたトニが（ありがたや！）窓と棚に電飾とガーランドを飾りつけてくれていた。残った仕事はペトラが編んだクリスマス用靴下をぶらさげ、白いボール紙で作った雪の結晶を天井から二十個ほど吊すだけだ。スザンヌがおっかなびっくり梯子《はしご》を出しているところへ、ジュニアが肩で風を切るようにして入ってきた。

「ジュニア」スザンヌは飾りを入れた箱を出しながら声をかけた。「元気にしてる？」

「まあまあってところだな」ジュニアは答えた。「わりとよく眠れたせいか、ゆうべの一件から半分くらいは立ち直ったぜ」

「それはよかった。火事の件は本当に残念だったわね、トレーラーだけじゃなく……ほらいろいろと失ったわけでしょ」

「朝いちばんに見にいってみたんだけどさ」ジュニアはかぶりを振った。「灰と燃えさししか残ってなかった。ソーセージバーベキューをやったあとみたいなありさまだった。でもよ、もちろん車軸だけはちゃんと残ってたんだぜ」

「それで、これからどうするの？」

「さあな。トニのところに居候するしかないだろうな」

ジュニアは魂が抜けたような顔をしていた。それも当然よね。仕事もなく、家と呼べる場所もなく、保険金もなく……。

「ねえ、ジュニア。悪いんだけどちょっと頼みがあって……雪の結晶を吊すのを手伝ってくれないかしら」スザンヌは訊いた。

「いいとも」ジュニアは言ったが、すぐに抜け目のない表情になった。「でも、先に朝めしをなにかもらえないか？」

「お安いご用よ」スザンヌは彼が手を貸してくれることにほっとして言った。「そっちのカウンターにすわって、食べたいものを大声でペトラに伝えてね。そうそう、本当に気分は大丈夫？」

「まあな」ジュニアはのんびりした足取りでカウンターに向かったが、口のなかに丸めたものが入っているように見えた。噛み煙草でも噛んでいるのかしら？

ペトラが仕切り窓から身を乗り出し、ジュニアをじっと見つめた。「歯でも痛いの？」

「え？　いや、そんなんじゃない」ジュニアは証拠をしめすように歯を二度ほど噛み鳴らした。「な？　このとおり、歯は全部ちゃんとある。まあ、夏にバイク事故で前歯を一本折っちまったけど」

「本当なのね？　だって、前歯が全部なくなっちゃったみたいに見えるわよ」

「そんなことないって。さっきまでリコリスを食べてたんだよ」ジュニアは上着のポケットに手を入れ、ねばねばした塊を出した。「食べるかい？」

「いいえ、けっこう」ペトラは言った。「で、なにが食べたいの？」

「ソーセージと卵だな」

「すぐ用意するわ」

意外にもジュニアは約束を守った。朝食を食べ終えるとすぐに、スザンヌを手伝っておもちゃの入った樽にクリスマス柄の紙を巻きつけ、梯子をかけて天井から雪の結晶を吊しはじめた。天井の半分ほど飾りつけたところへトニが出てきて言った。

「そんなんじゃ全然だめだよ。結晶を吊す長さはまちまちにしなくちゃ。長さ六インチのがあったり、十インチのがあったりという感じでさ」

ジュニアは自分の仕事ぶりをながめた。「全部、同じ長さのほうがいい感じだと思うけどな」

「そんなことない」

「そんなえらそうな口をきかなくてもいいだろ、トニ。ちょっと調節するからさ」

しかし十分後、トニはまだぶつくさ言っていた。

「今度は長すぎるやつがあるよ。お客さんの頭にぶつかっちゃう」

ジュニアはそんな彼女をせせら笑った。「竹馬に乗って店内を歩けばぶつかるだろうさ。サーカス芸人みたいにな」

をとがらせた。

「一回でうまくいかないなら、あたしが言ったとおりにやればいいんだって」トニは少し声をとがらせた。

「なんでおまえはいつもいつも小言ばかり言うんだ？」ジュニアは言い返した。「朝の寝起きが悪かったからって、おれの仕事にいちいちケチをつけるなよ。まったく最低だぜ。なんで気持ちよく仕事できないんだ？　すべての労働者が対等の立場で発言できるはずだろうが」

「あんた、いったい何様のつもり？『共産党宣言』を読みあげるレオン・トロツキーとか？」トニは声を荒らげた。「まともな仕事ができないなら、さっさと出ていきな！」

ジュニアは梯子を急いでおりると上着をつかみ、ふてくされた様子でカックルベリー・クラブを出ていった。ドアを乱暴に閉め、どうせ『ザ・プライス・イズ・ライト』を観る時間だとぼそぼそつぶやいた。

「ちょっとジュニアにつらく当たりすぎじゃない？」スザンヌは言った。〈ブック・ヌック〉のドアのところからふたりの口論をじっと見ていたのだ。

「わかってる」トニはため息をついた。「けどさ、これってジュニアがみずから招いたことなんだよ。けさ、あたしが目を覚ますより早く、あいつときたら鉢植えスタンドをひっくり返して絨緞《じゅうたん》を汚したうえ、あたしのお気に入りのコーヒーカップを割っちゃったんだ。そのうえ厚かましくも、Ｘｂｏｘを買ってくれないかなんて言うんだよ。それもしれっとして。なんでも、あたしんちでぼけっとしてるのに飽きたんだってさ。まだ一日もたってないってのに！　もう腹がたって腹がたって、あいつの内臓をえぐり出して、フライパンで焼いてやりたくなったよ」トニは両手で髪をかきむしった。「ひどいもんだろ？　ジュニアが同じ屋根の下にいるようになって十二時間にもならないってのに、あたしはすでにやかまし屋のトガリネズミになっちゃった」

スザンヌはトニの肩に腕をまわした。「そうね。でもあなたはわたしたちの大事なやかまし屋のトガリネズミだわ」

12

「きょうのランチメニューは超がつくほどの簡略版なんでしょ、ペトラ？」スザンヌは仕切り窓から顔をのぞかせて訊いた。

「メインディッシュは三つだけよ」ペトラが答えた。「デンヴァー風オムレツ、ワッフルチキン、三種類の豆のチリ。もちろん、いつものスティッキーバン、スコーン、マフィンは全部揃ってる。でも、あなたたちふたりがランチのお客さまをそれとなく急がせてくれると気が楽だわ」

「給仕はトニにまかせようかしら。ああいう気分の彼女にかかれば、お客さまはきっと、沈没する船から逃げるネズミのようになるわ」

「いちおう言っておくけどさ」トニの声が飛んだ。「もう、いらいらは通りこしたから。いまはこれ以上ないってくらい落ち着いてるよ」

スザンヌはほほえんだ。「ジュニアにあなたのいいところを全部持っていかれなくてよかった」

「すばらしい年月は持っていかれたけどね」トニはむっつりと言った。

あきらかに、まだいらいらしている。

スザンヌは簡略版のランチメニューを黒板に書き、トニは雪の結晶を吊りさげ終えた。そこへペトラが出てきて、店内の装飾に目を丸くした。

「なんてすてきなの。とっても華やかだわ。あら、スザンヌったら、わたしが編んだクリスマス用靴下も飾ってくれたのね」ペトラは壁にかかった赤い靴下を見てほほえんだ。

「あたりまえじゃない。売り上げは全部、あなたが通っている教会に寄付されるんでしょ」

「あれに使った毛糸、すてきでしょう？〈アートヤーンズ〉というメーカーのビーズ入りモヘアなの」

「手編みの小さなテディベアはなんなの？レジのそばにふたつ並べて置いてあるけど」

「あれは抱っこグマ作戦の一環よ。編み物教室で作った小さなクマちゃんたちを、保安官事務所、消防署、ハイウェイ・パトロール、それに救急救命士に渡すの」

「えっと……それはどういうこと？」

ペトラはスザンヌが困惑の表情を浮かべているのを見て、おかしそうに笑った。

「そうじゃないの、クマはその人たちにあげるんじゃないわ。預けるだけ。危機的状況にある子どもに渡してもらうのよ。交通事故や火事のような災難に遭った場合に……惨事の衝撃をやわらげてくれるはずだから」

「すてきなアイデアね」スザンヌは言った。

いつの間にかトニがふたりのうしろに忍び寄っていた。

「ねえ、雪の結晶を吊す長さをまちまちにしたんだよ、わかる？」

「全然気づいてなかったわ」ペトラは急に緑色のクロックスを履いた足を踏み替えはじめ、ふきんを両手でねじった。

「どうかした、ペトラ？」トニは訊いた。「バーコード頭をした天井ファンのセールスマンみたいにおろおろしてるよ」

「胃がきりきりしてきちゃって」

「それってうつる病気？」トニは訊いた。

「そういうんじゃないの。ランチを出して、そのあとパーティ向けにサンドイッチを作ったりスコーンを焼いたりするのかと思うと緊張しちゃって。しかもそれが終わると振り出しに戻って、同じことを繰り返すのよ。夜にはアラン・シャープさんのお別れの会のケータリングがあるし」

「わたしたちも手伝うから」スザンヌは励ました。「あっという間《イン・ノー・タイム・フラット》にすべて片づくわよ」

「時間がない《ノー・タイム》」ペトラは言った。「それが問題なのよ」

スザンヌは不安そうなペトラを追って厨房に入った。「ペトラ、イーサン・ジェイクス師のことはよく知ってる？」

「ほとんど知らないわ。だって、あの人の教会には通っていないもの。わたしが堅信礼を受けたメソジスト教徒なのはあなたもよく知っているでしょ」ペトラは木べらを手にしてチリが煮えている鍋をかき混ぜた。「どうしてそんなことを訊くの？」

「なんとなく」

ペトラはカイエンペッパーをひとつまみ振り入れた。「スザンヌ、あなたはなにをするにもちゃんと理由があるじゃない」

「わかったわよ。たまたま知ったのだけど、ジェイクス師はアラン・シャープさんと激しくやり合っていたらしくて……」

ペトラは口をあんぐりとあけ、目を大きくひらいてスザンヌを振り返った。

「それで……いいえ、言わなくてもわかる。牧師さまがシャープさんを殺したかもしれないと思っているんでしょ。ジェイクス師が偽の幽霊の衣装を着て、舞台上で彼を刺したと」

「たしかに、ほんの一瞬、頭をよぎりはした」

「だったら、そんな考えは捨てることね」ペトラはかなりいらいらした声で言った。「ちらっと思うのもだめ」

「わかった、そうする」でも、たぶん無理。

「まったくもう」ペトラはぷりぷりしながら言った。「聖職にある方《マン・オブ・ザ・クロス》を疑うなんて」

ただの布《クロス》じゃなくてチーズクロスよ、とスザンヌは心のなかでつぶやいた。さすがに旅路の果て教会に乗りこんでいって、ジェイクス師に質問を浴びせるわけにはいかないだろう。そんなことをしてもうまくいきっこない。けれども彼がチーズクロスを購入したわけを突きとめる必要がある。つまり、計画をたてなくては。少なくとも、もっともらしい話をでっちあげなくてはいけない。

ランチタイムはびっくりするほどのスピードで過ぎ去っていった。スザンヌとトニは注文を取り、愛想よくほほえみ、やるべきことを完璧にこなし、よけいなおしゃべりで時間を無駄にはしなかった。するとなんとびっくり、一時十五分には店内のお客はすっかりはけ、そこへ片づけを手伝ってくれるジョーイがやってきた。

「どうかした、ミセス・D？」ジョーイはいきおいよく入ってくるなり訊いた。彼は十六歳で、ぶかぶかのズボンにだぼっとしたデニムジャケット、首には安っぽい金ぴかのチェーンネックレスをかけ、まるでラッパーのような恰好だ。

「時間ぴったりね」スザンヌは上機嫌で言った。「この雪だから心配してたの」そう言って、ジョーイに片目をつぶってみせた。「スケートボードで来るのは大変だったんじゃない？」

ジョーイはスケートボードを片時も離さない。

ジョーイは首を横に振った。「きょうはバイクで来たよ」

トニがカフェに入ってきて言った。「まさか」

ジョーイは窓のほうを手振りでしめした。「うそじゃないって。おやじがノーマルタイヤをスタッドレスのやつに交換してくれたんだ。だから、行きたいところに行けるんだよ。氷の上だってへっちゃらさ」

「まあ、でも脚の骨を折らないようにね」スザンヌは言った。

「おれにかぎってそんなことあるわけないって。なんたって不死身なんだから」

「ペトラが厨房であんたを待ってるよ」トニがたしなめた。「きょうのクリスマスのお茶会はめっちゃ忙しくなるからね」

「たかがお茶会だろ？　ちゃんとやれるって」

スザンヌはジョーイにほほえみかけた。妙にハイテンションで元気いっぱいの彼を見ていると、いつもおかしくてしょうがない。「ええ、あなたなら大丈夫」


二十分後、ミッシー・ラングストンがやってきた。くすくす笑ってばかりの手脚の長いモデル三人を引き連れ、服でいっぱいの移動式ラックをふたつ持ってきていた。キム・カーダシアンがファッションのスタイリスト相手に盛大なセッションをするのかと思うほどだった。

「まじめに訊くけど、ミッシー」スザンヌは言った。「きょうはどんなショーを考えているの？」

「クリスマスの華やかさがたっぷり詰まったものになるわ」ミッシーはスザンヌの腕をつかんで、わきに引っ張った。「ねえ、ファッション・ショーのことを誰かにしゃべった？」

「トニとペトラにだけ。だからお客さまはとてもびっくりすると思う」

「よかった。そういうふうにしたかったの。さてと……大々的に登場するまではどこに隠れていればいいの？」

「〈ブック・ヌック〉かしら」スザンヌは言った。「スペースはたっぷりあるし、わたしのオフィスには鏡もある。だから……まあ、これ以上説明はいらないわね」

ミッシーはスザンヌにさらに体を寄せた。「最近、アンバーと話をした？」と小声で訊いた。

「きのう、ね。それに、きょうのクリスマスのお茶会に招いたわ」

ミッシーは驚いた顔をした。「で、来るって？」

「そう言ってた」

「よかった！」ミッシーはスザンヌにウィンクすると、モデルと服のかかったラックを引き連れ、そそくさとその場をあとにした。

スザンヌとトニはすでに、白いブラウスと黒のスラックスという恰好に真っ赤なセーターをプラスしていた。いまはカフェの最終確認のまっさい中で、すべてがクリスマスモードになっているのをたしかめた。

具体的に言えば、どのテーブルも白いリネンのテーブルクロス、赤いナプキン、赤いバラとグリーンをコーディネートしたブーケで飾られていた。さらには銀色の縁がついた乳白色の磁器が並び、シルバーの蠟燭《ろうそく》立てには白いテーパーキャンドルが立てられていた。

「天井の照明を少し落としたら、色つき電球も炎が揺らめくキャンドルも、もっとすてきに見えるんじゃないかな」トニが提案した。

「じゃあ、やってみましょう」スザンヌは賛成した。

「うん、ぐんとよくなった」トニは調光器のスイッチを操作して言った。ボール形のオーナメントがまばゆく光り、クリスタルのゴブレットや銀器が無数の光を反射し、装飾がいっそうすてきに見える。

厨房を最後にもう一度のぞいてみると、ペトラはすべてを驚くほどきちんと仕切っていた。料理を順番にひとつひとつ出す三品コースではなく、きょうは三段のティートレイを使って一度に全部出す予定だ。そうすると、各トレイに山と盛られたスコーン、サンドイッチ、デザートは見た目が豪華なだけでなく、給仕がはるかに楽になる。

「もういいでしょ」ペトラはふたりに向かってタオルをぱたぱたさせた。「充分見たじゃない。さあ、さっさと出ていってちょうだい。あなたたちのせいで、またそわそわしてきちゃったじゃないの」

「だってそれが目的だもん」トニが言った。

ペトラはまたタオルをぱたぱたさせた。「もう、トニったら」

カフェに戻ると、スザンヌは最後にもう一度、全体を見まわした。

「本当にすてきだわ。これで準備完了ね」

「音楽」トニが言った。「クリスマスソングをかけなきゃ」

スザンヌは膝をついて、CDコレクションをあさり、一枚を選んでCDプレーヤーにかけた。次の瞬間、「ホワイト・クリスマス」のメロディが店内に響きわたった。

「ミッシーのファッション・ショーが始まったらどうすんの?」トニは訊いた。「どんな音楽をかけたらいいのかな」

「CDならもう預かってるわ」イマジン・ドラゴンズのアルバム『エヴォルヴ』だ。そのバンドの音楽はエッジがきいているから、モデルたちも実力以上のものを発揮できるだろう。

ふたりはその場に立ちつくし、磨きあげたテーブルや愛らしい装飾をほれぼれとながめ、静かで穏やかなひとときを味わった。やがてトニが口をひらいた。

「雪のせいで誰も来なかったらどうしよう？」

「その場合は大量の料理を抱えることになるわね」

「道路端で臨時ティーショップでもひらこうか。まあ、食べ物が凍っちゃったらおしまいだけどさ」

けっきょく、それは杞憂に終わった。というのも、二分とたたぬうちに最初のSUV車が店の駐車場に入ってきて、四人のお客が元気よく降りてきたからだ。さらに十分もたつと駐車場はほぼ満車状態となり、三十人以上ものお客が入ってきた。

スザンヌは全員を出迎え、握手をし、ドアの近くに設置した臨時のコート掛けにコートをかけていった。トニはお客ひとりひとりの名前を確認し、あらかじめ割り振ったテーブルへと案内した。

ドアがまた大きくあいて、《ビューグル》紙の編集長であるローラ・ベンチリーが駆けこんできた。

「スザンヌ」ローラは大声で叫ぶと、スザンヌの首に腕をまわした。髪は黒く、トニ以上に痩せているけれど、元気いっぱいに熱っぽくしゃべる人だ。

「来てくれてうれしいわ」スザンヌは言った。

「ここのクリスマスのお茶会をパスするわけにはいかないもの」ローラは言った。「バレンタインのお茶会とイースターのお茶会もね」

「あんなにいろいろ宣伝してくれて、心から感謝しているわ」

ローラが顔を近づけてきた。「今週はあなたの名前がいろいろ取り沙汰されることになりそう」

「どういうこと？」

「うちの怖いもの知らずの記者、ジーン・ギャンドルがアラン・シャープ殺害事件の記事を書いたんだけど、そのなかであなたについて派手に言及しているわ。まあ、明日新聞が出るから、読んでみてちょうだい」

スザンヌは眉をひそめた。そんな形で注目されてもうれしくもなんともない。

「わたしは悪いときに悪い場所に居合わせただけなのに」店内を見まわすと、トニがもうお茶を注いでまわっていた。よかった、と安堵する。

「コミュニティ演劇が頓挫《とんざ》してしまうなんて残念でしょうがないわ」ローラは言った。

「それ、どういうこと？　ちょっと待って、わたしが知らないことを知ってるの？」

ローラは目を丸くしてスザンヌを見つめた。

「あなた、まだ聞いてないの？　お芝居は中止になったのよ！」

「ええっ？　ううん、初耳。それどころか、ただただびっくりしてる」にわかに信じがたかった。いつもならカックルベリー・クラブには、ささやかなつぶやきやら地元のゴシップやらが集まってくる。けれどもきょうは、誰からもなにも知らされていない。サムのところには中止の連絡は行っているのかしら？　それとも、そんなこととは知らず、彼は科白の暗記を始めているのかしら？　しかしすぐに思い直した。抗生物質を処方したり、病院で巡回をしたり、傷の縫合をしたりと忙しいのだから、台本に目をとおす時間すらないにちがいない。

「あんまりがっかりしないで」ローラはスザンヌの顔をのぞきこんだ。

「お芝居のこと？　ううん、そんなのは気にしてないわ。がっかりなのは、ドゥーギー保安官がまだ犯人を逮捕していないことよ」

「でもじきに捕まるわ。絶対に」

スザンヌはローラの顔をうかがった。

「ねえ、ほかにもわたしが知らないことを知ってるんじゃない？」

ローラはやさしくほほえんだ。「ちょっとしゃべりすぎたみたいね」


スザンヌがお茶会を開始しようとしたそのとき、アンバー・ペイソンが駆けこんできた。赤いコートにクリーム色の手袋とスカーフでとても愛らしく装ったアンバーは、お招きいただきありがとうとさっそくスザンヌにお礼を言った。

「どういたしまして」スザンヌはお客でぎゅうぎゅうの各テーブルに目をやった。残っている席はふたつ。ひとつはアンバーのもので、もうひとつの席の主はおそらく現われないだろう。

「おしゃれなお茶会なんて出たことがないの」アンバーは言った。「きょうがはじめて」

「楽しんでいってね」スザンヌはあいている席のひとつにアンバーをさりげなく案内した。

「もうミッシーは来てますか？」アンバーは訊いた。

スザンヌは唇に指を当てた。「シーッ。それはあとのお楽しみ」

そしていよいよ、ステレオから「もろびとこぞりて」が流れはじめ、スザンヌは店の正面側に進み出た。トニがちりんちりんと小さな鈴を鳴らすと、おしゃべりも昂奮ぎみのにぎわいも一瞬にしてやみ、あとには小さなざわめきが残った。

「みなさま、クリスマスのお茶会にようこそ」スザンヌは始めた。「カックルベリー・クラブにみなさまをお迎えできて感激です。これからペトラ、トニ、わたしの三人でみなさまのために用意した、三品からなるすてきなメニューをご紹介します。三段トレイの最上段にはペトラが腕によりをかけたクランベリーとクルミのスコーンをご用意しました。スコーンのお供としてオレンジとバラの花びらをブレンドした中国の紅茶をお出しします。ふた品めは三種類のティーサンドイッチです。ハム、パイナップル、キュウリのサンドイッチ。チャツネ入りのチキンサラダのサンドイッチ。もうひとつはタラゴン風味の卵サラダのサンドイッチです。この三種類のサンドイッチに合わせるお茶として、茉莉花茶《ジャスミン》と包種茶《パオチヨン》のオリジナルブレンドを用意しました。デザートとしてバタースコッチとペカンのショートブレッドとハミングバード・カップケーキがトレイにのっています。そのときにはおいしい桃と杏のお茶をお出しします」

拍手があがり、スザンヌは指を一本立てた。

「さらに、特別イベントとしてミッシー・ラングストン率いるアルケミー軍団のみなさんが、クリスマス向けのファッション・ショーを開催し……」

すると全員がぱっと顔を輝かせ、拍手が一斉に起こった。

「〈アルケミー〉のすばらしいコレクションをご紹介します。まじめな話、さきほど服をこっそりのぞいてきましたが、どれもほしくてたまらなくなるものばかりでしたよ」スザンヌは厨房のほうへ一歩踏み出し、両腕を大きくひろげた。「さあ、お待ちかねの……」

食べ物をたっぷり盛りつけたシルバーの大きな三段トレイを手にしたトニとペトラが、ぴったりのタイミングで現われた。それぞれ、持っていたトレイをいちばん近いテーブルに置き、べつのを取りに急ぎ足で引っこんだ。このときはスザンヌもふたりのすぐあとを追った。数秒後、三人が三段のトレイを手に戻り、クリスマスのお茶会が始まった。


三十分ほどがたち、スザンヌは自分に言い聞かせた。きょうのお茶会はカックルベリー・クラブがこれまで開催してきたなかでも最高の部類に入ると。キンドレッド・ベーカリーのジェニー・プロブストも来てくれたし、親友のロリー・ヘロン、パット・シェプリー、それにビー・ストレイトの顔もあった。店内は親密で友好的な雰囲気にあふれていた。ひとりのお客が片手を突きあげて「ウーマン・パワー」と叫んだときには、全員が気持ちよくやんやとはやしたて、拍手喝采した。

スザンヌは紅茶が入ったポットを手にして店内をまわり、カップにお茶を注ぎ、お客と雑談し、しばらく顔を合わせていなかった古い友人にあいさつをした。

「スザンヌ」ペトラが通っている教会のオルガン奏者、タイニー・アグネス・ベネットがごつごつした手をスザンヌの腕にかけた。「トニはどんな様子？　ご主人のトレーラーが火災にあったと聞いたけど」

「トニなら元気よ」スザンヌは答えた。「ジュニアよりも元気なくらい」

「まったくジュニアってやっかいな人よね」アグネスは言った。「いつだったか、エンジンの点火プラグがないとかで、かわりに実弾を使ったことがあったっけ。エンジンがあたたまったとたん、弾が爆発してフロントウィンドウを突きやぶったのよ。あんまり背が高いほうじゃなくて幸いだったけど」

「トニがしっかり手綱を握っていてよかったわ」スザンヌはべつのテーブルに移動し、アンナ・バンレットとフェイス・ジョーゲンセンのカップにお茶を満たした。

「息子さんのノアはどうしているの？」スザンヌはフェイスに訊いた。

フェイスは顔を大きくほころばせた。「新しい学校でとっても元気にしているわ。気にかけてくれてありがとう」

ふと見ると、トニが近くに来ていた。

「ミッシーがいつショーを始めたらいいかって言ってる」

「そろそろサンドイッチを食べ終えようかという感じだから、五、六分したらね」スザンヌは言った。「ファッション・ショーはデザートのお供にぴったり合うわ」

「桃と杏の香りのお茶といただくデザートにね」

スザンヌは残ったお茶を全部注ぎ終えるとヘレン・ウィンダーに声をかけた。

「あなたは甘党だったわね。だったらちょっと味わってみて――」

どすん！　ばたん！　どーん！

正面ドアがいきおいよくあいて、凍てつく外の空気がなだれこみ、つづいて血相を変えたドゥーギー保安官が姿を現わした。目をぎらつかせ、頭と肩にうっすら雪を積もらせ、息をはずませている姿は、まるで雪男を思わせる。

全員が椅子をぎしぎしいわせながら振り返った。ひとりの女性が喉の奥のほうで小さな悲鳴を洩らした。どういうことなのという疑問の声が一斉にあがり、しだいに大きくなった。

ティーポットを手にしていたスザンヌも、呆気にとられた。いまにも問いつめんばかりのいきおいで、保安官をじっと見つめた。

けれども彼女が口をひらく間もなく、保安官は当惑したような視線を無視して、灰色の目で大勢の客を見わたした。

それから叫んだ。「アンバー・ペイソンはどこにいる！」

13

そんなばかな！　スザンヌの頭にまず浮かんだのはそれだった。クリスマスのお茶会のさなかなのに！

スザンヌは報復の天使よろしく保安官の行く手をはばもうと駆け寄った。礼儀もなにもおかまいなしに踏みこまれたことで、かんかんに怒っていた。

「いったいどういうつもり？」と嚙みつくような声で問いただした。

保安官はまったく取り合わなかった。店内の顔に目を走らせつづけ、ようやくアンバーを見つけた。がたがた震えている彼女を肉づきのいい手でしめした。「そこの娘さん、おれと一緒に来てもらおう」

「彼女を逮捕しようっていうの？」スザンヌは訊いた。

「事情聴取のために同行してもらうだけだ」

「理由を言ってもらいたいわ」スザンヌは言った。肩ごしにうしろを見やると、店内にいる全員の目がこちらに向けられ、会話を一言一句聞き洩らすまいと聞き耳をたてているのがわかる。「とにかくこっちへ」スザンヌは保安官の腕をつかむと、スイングドアを抜けて厨房まで引っ張っていった。

「ずいぶん騒々しいけど誰なの？」ペトラが強い口調で尋ねた。

「警察だ！」ジョーイが叫んだ。

ペトラはまな板から体を起こすと、憤然とした保安官の顔と怒りをうちに秘めたスザンヌの表情に気がついた。「あら、どうかした？」

「保安官がアンバーを探しに来たの」スザンヌは言った。

ペトラはひとことも発しなかった。土を蹴ったり、足を踏みならしたりして、いまにも角を突き合わせそうないきおいの気性の荒い二頭の牛を見るような目でふたりを見ていた。ジョーイは目を大きくひらき、耳をそばだてながらも目立たないように立っている。

「さあ、店に押しかけてきてせっかくのクリスマスのお茶会を妨害した理由をちゃんと説明して」スザンヌは保安官に言った。

保安官は自分の身を守るように、胸のところで腕を組んだ。「さっき言ったとおりだ。アンバーから話を聞かなきゃいけないんだよ」

「話を聞きたいのか、事情聴取のために連行したいのかどっちなの？」

「両方だ」

「どうして？　どういうことかちゃんと説明して」

「あんたにいちいち説明する必要なんかない」

「わたしの店にいる以上、当然、説明する必要はあるわ」

保安官は鼻にしわを寄せ、目をぐるりとまわしてから、味方してくれとばかりにペトラのほうを見た。

ペトラはどっちが勝つのか興味津々で肩をすくめた。

スザンヌはつま先で床を叩いた。「返事を待ってるんだけど」

「んー……」保安官は不機嫌そのものの顔をしていた。顔は真っ赤で、下顎が抗議するようにゆさゆさ揺れている。「あらたに補足の質問をする必要が出てきたんで、ドリスコル保安官助手をアンバーの自宅にやったんだが……」

厨房のドアがぎしぎしいいながらあき、アンバーが足音を忍ばせて入ってきた。彼女は保安官のすぐうしろに立った。ネズミのようにおとなしいが、すべての神経が小刻みに震えていた。

スザンヌは手をくるくるまわす仕種をした。「それで……？　ねえ、はやくつづきを聞かせてよ」

「アンバーの家の正面ポーチでガソリンの入った缶が見つかった」

「ガソリン」スザンヌは懸命に話の道筋をたどろうとした。やがて目を大きくひらいた。「まさか、ジュニアのトレーラーが燃やされた事件をアンバーのせいにしようとしてるんじゃないわよね？　ちょっと待って……その、まさかなの？」

「ガソリンは状況証拠にすぎないだろうが、調べる必要はある」

「わたしのじゃありません」アンバーが大声で怒鳴ると、保安官は驚いて飛びあがった。彼女がすぐうしろに来ているのに気づいていなかったのだ。「誰かが置いたのよ！」

保安官はうしろを向き、アンバーの顔をしげしげとながめた。

「それを判断するのはおれだよ、お嬢さん。とりあえず、指紋を採取しないといかん。だから、おれと一緒に法執行センターまで来るのが、あんたのためなんだ」

「こんなのまちがってる」スザンヌは言った。「うちの店に押しかけてきて、みんなの目の前で彼女に恥をかかせるなんて。彼女を怯えさせるなんて……」

保安官は無造作に頭をのけぞらせた。「おれは自分の仕事をしているだけだ」

「ちがう」スザンヌは言った。「あなたは無理につながりを見出そうとしているだけ。ねえ、アンバーがジュニアのトレーラーを燃やしたとして、いったいどんな動機があるというの？」保安官は口をひらきかけたが、スザンヌは機先を制した。「教えてもらわなくてもけっこう。彼女にはなんの動機もないわ。なにひとつ！」

「しかし、フィンリー署長が放火の証拠を見つけている」保安官は怒鳴り返した。「何者かがジュニアのトレーラーにガソリンをぶっかけたんだ」

「その何者かは誰であってもおかしくないわよね。あなたもこのあいだの晩、自分で言ってたじゃない。若者か通りすがりの誰かが悪ふざけをしたんだろうって」

「それにくわえ、アラン・シャープがハンティングナイフで刺し殺されたという事実もある！」保安官は語気を強めた。

「でも犯人はアンバーじゃないわ」

それでも保安官は一歩も引かなかった。「それぞれの事件の背景になにがあるかはわからん。そもそも、ふたつの事件が関連しているかどうかもわからない。だが、神に誓って、必ず突きとめてみせる。なにがなんでも、真相を究明してみせる」

けっきょく、アンバーはみずから進んで保安官に同行した。スザンヌはさんざん反論したが、それ以上できることはなかった。

スザンヌはカフェに戻り、お客にたどたどしく釈明を始めた。けれども、本当に大事なことはなにかをよくわかっているトニが、ミッシーから預かったファッション・ショー用の音楽をすばやくCDプレーヤーに入れた。二秒後、イマジン・ドラゴンズの音楽がカックルベリー・クラブ全体に鳴り響いた。つづいてモデルたちがさっそうと登場すると、お客たちは笑顔で拍手しはじめた。

もう謝罪はこのくらいにしておこう。冷静に先をつづけるほうがいいこともある。

「まったくあきれてものも言えないわね」ペトラが仕切り窓ごしに声をかけてきた。「異常さを測るスケールがあったら、満点を記録することまちがいなしだわ」

カウンターのなかでふたつのポットにあらたにお茶を淹れていたスザンヌは、腰をかがめて仕切り窓をのぞきこんだ。「保安官がアンバーを連行したのは正しかったと思ってるの?」

「最初はそうじゃなかったけど、あらためて考えたら確信が持てなくなってきちゃったの」

「どうしてアンバーがアラン・シャープさんを殺したうえ、ジュニアのトレーラーに火をつけなきゃいけないわけ？」

「火をつけるのが目的じゃなかったのかもしれないでしょ」とペトラ。「ジュニアも殺そうとしたのかも」

「ペトラったら！」モデルが紫とピーチ色のモヘアをなびかせながら歩いていくのが見えたが、義憤にかられるのを忘れるほどファッション・ショーに見入っているわけではなかった。「どう考えたらいいのかわからないのよ」ペトラは説明した。「だって、あまりにひどい話じゃない。殺人……放火……わたしには正気の沙汰とは思えない」

「だって実際、正気の沙汰じゃないもの」スザンヌはぼそぼそと反論した。「あまりに常軌を逸してる」

一日の仕事が終わって、かなりの数のレシートを計算しているとクリスマスのお茶会の成功に思わずほくそえんだが、その一方で、ドゥーギー保安官の突然の来襲にはまだ腹をたてていた。正直言って、彼がずかずかと乗りこんでアンバーを連行したことで、自分なりに調べようという気持ちがいっそう強くなった。そういうわけで、アラン・シャープが殺害された理由とジュニアのトレーラーが放火された理由をもっと探ってみようと心に決めた。

トニがスザンヌのオフィスをのぞいて言った。「売り上げはどのくらいあった？」

「お茶会のチケットと手編みのクリスマスの靴下とで、売り上げは九百ドルをゆうに超えてる」

「でも一部はペトラの教会に寄付するんだよね」

「ええ、百二十ドル。それとジョーイには五十ドル渡さないと」

「それでも、本当によくやったよね」

「ええ」まもなく一年のなかでもかなり利益があがる年末がやってくる。全員にクリスマスのボーナスを支給できるかもしれない。

「さてとお次は、今夜のアラン・シャープのお別れ会の準備だ」トニはぶるっと身を震わせた。「あーあ。葬儀場まで出かけて死んだ人を見るのかと思うとぞっとする」

「だったら見なきゃいいじゃない」スザンヌは言った。

「言うのは簡単だけどね。ねえ、知ってる？　ジュニアから聞いたんだけど、人の爪と髪の毛は死んだあとものびつづけるんだってさ」

「気持ち悪い話ね」

「うん、でも本当に本当かな？　サムに訊いてみてくれる？」

「お断りよ。そんな話はもうやめにして、ペトラの様子を見にいきましょう。手伝いが必要か確認しなきゃ」

ところが驚いたことに、ペトラはすでにほぼ穏やかな心境に達していた。

「心配するのはやめようと自分に言い聞かせたの。スコーンの生地は冷蔵庫で寝かせてあるし、サンドイッチは半時間もかからずに作れる状態になっているんだからって」

「死体の閲覧会は何時に始まるんだっけ？」トニが訊いた。

「お別れの会でしょ」ペトラは一音一音はっきりと発音した。

「七時開始よ」スザンヌは言った。

「ちょっと待って。それじゃあ、ふたりともリハーサルに出られないじゃない」

「まだ聞いてないのね」とスザンヌ。「お芝居は中止になったの」

「え？　まじめに言ってるの？　お芝居が中止になったですって？　ドゥーギー保安官の指示で？」

「さあ。そうかも。サムが科白を暗記しはじめる前に電話して教えてあげなくちゃ。彼ったら、まじめで勤勉なタイプAどころか、Aの二乗タイプだもの」

スザンヌはそう言うとカフェに出ていってクリニックの番号をダイヤルし、サムにつないでほしいと頼んだ。ようやく電話に出たサムに彼女は言った。「ねえ、聞いた？」

「聞いたってなにを？」電話の向こう側からべつの人の声がして、つづいてサムの声がした。「ちがうよ、アンピシリンではなく、アモキシシリンだ。中耳炎の治療にはアモキシのほうが効果がある」彼はさらにぼそぼそ言ったのち、ようやく電話口に戻ってきた。「ごめんよ、スザンヌ。なんの話だっけ？」

「お芝居が中止になったのは聞いてる？」

「リハーサルが中止になったのかい？　今夜のが？」

「ううん、これから先もやらないってこと。お芝居そのものが取りやめになったの」

「本当に？　それはまた……残念だ」

「そんなはずないでしょ。本当はスクルージ役なんかやりたくないくせに」

「やりたいさ。演じるのを楽しみにしていたんだ」

「うそばっかり」

サムのハスキーな笑い声がスザンヌの耳に響いた。

「もうひとつ事件があったの」スザンヌは言った。「あなたに話しておかなきゃいけないことが」

「地球外生物が地球に不時着したなんて言わないでくれよ。ぼくよりキュートで魅力にあふれる誰かときみが駆け落ちするなんて話もなしだ」

「保安官の部下のひとりがアンバー・ペイソンの自宅の玄関ポーチにガソリン缶が置いてあるのを発見したんですって」

「それはどういう意味を持つのかな？　アンバーが男の世界に目覚めて、スノーモービルを買ったとか？」

「ちがうわ。よく考えて」

しばらく沈黙がつづいたのち、ようやくサムは口をひらいた。

「まさか、保安官は本当にアンバーが……」

「そのガソリンを燃焼促進剤にして、ジュニアのトレーラーを燃やしたのかと訊きたいの？　保安官はまさにそのとおりのことを考えてる。ドゥーギー保安官はふたつの事件を解決しようと躍起になるあまり、間違いだらけの結論に飛びついたみたい」

「間違いじゃないとしたら？」サムが訊いた。「本当にアンバーの犯行だとしたら？　そしてアラン・シャープを殺したのも彼女だとしたら？」

「どうして彼女がそんなことをするの？」スザンヌの声がいくらかヒステリックな響きを帯びた。

「アラン・シャープがアンバーにセクハラをしていたと、きみも言っていたじゃないか」

「ええ、そうだけど……そんなことで彼女が理性を失うと思う？」

「実際になにがあったのか、ぼくたちは完全にはわからないんだよ。アンバーは心にひどく大きな傷を負い、怒りや感情を内に秘めていたのかもしれないじゃないか」

「PTSDみたいな？」

「うん、そういうこと」

「そして、一気に爆発したと？　たとえて言うなら……納屋が燃えるみたいに？」

「ありうるよ。それよりもっとおかしなことだって起こっているんだし」

「そうだけど。それでも、殺人プラス放火というのは、かなりおかしな組み合わせじゃないかと……」スザンヌはしどろもどろになった。「だから……どう考えればいいのかわからないけど……どうすればいいのかも」

「もやもやが消えないんだけどさ――と言っても胃酸が逆流しているわけじゃないからね――きみがぼくの忠告を無視して、ますます調査にのめりこむんじゃないかという気がしてしかたないんだ」

14

建築物として見た場合、ドリースデン&ドレイパー葬儀場は見た目がいい建物とはお世辞にも言えなかった。というより、小塔も頂部装飾も安っぽい灰色のペンキも、そして建物の裏側の黒い布を貼った窓も、すべてがいわゆる幽霊屋敷を思わせる。

家やビルをジンジャーブレッド・ハウスのようにもこもこしたものに見せてくれる雪に覆われているのに、それでもこの葬儀場は見るからに不気味だった。けれども、その葬儀場こそ、スザンヌ、トニ、ペトラの三人がいまいる場所だった。安置室A――ジョージ・ドレイパーによればいまは、眠りの神ソムヌスの間というそうだ――のなかでてきぱき働き、弔問客がいつお別れの会に立ち寄ってもいいようにコーヒー、サンドイッチ、ペストリーを手早く並べていた。

そう、これはお別れの会だ。亡くなったアラン・シャープが誰よりも存在感を放ち、主役となる場。いま彼は安置室の反対側で、チャコールグレーの三つ揃いのスーツでめかしこみ、クルミ材と真鍮《しんちゅう》を使った最高級の棺のなかで永遠の眠りについている。ジョージ・ドレイパーがトリトン・モデルと呼ぶ棺だ。

トニはシャープの遺体など存在しないふりをしていたが、ときどき部屋の真ん中まで小走りし、片目を手で覆ってはネズミの泣き声みたいな悲鳴をあげている。

「こっちに戻ってきなさいな」スザンヌは声をかけた。「シャープさんの遺体なんか気にしないで、食べ物を並べるのを手伝ってよ」

思ったよりも少しきつい口調になってしまったのは、アンバーがいきなり保安官に連行されたことで神経過敏になっていたせいだろう。それにくわえ保安官、おそらくはペトラまでもが、アンバーに人が殺せると思っている事実にも動揺していた。

「ごめん、トニ」軽食テーブルにやってきたトニに謝った。「大声を出すつもりじゃなかったの」

「いいって」トニは言った。「あたしのほうこそ悪ノリしちゃって、あんたのおかげで現実に戻ってこれたんだから。でも、ここって本当に気味が悪いね。埃まみれのビロードのカーテンに黒い布の飾りカーテン。しかも、あの花！　いかにもお葬式って感じの変なにおいが苦手なんだよね」

「変だと思わない？」ペトラが口をはさんだ。「自宅の庭に咲いている花はとてもいいにおいなのに、それで作った完璧なブーケを葬儀場に持ちこんだとたん、かすかな腐敗臭がするなんて」

「んもう、気持ち悪いことを言わないでよ」トニは言った。

「あれは、いろんなものに蔓延《まんえん》している化学薬品のにおいよ」スザンヌは言った。「花のせいじゃないわ」

それに反応したのか、トニが自分の鼻をつまんだ。

「三種類のティーサンドイッチ、ひとくちブラウニー、バークッキー、それとコーヒーね」ペトラは自分に言い聞かせるようにひとりごとを言いながら、カップ、ソーサー、取り皿、ナプキンをあわただしく準備した折りたたみテーブルに並べていった。

トニは鼻をつまむのをやめた。「安物でいいからシャルドネを何本か持ってくればよかった」かすかに希望をにじませた声で言った。「緊張をやわらげてくれるもん」

「なにをばかなことを言ってるの」ペトラがたしなめた。「葬儀場で開催されるお別れの会なのよ。キャンドルを灯し、祈りを捧げる場なの。〈バブズ・バー〉のハッピーアワーとはちがうんだから」

「べつにいいじゃん。ちょっと言ってみただけなんだからさ」


昼間のクリスマスのお茶会とは打って変わり、お別れの会には雪の影響もあって足を運んだ人は少なかった。ジョージ・ドレイパーがキャンドルに火を灯し、照明を暗くして、しめやかな葬送歌を流したあとでさえ、安置室Aは閑散としていた。開催されることのないパーティの会場のようだった。

やがて、アラン・シャープの弟で隣町のジェサップに住むアール・シャープが到着した。法律事務所の共同経営者であるドン・シンダーをともなって。

そのふたりのすぐあとから、さらに六人が入ってきた。そこへモブリー町長が悠然と現われた。寒さで頬を赤くした彼のうしろを、町議会議員全員がアヒルのヒナよろしくぞろぞろとくっついている。

「用意したものを食べてくださる方がいらしたわ」ペトラが小声で耳打ちした。

「ようやくね」スザンヌは言った。亡くなって忘れ去られた存在となったアラン・シャープに同情しはじめたところだった。

モブリー町長がさっそく巨体を揺らしながら軽食テーブルににじり寄った。

「なにがあるんだね？」町長の小さな丸い目がサンドイッチとクッキーをなめまわすように動いた。

「お皿に盛りつけましょうか」スザンヌは申し出た。

モブリー町長は肉づきのいい手を振って追い払う仕種をした。

「いや、けっこう。自分でできる」

そうでしょうとも、とスザンヌは心のなかでつぶやいた。自分でできるというのは六切れのサンドイッチの上にひとくちブラウニーを八個積みあげることであり、モブリー町長はいままさにそれをやっているところだった。そんな町長を見ていると、ブラッディ・マリー・バーを連想してしまう。ひとり一巡しかできない決まりで、海老、バッファローウィング、ピクルス、チーズ、オリーブ、ハラペーニョ、ベーコン、ビーフジャーキーなどをつまようじを使ってブラッディ・マリーが入ったグラスに引っかける、あれだ。

ほかの弔問客が町長ほど食いしん坊でなくて助かった。

テディ・ハードウィックもやって来たが、彼はサンドイッチひと切れとコーヒーを取っただけだった。

「本当にクッキーはいらないの？」ペトラが訊いた。

ハードウィックは首を横に振った。彼はお腹を思いきり強く殴られたみたいに、すっかり落ちこんでいた。

「お芝居が中止になって残念だったわね」スザンヌは声をかけた。

ハードウィックの表情がいっそうくしゃりとゆがんだ。「中止の決定で関係者全員、ひどくがっかりしているよ。出演者、スタッフ、われわれ全員が。上演に向けて、みんな一丸となってがんばってきたんだ。それもこれも、町の人たちに楽しんでもらいたい、その一念だった。それがここへきて……失われてしまった」

「中止の決定をしたのが誰か、心あたりはある？」スザンヌは訊いた。

「いや、とくには」

「モブリー町長かしら？」

「わからない。でも、ぼくの人生をかけても突きとめてみせる」

あら、同じようなことを考えているのね、とスザンヌは心のなかでつぶやいた。わたしも人生をかけてもアラン・シャープさんを殺した犯人を突きとめるつもりでいるの。それにジュニアのトレーラーに火をつけた犯人も。

ハードウィックが手をのばしてきてスザンヌの袖に触れた。「あの……ちょっと訊きたいんだが」彼は口ごもった。「ドゥーギー保安官はもう来ているのかな?」

「まだよ。でも、そのうち来ると思う」

「保安官に……話があるんだ。ちょっとね」ハードウィックはコーヒーをひとくち飲んだものの、あやうくむせかけた。

「大丈夫?」スザンヌは声をかけた。

けれどもハードウィックはまた首を横に振り、気の抜けたような、少し途方にくれた顔で立ち去った。

見ていると、ハードウィックはほとんど倒れこむようにして折りたたみ椅子に腰をおろした。半円形に並べられた黒い折りたたみ椅子は、痩せ細ったカラスの軍団を思わせる。

「あいつ、どうしたの?」トニが訊いた。「芝居の中止がそうとうこたえたかな?」

「そうみたい」スザンヌは答えた。ハードウィックは本当に激しく落ちこんでいるのか、それとも良心の呵責《かしやく》に苦しんでいるのかどっちだろう。それに、保安官に話したいこととはいったいなんだろう?

ドン・シンダーがあいさつに訪れ、スザンヌの物思いは即座に断ち切られた。

「みなさんの仕事ぶりはすばらしいのひとことですね」シンダーは言った。「サンドイッチにバークッキー、コーヒー、どれも本当にすばらしい。アランもお三方のお骨折りに感謝しているでしょう」

「お手伝いできてよかったです」スザンヌは小声でもごもごと言った。

「実は考えていたのだが――」シンダーはそこでふと言葉を切った。イーサン・ジェイクス師が安置室に入ってきたところだった。「おや、牧師さまがいらしたようだ」シンダーは悲しげにほほえんだ。

「シャープさんが旅路の果て教会の信者だったとは知りませんでした」スザンヌは言った。「信者ではなかったのですがね」シンダーは言った。「ジェイクス師のほうから連絡があったのです。アランが死んだ……殺されたと聞いたとのことで。慰めの言葉をかけてくれ、なにか手伝えることはないかと言ってくださいました」

「それでこうして来てくださったんですね」興味深いわ。

「明日の朝、墓前での礼拝もおこなってくださるそうです」

「教会でお葬式はされないの？」ペトラが訊いた。その声にはあきれたような、そして少し落胆したような響きが交じっていた。

「ええ。ですがみなさんにもいらしていただければと思います」シンダーは言った。「アランの弟さんもとても喜ぶでしょうし」

「もちろん、うかがいます」ペトラは言った。

スザンヌたちはそこで黙りこみ、ジェイクス師が棺の正面に立つのを見守った。彼はおしゃべりがやむのを待ってから、黒い祈禱《きとう》書をかかげた。

「みなさん、前のほうへどうぞ」牧師は両手をきびきび動かしながら言った。「いくつか祈りの言葉をみなさんと唱和したいと思います」

トニがスザンヌに目を向けた。「あたしたちのなかに信者じゃない人がいるとは思ってないみたいだね」

「静かに」ペトラがたしなめた。

たしかにジェイクス師はお祈りがとても上手だった。主の祈りをてきぱきと終えると、聖書から数節を引用し、つづいて死の谷について触れた詩篇を一気に読みあげた。その声は深みがあってよくとおり、わずかによそよそしい表情を浮かべながら弔問客を見わたしている。

「ちょいと失礼するよ」スザンヌのすぐそばでぶっきらぼうな声がした。振り返るとドゥーギー保安官がココナッツとペカンのバークッキーに手をのばしていた。

「来たのね」スザンヌはとがめる気持ちをはっきりとにじませた。

「おれに会えてうれしいだろ？」保安官は愛嬌たっぷりにスザンヌを肘で軽く突いた。

「べつに。昼間、うちのお茶会をぶちこわしにされたときはもっとうれしくなかったけど」

「しかたなかったんだよ。ほう、おれはこの手の教会の地下の葬式クッキーってやつに目がなくてね」

スザンヌは顔をしかめた。「どうしてみんなバークッキーをそんな名前で呼ぶの？」

「葬式が終わったあとの教会の地下でふるまわれるからさ」保安官はバークッキーをひとつ食べ終え、もうひとつ取ろうと手をのばした。

「そんなにがっつかないでよ、保安官。あなたにいくつか訊きたいことがあるの」

「ん？　言ってみろ《シュート》」彼は二個めのバークッキーをむしゃむしゃやりながら、愉快そうに笑った。「いちおう説明しておくと、いまの〝シュート〟というのは〝撃つ〟という意味に引っかけた捜査機関のギャグだからな」

「あなたがあれだけ気にしていた指紋はどうなったのか知りたいの。部下の人が見つけたガソリン缶にアンバー・ペイソンの指紋はついていた？」

保安官は首を左右に振った。「ついていなかった」

「ついていなかった？」

「誰が触れたにしろ、そいつは手袋をはめていたにちがいない」

「あたりまえじゃない。だって外は零下二十度以下の寒さなのよ」

「いちいち突っかからんでもいい。あのときも言ったが、おれは彼女から話を聞きたかっただけだ。べつに逮捕しようとしたわけじゃない」

「アンバーがジュニアのトレーラーに放火したと考える証拠はなにかあるの？」

保安官は灰色の目でスザンヌをにらみつけた。「ない。だが、放火であることに間違いはない。消防署のフィンリー署長の話では燃焼促進剤の痕跡があったそうだ」

スザンヌはいまのささやかな情報を頭のなかに書きとめ、先をつづけた。

「アンバーがアラン・シャープさんを殺した証拠は？」

「いまのところ、状況証拠としか言えないものばかりだ。アンバーはシャープのもとで働いていたが解雇され、両者とも互いに悪感情を抱いていた」

「悪感情……セクハラのことをそう表現するわけ？　悪感情と？」

「威張りくさっておれを一週間の感受性訓練に追いたてる前に言っておくがな、こいつは言った言わないの水掛け論だってことを心にとめておいてくれよ」

　スザンヌは言い返したくなったが、心の奥底では、保安官の言うとおりだろうとわかっていた。アンバーが一方的に死者を悪く言っているだけだ。死者にはもう反論するすべがない。

「アンバー以外の人も慎重に調べたんでしょうね？」スザンヌは訊いた。

「あたりまえじゃないか。そりゃもう休む暇もなく捜査しているさ。まったく、あんたときたら、アラン・シャープの弟と同じことを言うんだな。この容疑者を調べろ、あっちの容疑者も調べろ」

「じゃあ、モブリー町長はどう？　それにテディ・ハードウィックさんは？　そのふたりも容疑者候補なの？」

「いいから落ち着けって」保安官は片手をあげた。「おれの仕事に首を突っこむなと言ったはずだぞ」

「そんな警告をするのはやめることね。だって、わたしはすでに巻きこまれているんだから。幽霊にナイフでかっさばいてやると脅されてからずっと」

「そうなったのは誰のせいだ？」保安官はあらたにひとくちブラウニーをひとつつまみ、頭をそらして丸ごと口に放りこんだ。「ああ、たしかにあんたは巻きこまれている。だが、巻きこまれるべきじゃなかったんだよ」彼はぶつくさ言いながら立ち去った。

　スザンヌは頭にかっと血がのぼりかけた。ちょうどそのとき、タイミング悪く、五、六人がコーヒーとサンドイッチを求めてテーブルに押しかけてきた。スザンヌは怒りを鎮め、営業用のにこやかな顔をつくろい、せっせと給仕した。ペトラがジェイクス師の開催している祈りの輪に参加するため席をはずしているので、トニが急いで応援にくわわった。スザンヌはコーヒーを注ぎ、食べ物をお皿にのせながらも、ジェイクス師から目を離さなかった。そこへテディ・ハードウィックがふたたび軽食テーブルにやってきた。

「ペトラに聞いたけど、例の殺人事件を調べているそうだね」ハードウィックはスザンヌに言った。「すばらしいじゃないか。なにしろきみはすでに、町民監視人的な存在として名をはせているんだから」

「関心があるのは、わたしも第三者的ながらかかわっているからよ」スザンヌは言った。

　ハードウィックは眉根を寄せた。「ぼくもまったく同じように感じているから、その気持ちはよくわかる」

「ちょっと気になってるんだけど、あなたは殺人がおこなわれるのを実際に見たの？」スザンヌはなにがなんでも聞き出すつもりだった。ぶしつけな質問と思われたっていい。「つまりね、あなたも観客席で一部始終を見ていたのか知りたいの。見ていたのなら、舞台の上でなにが起こっているのか、まったく気にならなかったの？　だって、死の舞踏のシーンなんか台本にはなかったでしょう？」

「ほかの人と同じで、ぼくもあのときはちょっと変だなとは思った」ハードウィックは言った。「でも、あまりに不意のことで、考えもしなかったんだ……つまり、なんて言うか……口をはさもうなんて思いもしなかった。それに、たとえ割って入ったとしても、武器を持った犯人にぼくが対峙できると思うかい？」

わたしはそうしようとしたけどね、とスザンヌは心のなかで反論した。

「じゃあ、あのときは観客席にいたのね」不審の念でスザンヌの声が暗くなった。

ハードウィックはスザンヌを見つめ返した。「うん、もちろんじゃないか」

デイル・ハフィントンの話とはちがうが、デイルの勘違いということもある。スザンヌはこの件はしばらく保留にしておくことにした。「ドゥーギー保安官は見つかった？　さっき、話したいことがあると言ってたわよね。なにについてかは知らないけど」

「いまじゃなくてもいいんだ」ハードウィックは深々とため息をついた。「先に片づけなきゃいけない用事があるから」

「なにかあったの？」

「うん、自宅の基礎の件でね。建設業者が訪ねてくることになっているんだ」

一時間もたつと、故人との対面は終わり、あとはお祈りだけとなった。ジェイクス師はまだ数人の弔問客に囲まれ、手を握って静かに祈りの言葉を述べている。

「あの牧師さんは祈るのが本当に好きなんだね」トニが言った、

「まさに最長記録更新中という感じ」スザンヌは言った。べつに小ばかにしたわけではない。

とにかく尋常でないように思えただけだ。

残ったバークッキーやサンドイッチを詰め、コーヒーポットの中身をからにしていると、ペトラが手伝いに現われた。「わたしもなにか……」

けれどもスザンヌはその申し出を断った。トニとふたりでなんとかやれる。

最後にそれをすべてスザンヌの車まで運んだ。雪はまだやむことなく降りつづき、木々、家々、通りを白く覆い、すべてを不気味な白い塊に変えている。街灯に凍てついた後光が射し、あらゆるものを灰色っぽい光でうっすら照らしている。どこまでが歩道でどこからが車道なのかさっぱりわからない。

トニがスザンヌのトーラスの後部ドアをあけて言った。「後部座席になんとか押しこんでみるけど、全部入る気がしないね」

「ジュニアの工具箱が場所をふさいでいるんだもの」スザンヌは言った。「いつ頃取りにくるかわかる？」

「ううん」トニは言った。「いつになったら、寝室がひとつしかない狭苦しいあたしのアパートメントに、あいつの毛むくじゃらの体がいやなにおいをまき散らすのをやめるかわかる？」

「一本取られたわ。トランクをあけるわね」

ふたりでトランクに荷物をすべて詰めこんでいると、ジェイクス師がすっとわきを通りすぎた。うつむきかげんで、口をもごもご動かしながら、三インチ積もった新雪の上をそろそろと歩いていく。

「あの」スザンヌは彼の背中に呼びかけた。

返事はなかった。

「ちょっとお話しできませんか？」

ジェイクス師は歩みをとめなかった。

「ジェイクス牧師さま？」スザンヌはもう一度呼びかけた。

けれどもジェイクス師は返事をせず、振り返りもしなかった。自分の車に乗りこんで、走り去った。

15

木曜の朝、キンドレッドの住民たちが目を覚ますと、外は一面の銀世界だった。空からはひと晩じゅう雪が降りつづき、除雪車はフル稼働で道路を通れる状態にしていた。

スザンヌはトニの自宅まで車で行って彼女を乗せ、それから雪で走りにくい道路をいくつか走ってペトラを迎えにいった。全員がべつべつの車で行って、四フィートもの吹きだまりにはまってにっちもさっちも行かなくなったり、町のあちこちで除雪車が積みあげた雪の巨大な山に突っこむ危険をおかすのは愚の骨頂だ。

「キンドレッドがサンタさんの村のようになってきたわね」町を走りながらペトラが言った。除雪車が雪をかき集め、あいているところに積みあげていく。どの店も窓が白く凍っている。木々も白く化粧している。店のオーナーも住民も雪かき用シャベルをせっせと動かし、歩道から雪をどかしていた。

三人を乗せた車はさらに十ブロックほど走って住宅街を抜けた。庭にそりが置いてあり、三輪車が一台ぽつんと雪をかぶっている。それから小さなオフィスパークを通りすぎ、車がほとんど通らない(それでもありがたいことにしっかり除雪されている)道をメモリアル墓地に向かった。

「ウィンドウがくもってきちゃった」トニが言った。

「三人とも息をしている証拠よ」後部座席のペトラが言った。

「三人とも服を八枚重ね着してるせいで、火星の氷帽も融かすほどの熱が放出されてるからだと思った」とトニ。「重ね着と言えば、こんな恰好をしてると二十ポンドも体重が増えたみたいに見えるよね」

「わたしは昔ながらの方法で体重を増やしているわよ」ペトラが笑った。「クッキーを食べるという方法。そうすれば、もこもこのセーターを何枚も着なくたって、ぶくぶくに見えるもの」

スザンヌがデフロスターを最強にすると、ウィンドウの曇りが取れ、墓地の黒い錬鉄の門が目の前にぬっと現われた。「ここまでは順調」そう言うと、適当に除雪された細い通路を通って墓地に車を乗り入れた。

「そうだね。でも、このあとそこの丘をのぼって越えるんだよね？」トニが訊いた。メモリアル墓地は公園保護区のすぐ隣、起伏の多い区画にひろがっている。

「そうみたい」スザンヌはエンジンを噴かしていきおいをつけると、車の後部を左右に振りながら細い通路をのぼった。ところどころでちょっとスリップすることはあったものの、車はずんずんと坂をあがった。

「ちゃんとした教会でお葬式をしないなんて、やっぱりかわいそうだわ」ペトラが言った。

「あたしは墓前でお葬式するのもいいと思うな」トニが言った。「入るのも出るのも楽だもん。〈ハワード・ジョンソン・ホテル〉が見えたから高速をおりるみたいな感じでさ。要するに、マジで便利ってこと」

「便利という言葉と墓前でのお葬式がひとつの文脈で使われるのをはじめて聞いた」ペトラはぼやいた。

「なんにでも最初があるんだよ」トニは言った。「だってさ、あたしもドライブスルー方式で故人と対面できる葬儀場がフロリダにあるって、こないだはじめて聞いたんだ。よくわかんないけど、古いファストフード店でも買い取ったのかもしれないね」

翼の欠けた、ひざまずく天使の石像の前を通りすぎたとき、風でフロントガラスに雪が吹きつけてきて、一時的なホワイトアウト状態になった。

「やれやれ。これは立ち往生しなければ御の字だわ」スザンヌはワイパーを作動させ、いまいるのがどこか、どっちに行けばいいのかをたしかめようとあたりを見まわした。バーオークの木立と無数の墓石は見えるけれど、墓前での葬儀がおこなわれるのはどこだろう？

「あそこだわ」ペトラが大きな声を出した。「車が列になってとまっているのが見える」

「見つかってよかった」スザンヌは言った。

トニがサイドウィンドウに鼻を押しつけた。「向かって左にテントも見えるよ。というか、キャンバス地が風にはためいてるって感じだけど」

乗用車三台とSUV車一台のうしろにとめ、三人は一斉に車を降りた。ありがたいことに、すでに道は踏みならされていて、そりを引く犬のように雪道をかきわけて進む必要はなかった。冬用ブーツを履いていても足をとられたり転びそうになりながら、どうにか人工芝が一面に敷かれた安全な場所にたどり着いた。そのささやかなオアシスには折りたたみ椅子が並べられていたので、三人は先を争うように席を取った。

やがて、あらたに十人以上の参列者がやってきて、足踏みをしてブーツについた雪を落とし、緑の敷物にあがった。数フィート前方に棺台が置かれていた。高さはあまりなく、磨きあげた木とステンレスでできていて、側面には黒いビロードでできた幕板が垂れて墓穴を隠している。でも、ひとつ足りないものがあった。

「主賓はどこ？」トニが小声で訊いた。

スザンヌはトニを肘で軽くつついた。「ほら、あそこよ」

顔を振り向けると、車体の長い黒い霊柩車が青々と茂るトウヒの木立の前でとまるのが見えた。そのうしろにもべつの黒い葬儀用の車がとまっている。六人は霊柩車のうしろに向かった。パーが降り、もう一台から黒ずくめの男性が六人降りた。霊柩車からジョージ・ドレイドレイパーがリアゲートをあけると、アラン・シャープの亡骸をおさめた棺がのった自動トレイがゆっくりと滑り出た。両側に三人ずつ一列に並び、棺をつかんだ。そのまま棺をするすると出すと、腰をかがめて肩の上までかつぎあげた。予想外の重さに六人が足をふらつかせるのを、参列者全員が息を殺して見つめている。まさか落としちゃったりしないわよね？そんなことはなかった。全員が胸をなでおろした。六人の男性は棺をかついで墓前まで進み、棺台にのせた。冬用コートの上に黒い僧服をはおったイーサン・ジェイクス師が、棺のすぐうしろをついてきていた。

ジェイクス師の再登場だわ、とスザンヌは心のなかでつぶやいた。あらためてあたりを見まわしてみると、いまいるのは墓地でも比較的古い区画だった。南北戦争期の墓や大理石のオベリスク、それに霊廟がいくつかある場所だ。アラン・シャープの親族がこのあたりに埋葬されているのだろうか。使用料を前払いして、区画を予約してあったのだろうか。スザンヌは身震いした。考えるだけでぞっとする。

ジェイクス師が棺の前に進み出て、神への祈りを捧げるように両手を高くかかげた。

「みなさん」鼻につくほど大げさとも思える口調でジェイクス師が話しはじめた。「わたしたちがここに集ったのは、この世を去ったかけがえのない同胞であるアラン・シャープに敬意を表し、最後のお別れを言うためです」

最前列にすわっている故人の弟、アール・シャープが白いハンカチで洟《はな》をかみ、目もとをぬぐった。

ジェイクス師はつづいて死と復活に関するごくありきたりな訓話を披露した。スザンヌはそこでまたも、ジェイクス師がなぜ葬儀をとりおこなうと申し出たのだろうと疑問に思った。なにしろ、祈りの日をおこなうことに反対されたのだから、アラン・シャープに対して恨みつらみを抱いていてもおかしくない。ジェイクス師は突如として、あふれんばかりの寛容の精神に目覚めたのだろうか？　それとも罪の意識を感じているのだろうか？　ひょっとしてジェイクス師はシャープの死に関与しているとか？　考えるうちにスザンヌは落ち着かない気持ちになった。それはつまり、ジェイクス師が彼女を脅してきた人物でもあることを意味するからだ。

そう思ったとたん、スザンヌはあたりをすばやく見まわし、ドゥーギー保安官の姿を探した。けれどもカーキ色の制服に包まれた保安官の巨体はどこにも見あたらなかった。でもそれはいい兆候かもしれない。保安官はなにかべつのこと、たとえば有力な目撃者から話を聞くとか、あらたな手がかりを追っているかしているかもしれないからだ。もっとも、単に葬儀の場がきらいなだけかもしれないけれど。

ひとつだけ、確実にわかっていることがある。きょうのカックルベリー・クラブは節約の木曜日と銘打ち、バターミルクのパンケーキ六枚が一ドル九十九セントで食べられる。バターとメープルシロップがたっぷりかかったパンケーキと聞いただけで、保安官は小躍りせんばかりに喜ぶはずだ。つまり、パンケーキをほおばっていて、いちばん隙だらけのときに質問を浴びせられるということだ。でもとりあえず、いまこの瞬間に集中し、気持ちを向けようとした。祈りの言葉を終えたジェイクス師が、前に進み出て弔辞を述べるよう誰かをうながしている。

スザンヌは冷たくてすわり心地の悪い折りたたみ椅子の上で身じろぎした。低い気温がこたえはじめていた——それはみんなも同じだろう——ので、弔辞を述べるのが誰にしても手短に済ませてほしいと思った。

するとモブリー町長が重々しい足取りで一同の前に進み出るのが見え、スザンヌは心のなかでうめいた。町長は自慢話ばかりする人で、彼のスピーチは一時間にも感じるほど長い。

「町長とシャープはいがみ合ってたんじゃなかったっけ」トニが耳打ちした。

「亡くなれば奇妙な友情が芽生えるものよ、そうじゃない?」スザンヌも小声で返した。その後の十分間、町長の話を耳から締め出しつつ、ひたすら寒さに身を震わせていた。思ったとおり、町長はアラン・シャープが町長選挙で力になってくれたこと、この地域の柱になってくれたこと、近年はずっと求めていたキンドレッド町議会の議席を勝ち取ったことをだらだらと話した。

モブリーが町長として君臨しているのだから、ずっと求めていたというのがどこまで本当かはわからず、スザンヌはふたたび意識を飛ばし、真っ白な雪が背景にあると人工芝の緑がいかにけばけばしく見えるかを考えはじめた。

町長の弔辞が終わると、ドン・シンダーが立ちあがり、法律事務所の共同経営者だった故人に向けて涙なしには聞けない弔辞を述べた。けれどもひどく動揺してしまい、話を三分で締めくくらなくてはならなかった。その後、ジェイクス師の先導で締めくくりの祈りを全員で唱和し、「アメイジング・グレイス」を震え声のアカペラで歌った。曲の最後の音が風にただようなか、葬儀は祝福に包まれながら終わった。

「やれやれ、やっと終わった」ペトラが小声で言った。「あの椅子にすわっていたら、お尻が凍りそうになっちゃったわ」

参列者が三々五々帰りはじめると、雪がまた舞いはじめた。スザンヌはペトラと手をつなぎ、ぎこちない足取りで車に向かった。

一方、トニは何度も何度も墓のほうを振り返っていた。

「みんないなくなったら埋葬するのかな？　棺を土のなかにおろすの？」

「冬はどうしているのか知らないわ」スザンヌは肩を丸め、首に巻いたスカーフをかき合わせた。「見たところ地面が……かちんこちんに凍っていたもの」

スザンヌは車に乗りこむと、ヒーターのスイッチを入れ、ハンドルを何度となく切り返して方向転換した。のぼってきた丘をときどきスリップしながらくだりはじめた。この細い道はリュージュの滑走路を思わせる。

「カックルベリー・クラブに行く前に、キンドレッド・ベーカリーに寄ってもらえる？」ペトラが訊いた。「注文しておいたものを取りにいかなきゃいけないの」

「なになに？」とトニ。「スティッキーバンを手作りしないで買うことにしたの？」

「クロワッサンを二ダース買うだけよ」ペトラは言った。「ゆうべはお別れの会があったから、生地をこねて、のばして、発酵させる時間がなかったの」

「かまわないわ」スザンヌは言った。そんなに大急ぎで店に戻らなくてもいい。考えなくてはいけないことが山ほどある。たとえば、ふたりのいわゆる容疑者、すなわちモブリー町長とイーサン・ジェイクス師のふたりが葬儀の場で目立つ役割を果たしたこととか。けれども、アンバー・ペイソンもテディ・ハードウィックも来ていなかった。それってなにか意味がある？　あるかもしれない。それがなにか、スザンヌにはわからなかった。

スザンヌはメイン・ストリートを走り、キンドレッド・ベーカリーの真正面で車をとめ、ペトラに訊いた。

「なにか手伝うことはある？　一緒に入りましょうか？」

けれどもペトラはすでに後部座席から降りようとしていた。

「いいの、いいの。ふたりはこのまま車のなかでぬくぬくしてて。すぐすむから」

「この雪、やむのかな？」トニがつぶやいた。「前にテレビ映画でいっこうにやまない猛吹雪のシーンがあったんだけどさ。たしかスティーヴン・キング原作だったかな。最後には建物が全部押しつぶされて、全員が生き埋めになっちゃうんだ」

「おもしろい話ね」スザンヌは言った。

トニはヒーターに手をかざした。「んもう、言いたいことはわかってるくせに」彼女は鼻にしわを寄せ、サイドウィンドウのくもりを取りながら言った。「ねえ、あれをごらんよ」

スザンヌが顔を向けると、ドン・シンダーが道路の反対側にとめた車から降りてくるところだった。顔を伏せ、見るからに憔悴《しょうすい》しきっている。彼の法律事務所がある建物から男性がふたり出てきて出迎えた。三人は立ち話を始めた。

「ドンも大変だね」トニが言った。「もう新しい共同経営者の面接をしてるのかな？」

スザンヌはシンダーにあいさつしたふたりをしげしげとながめた。ふたりともきまじめそうだし、スーツに薄手のコートというきちんとした身なりをしていて、いかにも弁護士という感じだ。それにふたりとも寒さをしのぎ、血行をよくしようと足踏みをしている。

「あるいは、ヘッドハンターと話をしているのかも」

「ヘッドハンターって言葉を聞くと、なんとなく気持ちが悪くなるんだよね」

「とにかく……シンダーさんだって法律事務所の仕事を前に進めなければいけないの。あの方に法的支援を求めている依頼人がいるのだから、いますぐにでも代わりの人が必要なんじゃないかしら。共同経営者か、少なくともジュニアパートナーが」

「あんたにはあたしがいるようにってことだね」

スザンヌは顔をほころばせた。「あなた以上のパートナーはいないわ」

16

カックルベリー・クラブに戻ったとき、開店時間までわずか二十分しか準備する時間が残されていなかった。墓前でのお葬式に参加したことでたっぷり二時間の遅れが生じたことから、ペトラの英断でモーニングとランチをくっつけることに決まった。つまりブランチだ。

「くわしいメニューを教えて」スザンヌはペトラに頼んだ。かかとを上げ下げしているのは、働く前の準備運動だ。それに体を温めるためでもある。

「チキンサラダのクロワッサンサンド、マッシュルームとチェダーチーズのキッシュ、きょうの目玉、一ドル九十九セントのパンケーキ、それにフライド・グリーントマトを添えたサーモンケーキ」

「簡単にできるものばかりだね」トニが茶化した。

ペトラはにっこりほほえむと、セロリをひと束つかんでまな板に叩きつけるように置いた。

「そんなに簡単だと思うなら、仕事を交換しましょう。わたしがコーヒーを注いで注文を取るから、あなたは厨房で料理を全部作ってちょうだいな」

トニは降参というように両手をあげてあとずさった。「冗談だよ。冗談だってば」

「ええ、わかってますとも。ところで、ちょっと頼まれてくれないかしら」

「なんでも言って」

「〈ニッティング・ネスト〉に行って、べつのエプロンを取ってきてほしいの。いましているのに汚い染みがついちゃって」

「ペトラは猫みたいにきれい好きだものね」スザンヌがまぜっかえす。

「べつに不都合はないでしょ」ペトラはほほえんだ。

「すぐ取ってくるよ」トニは言うなりカフェに向かった。「先にコーヒーを淹れるけどさ」

スザンヌは十二個のクロワッサンを横にスライスしてバターを塗り、つけ合わせのイチゴと一緒に皿に盛りつけた。腕時計に目をやる。「開店の札を出してくるけど、いい？」

「頼むわ」ペトラは言った。「あと十分で全部準備できるから」

しかし、スザンヌがカフェに足を踏み入れると、突然、血も凍るような悲鳴が店内の空気を切り裂いた。悲鳴はしだいに大きくなって制御を失い、ついにはゆっくりとしたうめき声に変わった。声の出所は……。

〈ニッティング・ネスト〉だ！

「いまのはいったいなんなの？」ペトラがスイングドアから飛び出してきて、あやうくスザンヌにぶつかりそうになった。

「わからない。でもあの声は……」

「トニよね？」とペトラ。「あの人ったらいったいなにを……？」

　ふたりで〈ニッティング・ネスト〉に駆けつけると、トニが木の葉のように震え、ジルバを踊るように手足を動かしていた。指を幽霊とおぼしきものに向けている。それもただの幽霊ではない。アラン・シャープを殺害した、僧服姿の幽霊だ！

「あのときの幽霊だよ！」トニは叫んだ。「あたしのところに化けて出てきた」ひどく取り乱している様子だ。「ふたりにも見えるよね、ね？　あたしの想像の乾物なんかじゃないよね？」

「それを言うなら、想像の産物」スザンヌが訂正した。

「どっちだっていいじゃん。あれは本物の幽霊なんだから」トニは恐怖で震えながらあとずさりした。「みんなであれを、だから……」そこでこぶしをあげた。「殺そう！」

「ちがう、ちがうの」ペトラがさえぎった。あとちょっとでおなかを抱えて笑い出しそうな顔をしている。「あれは幽霊じゃないわ、トニ。幽霊の衣装よ」

　トニはくるりと向きを変えてペトラと向かい合った。「ええっ？」

「このあいだ、テディ・ハードウィックが店に来たのを覚えているでしょ。そのときにあの衣装を持ってきて、何カ所か変えてほしいと頼んできたの」

「じゃあ、あれはビル・プロブストが着ていた衣装？」スザンヌは訊いた。

「そのとおり、だから絶対に悪さをしないと保証する。それに殺人とはなんの関係もないこともね」

　トニの歯はまだカスタネットのようにカタカタいっていた。「ねえ、本当に本当？」

ペトラはうなずいた。「いまそう言ったでしょ？」

「でも、てっきり幽霊だとばかり。じゃなかったら、アラン・シャープがあたしたちにたたるつもりでよみがえったのかと」

「もう、ばかなことを言わないの、トニ」ペトラは少しいらいらして言った。「幽霊なんてものがいるわけないでしょ」

トニはキルト用の作業台にかかっている衣装を指差した。

「あれが本物のおばけに見えたんだもん」

「ゆうべのお別れの会とけさのお葬式のせいで気持ちが不安定になっただけよ」ペトラは幽霊の衣装に近寄って、大事そうに触れた。「これを作るのは大変だったわ」

「ハードウィックさんから直しを頼まれたの？」スザンヌはペトラに訊いた。そのためにペトラに会いに来たのだ。

「ええ、ところどころね」ペトラは言った。「いくつか変えたいんですって。だからこの幽霊の衣装は全然ちがうものになるはずだったの。だから……えっと……」

「殺人犯が着ていた衣装とは、と言いたいのね」スザンヌの頭に真っ先に浮かんだのは、ジェイクス師がチーズクロスを買ったという事実だった。それについてはなんとしても彼に問いたださなくては。

「ええ、そういうこと」ペトラは言った。

スザンヌは気味の悪い灰緑色の衣装をじっくりとながめた。「お芝居は中止になっちゃったけど、あの衣装はたしかに本物っぽいわ」

「あたしは本物だと思ったもん」トニが言った。


お客がぞくぞくと訪れ、コーヒーが注がれ、ブランチのメニューはできあがって注文を待つばかりとなった。さらなるお客が入ってくるのと一緒に、郵便配達人が朝の郵便を持ってやってきた。

「ねえ、これをごらんよ」トニは接客の合間に《ビューグル》紙をぱらぱらめくっていた。それをスザンヌに差し出した。「あんたが新聞の一面にのってるよ。ジーン・ギャンドルが書いた記事にあんたの名前がでかでかと書いてある。ちょっとした有名人だね」

「ちょっとした有名人?」スザンヌは訊き返すと乱暴に新聞をつかみ、一面に目をとおした。

「その記事には、偽物の幽霊がアラン・シャープを殺したことに最初に気づいたのはあんただって書いてあるよ。それに、あんたがその幽霊を追っかけたところ、そいつが振り返ってナイフで脅してきたってさ」

「ジーンはいったいどこからそんな話を聞きつけたのかしら」

トニはまったく心あたりはないという顔をした。「さあ」

「トニ!」スザンヌは大声を張りあげた。「あなた、なにもかもしゃべったわね?」

トニは言い返そうとしたものの、すぐにあきらめた。「あたしだけじゃないよ。思い出してほしいんだけどさ、あの晩はもうしっちゃかめっちゃかだったじゃん。アラン・シャープは舞台の上で血をどくどく流してるし、誰もかれもが大声でわめいてたんだよ。そんななか、あんたが人殺しの幽霊を追って駆け出した」

「ただし、幽霊じゃなかったけど。そしてこの記事のおかげで、わたしが誰かを犯人に知られてしまった」

「いままでは知られてなかったの？」

「あたりまえでしょ！　自分から名乗ったりしてないもの」スザンヌは向きを変えて自分のカップにコーヒーを注ぎ、その半分を一気に飲んだ。もっとはっきり物事を考えられるよう、カフェインが少しでもはやく効いてくれるといいのだけど。「おかげで相手はわたしの名前を知った。おそらく、自宅の住所だって突きとめるわ」

「うう。めっちゃまずいよね」

「そういうこと」スザンヌは自分よりもサムのことが心配だった。彼はいわゆる……おひとよしだ。誰かが訪ねてきて緊急事態だとわめいたら、取るものも取りあえずドアから飛び出すことだろう。

「補足記事にはジュニアのトレーラーが全焼したことが書いてある」トニは言った。

「それにもわたしの名前が出ているの？」

「ううん、あたしだけ」

「ふたりして運のいいこと」

一時間後、ドゥーギー保安官が入ってきた。彼はブーツについた雪を足踏みして落としながら、CIAの依頼でロシアのスパイを追いつめているところのように、店内の客をながめまわした。それからカウンターに歩み寄り、いつものスツールにすわった。

スザンヌはカップにコーヒーを注いで保安官の前に置いた。「けさはアラン・シャープさんの墓前でのお葬式にあなたのにこやかな顔が見あたらなかったわ、保安官」

保安官は帽子をするりと脱ぎ、隣のスツールに置いた。「墓だの葬式だのが好きじゃなくてな。知らなかったのか?」保安官は肩をすぼめてカーキ色のパーカを脱ぎ、さっきとはべつのスツールに放った。

「そのお葬式が殺人事件の被害者のものでも?」

「なにが言いたい?」

「裏の意味なんかなんにもないわ。シャープさんは無残にも殺された。犯人はまだ捕まっていない。ひょっとしたら、あくまでひょっとしたらだけど、きょうのお葬式に現われたかもしれないと思っただけ」

「実際そうだったと思ってるのか?」

「さあ。映画だといつもそうなるでしょ? 犯人が戻ってきてほくそえむじゃない。だけどもちろん、わたしにはものすごく重要な情報は知らされないから、実際はどうだったかなんてわからないけど」

保安官はコーヒーをひとくち飲み、大げさに味わってみせた。それから言った。

「本気で真相究明の力になれると思ってるのか？」

「あなたのところの平均的な部下よりは頭が切れるんじゃないかしら」

保安官はにんまりとした。「大きく出たな、スザンヌ。だが、あんたはぶれずに標的を撃てるか？　動いている標的に弾を当てられるか？　生身の人間を撃つことができるか？」

「そんなのわからないわ。やったことがないもの」

保安官は顔を横に向け、目を細くして黒板を見た。

「バターミルクのパンケーキ？　えらくうまそうだな」

「すぐに注文を入れるわ」

「ちょっと待て」保安官は指を一本立てた。「ベーコンの薄切りを一枚、追加するようペトラに伝えてくれないか？」

「いいわよ。普通のとターキーのと、どっちにする？」

保安官はむっとした顔になった。「ターキーは感謝祭に食べるものだ。そして感謝祭はとっくの昔に終わってる」

「どうぞお好きなように」

スザンヌは保安官の注文を伝えると、できあがってきた六人分のメインディッシュをあわただしく運んだ。簡略版メニューにしたとはいえ、カックルベリー・クラブはきょうも幸いなことに満席だった。そういうわけで、ランチタイムもなかばを過ぎたころ、トニがモップとバケツを出してきて、入り口にたまった水を拭き取らなくてはならなかった。冬の吹雪はこれがあるから大変だ。

保安官が最後のパンケーキをたいらげると、スザンヌはまた彼のもとに舞い戻った。

「ところで、あなたの容疑者リストのいちばん上にいるのは誰なの？」

保安官は彼女をにらみつけた。

「当ててみましょうか。アンバー・ペイソンとモブリー町長がトップを争っているんじゃない？」

保安官は肩をあいまいにすくめた。

「テディ・ハードウィックさんはどう？　そう言えば、ゆうべのお別れの会であなたを探していたわよ。けっきょく会えたの？」

「いや」保安官はパンケーキの最後のひと切れにシロップを吸わせた。「なんの用だって？」

「さあ。自供したかったのかもしれないわ」

「笑えるね」

「笑い話じゃないわよ。だって、ハードウィックさんはシャープさんにすごく腹をたてていたって、まえに話したじゃない。買ったばかりのタウンハウスの基礎にひびが入っていたせいで」

「しかし、事件の夜、ハードウィックは芝居の監督で忙しかったんだぞ」

「それはそうだけど、殺害がおこなわれたときは、なぜか姿を消していたのよ」

「だからハードウィックの犯行だと？」

「というか、充分に容疑者たりうると思うだけ」スザンヌはそこで言葉を切った。「それにもうひとつ。イーサン・ジェイクス師が先週、〈ファブリーク〉という布地屋さんでチーズクロスを何ヤードも買ったそうよ」

「チーズクロスってのはなんだ？　チーズを包むのに使うやつか？」

「生地の一種で、幽霊の衣装はそれで作られていたの」

保安官は爬虫類のようにゆっくりとまばたきをした。「冗談だろ」ようやく話を理解したようだ。

「冗談なんか言ってない」

「だが彼は……正当な手続きをへて地位を得た牧師だぞ」

「でも、議会に祈りの日をもうけてはどうかと提案したら、シャープさんににべもなくはねつけられたのよ」

「ジェイクス師がそれを恨みに思ったと？」

「あの人はちょっとまともじゃない感じがするの。目がぎらぎらしていて、まるで自分が救世主かなにかのように思ってるみたい」

保安官は考えこんだ。「あんたのおかげで考えなきゃいけないことが山のように出てきたよ、スザンヌ」彼はげっぷをこらえながら言った。

「ええ、たしかに。でも、いま言ったような疑惑のほとんどは、あなたの言う状況証拠にもとづいているのもわかっている。でも、どこかから始めるしかないもの、でしょ？」

保安官は片手をあげた。「立件する場合、それもひとつのやり方だ」

「そういうことなら、アラン・シャープさんについて質問してもいい？」

「なにを知りたい？」

「シャープさんはひとり暮らしだった？」

「それはあんたも知ってるはずだ」

「問題の日の彼の行動はすべてつかんでいるの？」

「彼が殺された日のことか？」

「そう。シャープさんが誰かと口論したかどうか知りたいの。よくない知らせを告げたりしなかったか。つまりね、告げられた相手が分別をなくして、かっとなって報復するような知らせを」

「これまでわかった範囲では、そういうことはない」

「敵の存在は？」スザンヌは片手をあげて制した。「シャープさんが町じゅうから幅ひろく嫌われていたのはわかってるけど、本当の意味での敵よ。深刻な敵のこと」

保安官は目を細くしてスザンヌを見つめた。「モブリー町長かな」

「シャープさんと町長はかなり激しくやり合ってたわよね。でも、町長を捜査するのはむずかしいわ。町のいたるところにスパイや内通者をしのばせているもの」

「そのとおりだ」

「シャープさんの弟さんはどう？　ふたりのあいだになにか問題はないの？」

「これまでわかった範囲ではなにもない。アールは根っからの温厚な会計士だし、兄弟仲はかなりよかったようだ」

スザンヌはしばらく考えこんだ。「ジュニアのトレーラーに放火した犯人について、なにかあらたにわかった？」

「いや」

スザンヌはカウンターごしに身を乗り出した。「ふうん」

「ああ、そうだよ」保安官は言った。「まいるよな、まったく」

17

スザンヌがポットにアールグレイ・ティーを淹れていると、イーサン・ジェイクス師が入ってきた。わざと色落ちさせたフリースのフード付きパーカ――前見頃に〝イエス様がわたしの罪を洗い清めてくださった〟の文字が入っている――に黒いスラックスを合わせ、パックブーツを履いていた。ジェイクス師はカウンターを見やったものの、その目はスザンヌを素通りした。それから視線を戻し、窓のそばの小さなテーブルに腰をおろした。

スザンヌは気になった。ジェイクス師はわたしを避けているのか、それともちょっとはにかみ屋なのか、どっちだろう。もっとも、わたしを避けているのなら、そもそもこの店に来るはずがない。よし、彼と話をするチャンスだ。場合によっては、彼が買ったというチーズクロスについて問いただしてみてもいい。

スザンヌはお茶のメニューを手に取り、ジェイクス師のテーブルに向かった。

「いらっしゃいませ、牧師さま。けさは本当にいいお式でしたね」

「ありがとう」

「外はとても寒いので、熱々の紅茶で温まってはいかがでしょう」彼女は牧師の前にお茶のメニューを置いた。

ジェイクス師はお茶のメニューをちらりと見てからスザンヌに目を向けた。

「コーヒーを一杯もらうつもりで来たのですがね。でも、お勧めされてお茶もいいなと思いはじめました」

「どんなお茶がお好きですか？」

ジェイクス師は額にしわを寄せた。「それが問題でして。中華料理店で出されるお茶くらいしか飲んだことがないのです。お茶に関してはまったくの素人なんですよ」

「そんなにむずかしいことはありませんよ」スザンヌは言った。「おもなお茶は紅茶、緑茶、それに白茶《パイ》の三種類です」

「それだけ？」

「まあ、それぞれ種類は無数にありますが。こうしましょうか。セイロン・ティーを淹れてさしあげます。口当たりが軽くて、色があざやかで、とてもさっぱりしたお茶なんです。はじめての人にお勧めのお茶と言えますね。でなければ、フレーバー・ティーもいいかもしれません」

「こちらではどんなフレーバーのお茶が楽しめるのですか？」

「どんなものでもあります。スパイスをきかせたプラム、ローズヒップにハイビスカス、レモン・バーベナ。チョコレートの風味のお茶まであるんですよ」牧師との会話がいつの間にか打ちとけたものになっていた。よしよし。これなら、あとでチーズクロスのことを質問しても、率直な答えが返ってくるかもしれない。

「スパイスをきかせたプラムのお茶をためしてみます」

「クリームスコーンもおつけしましょうか？」。

ジェイクス師はうなずいた。「いいですね」

トニにじろじろ見られながら、スザンヌはスパイス風味のプラム・ティーをポットで淹れ、スコーンを皿にのせ、小皿に盛ったクロテッド・クリームとイチゴジャムを添えた。

「うまいことあいつをおだてたね」トニが小声で言った。

「もう必死よ」

スザンヌはジェイクス師のテーブルにお茶一式を届けたあとも、すぐには立ち去らなかった。スコーンを横にスライスし、先にジャムを、そのあとクロテッド・クリームをこんもりのせるのが流儀だと教えた。

「ジャムとクリームの順番を逆にしたらどうなるのですか？」ジェイクス師は訊いた。

「味は変わりませんが、見た目が少しだけ悪くなりますね」

ジェイクス師は愉快そうに笑った。かなりリラックスしてきているようだ。そろそろ本題に入ってもいいだろう。

「先日、〈ファブリーク〉に寄ったら、お店の人から牧師さまがチーズクロスをひと巻お買いになったと聞きました」

ジェイクス師は老いた亀のように、まばたきひとつせずにスザンヌを見つめた。

「それでおせっかいながらちょっと気になりまして」スザンヌは話をつづけた。「聖職《マン・オブ・ザ・クロス》にある方がそんなに大量のチーズクロスでなにをなさるのかしらと」

「いまのはジョークのおつもりですか？」ジェイクス師の声から冷ややかな響きがかすかに感じられた。

「いいえ、ちゃんとした質問です」

「では、おせっかいながらなぜそんなことをお尋ねになるのか、わたしも気になりますね」

スザンヌは牧師の真向かいの椅子にすわった。「理由はこうなんです、牧師さま。例の幽霊が、つまり劇場でアラン・シャープさんを殺害した幽霊が、濃い緑灰色に染めたチーズクロスの衣装を着ていたんです」

言ってしまった。『アッシャー家の崩壊』で描かれる不気味な晩餐会のように、テーブルに持ち札をすべて並べてしまったわ。問題は……彼が食いつくかどうかだ。

ジェイクス師はお茶をひとくち飲んで、唇を引き結んだ。それから表情のない顔をスザンヌに向けた。「つまり、わたしがアラン・シャープを殺害するため、偽の衣装をこしらえたと？」

「わかりません。そうなんですか？」

ジェイクス師がカップをソーサーに戻し、小さなかちゃんという音がした。

「いいえ、そんなことはしていません。正直言って、あなたの質問はたいへん不愉快です」

「いつもいつも、こんなふうにぶしつけな質問をするわけではありません」ジェイクス師は本当のことを言っているのだろうか？　いまひとつ確信が持てない。

「どうやら、きちんとした説明をお聞きになりたいようだ。はなはだ不愉快ではありますが、お話ししましょう」ジェイクス師は大きく息を吸いこんで説明を始めた。「教会の若者たちがサマーキャンプの計画を立てていましてね。わたしは週末に祈りのリトリートを開催してはどうかと提案したのだが、若い人たちはどうしてもキャンプがしたいと言って聞かないのですよ。いったん思いこむと、頭から追い出すことができないわけです」牧師は肩をすくめた。「こうなったらどうしようもないでしょう」

「ではチーズクロスの用途は……」

「テントの正面にぴったり合う防虫ネットを作るんです」

「防虫ネット。なるほど。それで、テントはもう買ってあるんですか？」しつこいとは思うが、気にしてなどいられなかった。

「購入済みと言えば言えるでしょう。カイパー金物店からナイロン製のテントが六張り、つけで納品されていますから。あとは代金を払うためにお金を集めなくてはいけませんが」

「どうやって集めるおつもりですか？」

トニが熱々のお茶が入ったポットを手に、ジェイクス師におかわりを注ごうとやってきた。それに、ふたりがなにを話しているのか興味津々だったのだ。

「まずは、明日の夜、ジョーダン・パーク保護区でクロスカントリー・スキーのイベントを開催します」牧師はスザンヌに、それからトニにうなずいてみせた。「おふたりともぜひおいでください」

「それっていったいどんなもの？」トニが訊いた。

「クロスカントリー用のコースを設営するんです。若い人たちが〈ココア・ロコ・ロペット〉という名前をつけました」ジェイクス師は答えた。

「ああ、わかった」トニは言った。「町のあっちこっちに開催を知らせるポスターが貼ってあるよね」

「〈ココア・ロコ・ロペット〉はわたしの発案ではなく、以前からあったものを引き継いだのですけどね。「とにかく、若者たちが全長四マイルのコースのあちこちに休憩スポットをもうけ、参加者に温かいココアやサイダーを提供します」牧師はスコーンにジャムをたっぷり塗り、持っていたシルバーのバターナイフをスザンヌにまともに向けた。「これでおわかりいただけたでしょう。さあ、正直にお話しした見返りとして、おふたりにはぜひとも参加して支援していただきますよ」

「実際にクロスカントリー・スキーをやれってこと？」トニが訊いた。「スキーを履いたり、ストックを持ったりなんかして？」

ジェイクス師はうっすらとほほえんだ。「新雪がたっぷり積もっていますから、きっといい気分転換になるでしょう」

ジェイクス師が帰るとトニが訊いた。「あいつの話を信じる？　チーズクロスはテントに使うとかいう話を」

「あれがうそだとしたら、あまりによくできてるわ」

「だけど……」

「だけど、まだあやしいとは思ってる」

「あなたたち、いったいなにをぺちゃくちゃやってるの？」ペトラがいつの間にか厨房から出て、冬用コートを着ようとしていた。「また例の幽霊の衣装の話じゃないといいけど」

「いつになったら、あそこからどかしてくれるのさ？」トニが訊いた。「あそこにあると思うだけで気味が悪いよ」そう言うとピンク色のセーターの袖をまくりあげた。「じんましんが出てきちゃう」

ペトラはひとつため息をついた。「すぐにどかすわ。どうせ、キルト・クラブのみんなが来るから場所をあけておかなきゃいけないし」彼女はニットの帽子をかぶった。「友だちのサマンサが迎えに来てくれることになっているから、衣装を届けに一緒にオークハースト劇場まで行ってくれるよう頼むわ。ここに置いてあっても、なんの役にもたたないし」

「そりゃ、幽霊は現実の存在じゃないからね」とトニ。

「そうやってまぜっかえさないの」スザンヌはトニをたしなめた。それからペトラに向かって言った。「なんだったらわたしが衣装を引き受けましょうか？　家に帰る途中で劇場に寄れるけど」それに、衣装を届ければ、テディ・ハードウィックと話をする絶好の口実になる。

「ありがとう。そうしてもらえると助かるわ」

スザンヌはトニに目を向けた。「あなたも一緒に乗っていく?」

「ううん、いい。車に乗せてもらわなきゃいけないときは、ジュニアに電話すればいいんだし。それに、まだ残っていろいろやることがあるんだ。ごみを出したり、床にモップをかけたり、本をきちんと並べたり……要するに雑用だね」

「天井の電球がひとつ切れてるわよ」ペトラが言った。

「まかせておいて。やることリストに足しておく」トニは言った。

スザンヌは幽霊の衣装を車の助手席に置き、オークハースト劇場に向かった。冬の夕陽が地平線をルーシャスピンクとオレンジに染め、そこかしこに青い筋がうっすら残っている。助手席に幽霊が乗っているのに、それでもとても気持ちが癒やされる。

劇場に着いてみると、いいことがあった。勤勉な除雪作業員がドアの前の雪をひろい範囲にわたってどけておいてくれたので、真正面にとめることができた。

スザンヌはぺらぺらのつるつるした幽霊をつかむと、寒さのなかを小走りし、劇場のなかにするりと入った。

重たいドアが背後でゆっくりと閉まった瞬間から、スザンヌは劇場内が暗くて静かでひと気がほとんどないことを意識した。ロビーを通り抜ける。ゆったりとひだを取ったダークグリーンのビロードの緞帳が、彼女の足音を消し、場内すべての音を吸収しているような感じがする。

反対側のドアをあけ、小劇場に足を踏み入れた。

こちらもひっそり静まり返って薄暗く、いくつかの照明が天井から舞台近くにうっすら射しているだけだ。

「こんばんは」スザンヌは大声で呼びかけた。「どなたかいませんか？」

中央通路を半分ほど進んだ。椅子の半円形のビロードの背を見ていると、墓石が並んでいるような気がしてくる。空気がよどんでいるのか、息苦しい感じだ。

「テディ？　ハードウィックさん？」背筋を冷たいものが這いおりた。誰かいるような気がする。

すると、舞台裏から衣擦れの音が聞こえ、声がした。「なんでしょう？」テディ・ハードウィックが舞台上に現われ、闇に包まれた劇場に目をこらした。頭上から射す光をさえぎろうと手をかざした。「どちらさま？　そこにいるのはどなたですか？」

「スザンヌよ」彼女は舞台に向かって通路を小走りした。

「いや、びっくりしたな。こんな悪天候のなか、どうして来たんだい？」

スザンヌは幽霊の衣装をかかげた。「この衣装を返しに」舞台のわきにまわりこみ、階段をのぼって衣装をハードウィックに差し出した。「ペトラに手直しを頼んだでしょう？」

「もう必要なくなったけどね」ハードウィックは衣装を受け取りながら言った。すっかり落ちこんで、意欲を失ったような声だ。

「そうよね。こんなことになって本当に気の毒だわ。お芝居の上演に向けて、並々ならぬ努力をしてきたというのに」

「配役、仕事の割り振り、衣装に大道具、芝居の演出。それらすべてに心血を注いできたというのに、このざまだ。もう身も心もずたずただよ」

「誰が……？」スザンヌは言いかけた。

ハードウィックは不快そうに顔をしかめた。「土壇場で中止になったのはドゥーギー保安官のせいだった。あいつがローガン郡芸術委員会を説得して芝居を中止させたんだ。この町でおかしなことがいろいろ起こっていることを考えると、念のため中止したほうがいいとか言って」

「残念だわ」スザンヌは声をかけた。本当に残念に思っている？　そうでもないかも。

「このところ、すっかりツキに見放されてしまってね」ハードウィックは言った。「あれもこれも一度に全部だめになったような気がするよ」

「お芝居……それに、ご自宅の基礎の件もあるのよね。それについてなにか進展は？　いくらかでも解決したの？」

ハードウィックはとげとげしい笑い声をあげた。「ふん。あるわけないじゃないか」

スザンヌは暗い劇場内を見まわした。ここに彼とふたりきりでいるのが、なぜか不安に思えてきた。

「でも、きょうもここに来てるじゃない。つまりなにか……お仕事をしているんでしょう？」

「衣装を箱に詰めたり、大道具の一部をしまったりしているだけだ。要するに残務整理だね」ハードウィックは一歩スザンヌに近づいた。「やることがいろいろあるんだよ」

スザンヌはあとずさりした。「ええ、わかるわ」

「それにこの劇場で作業をしていると、少しは気持ちが安らぐしね」ハードウィックはずらりと並んだ無人の座席を見やり、それから垂木に目を向けた。「ここにいると、自分の居場所という感じがしてくつろげるんだ」彼はそこで肩をすくめた。「ひょっとしたら、今夜はここで徹夜することになるかもしれない」

本当に？

「というのも、ぼくはいつもあれこれ計画をたてていてね」ハードウィックは急いで説明した。「常に先を見越して、頭のなかをフル回転させているんだ。キンドレッドの住民はいま、異常な殺人犯が野放しになっていると思いこんで、不安になっている」

「ええ」スザンヌはそう言ったものの、心のなかではこう反論した。思いこんでいるんじゃなく、本当に異常な殺人犯が野放しになっているのよ。

「だが、このおぞましい事件がいずれ解決したら、われわれの演劇活動をふたたび軌道に乗せられると思っている。春には軽いオペレッタをかけたい。ギルバート＆サリヴァンの『軍艦ピナフォア』はどうかと検討中なんだ」

「歌の上手な人をそんなに集められるのかしら？　舞台にあがって満員の客席に向かって歌ったり踊ったりする度胸がないといけないのに」

「どうだろう。でも、どうしてもやってみたいんだ」

スザンヌは車に戻ると、アンバー・ペイソンの様子を見にいくことにした。きのうの午後、保安官がアンバーをカックルベリー・クラブから引きずるようにして連行して以来、話をしていないし、いまどうしているのか知りたかった。

メイソン・ストリートを走って煉瓦造りのメゾネット型アパートメントの前で車をとめた。短い階段をあがると白い手すりにぐるりと囲まれたポーチに出るようになっている。右側のドアの横の壁に雪かき用のシャベルが立てかけてある。そっちがアンバーが住んでいる側だ。

アンバーの部屋のドアをノックしたところ、部屋の明かりがついているのに返事がなかった。

もう一度ノックした。「アンバー？　スザンヌよ。いるの？」

たっぷり二分がたったところで、アンバーが一インチだけドアをあけた。鳶色の髪が少しと、じっとスザンヌをうかがっている片方の目しか見えなかった。目は赤く腫れている。どうやらアンバーはずっと泣いていたようだ。

「入ってもいい？」スザンヌは訊いた。

アンバーは洟をすすった。「どうしてですか？」

「どうしているかたしかめたくて。きのうのお茶会でドゥーギー保安官があんなふうに押しかけてきたこと、本当に残念だったわ」

「本当に残念だと思ってるんですか？」

「もちろんよ」

「保安官があんなふうにわたしに声をかけてきたのは、あなたの差し金じゃないんですね？

あそこにわたしが現われるって、彼に耳打ちしたわけじゃないんですね？」

「まさか！　そんなことするわけないいじゃない」

アンバーはあと二インチ、ドアをあけた。「だって、あなたたちふたりはとても仲がいい
と聞いているから」

「ええ、まあ、たしかに保安官とは親しいわ。あの人は本来、ものすごくまともな人よ。と
にかくわたしはあなたをあんな形ではめたりなんか絶対にしない。お願いだから信じて。保
安官があんなふうに乗りこんでくるなんて、まったく知らなかったのよ」

「だったらいいんです」アンバーはドアを閉めようとした。

「もうちょっとだけ、お願い」

「なんですか？」

ふたたび片方の目しか見えなくなった。「ひどく動揺しているみたいね。入ってもいい？

今回の件についてふたりで話し合わない？　なにか力になれるかもしれないわ」

「ううん、いいんです。あなたはもう充分やってくれましたから」アンバーはドアを荒々し
く閉めただけじゃなかった。デッドボルト錠が締まったとはっきりわかる音がした。

「まったくもう」スザンヌはぶつぶつ言いながらダウンタウンを引き返した。アンバーにも

っと強く出なかった自分に驚いた。でも、あの場面でいったいなにができただろう。どうしていつになく理解をしめしたのかしら？

車はメイン・ストリートを走っていた。黄色い光を点滅させている除雪車のわきを通りすぎ、ラッズ・ドラッグストア、ルート66へアサロン、ベックマンのギフトショップ、それにカイパー金物店の前を通りすぎた。

ちょっと待って！

首をめぐらして車の流れを確認し、なにも来ないと判断した。すばやくUターンすると、カイパー金物店の数軒先で車をとめた。

スザンヌが店に入っていくと、入り口の上でよく聞くちりんちりんという音がした。数歩なかに入ったとたん、新鮮なおがくずとペンキが入り交じったにおいが鼻を突いた。クリスマス直前なので、入り口の近くには子ども向けのおもちゃが大々的に展示されている。奥に行くにしたがって、家庭雑貨、ペンキと棚用シート、道具類、各種の鎖、さらには梯子、シャベル、噴射式除雪マシン《スノーブロワー》が並んでいた。

バート・カイパーは木製のカウンターのなかで茶色い紙で箱を包装していた。青いワークシャツとジーンズの上から綿素材のベージュ色のペインターエプロンをかけ、リムなし眼鏡の奥の目がきらりと光っている。昔よくいたタイプの店主という外見で、実際、中身もそうなのだろう。

カイパーはスザンヌに気づくと、笑みを浮かべた。「いらっしゃい、ご近所さん。もしかして、スノーブロワーがお入り用かな？　トロ社のやつが入ってる。必要なくなる春までに全額支払ってくれれば、利息は取らないよ」

「スノーブロワーは持ってるの」スザンヌは言った。

カイパーは金属製の雪かき用シャベルを取って、高くかかげた。

「だったら、ローテクの除雪機はいかがかな？」

「それもひとつ持ってるから」

「では、どんなご用件で？」

「テントのことで訊きたいことがあるの」

「冬のキャンプにはいささか寒すぎやしないかね」カイパーは言った。

「知りたいのは、旅路の果て教会の若者グループがこちらで買ったテントのこと。つけで売ったというのは本当？」

カイパーはうなずいた。「若い連中には楽しみってものが必要なんだよ、そうだろ？　オンラインゲームなんかじゃなく、心をかきたてるような本物のアウトドアの体験がさ」

「ええ、そうよね」

「教会の若い連中はよくやってるよ。豆料理即売会をやったり、雑誌を売ったりしてテント代を稼ぐそうだ」カイパーの顔がぱっと明るくなった。「明日の夜にはクロスカントリー・スキーのイベントも主催するんだよ」彼は正面の窓を指差した。「あそこの窓にポスターが貼ってあるだろ」

「あなたはやさしくて心のひろい人ね」スザンヌは言った。

「あんたの心根もちゃんとわかってるよ、スザンヌ。あんただってあの子たちのためなら同じことをしただろうさ」

「ちょっと訊きたいんだけど、その若者たちにはいくら貸したことになっているの？」

「寄付してやるのかい？」

「もしかしたらね」

カイパーは目を閉じた。「ええっと……テント六張りとハンティングナイフが四本で、だいたい六百八十ドルだな」

「ちょっと待って。テントのほかにハンティングナイフも購入したの？」

「そうだよ」

スザンヌの耳のなかをシューという音が抜けていった。心臓の鼓動が少し速くなっているにちがいない。「あの、そのナイフの、えっと、見た目はどんな感じかしら？」

「こっちに来てごらん。実物を見せてやるよ」

カイパーの案内で店の奥に入ってみると、コールマンのストーブ、作業用手袋、〈リアルツリー〉のジャケット、それにハンティングナイフ各種が陳列されていた。

「これだ」カイパーは一本のナイフを取りあげ、ダークブラウンの革のケースからゆっくりと出した。「これが若者たちが買ったナイフだよ。〈バックナイフ〉っていう会社から出てる固定刃タイプだ」

ステンレス製のクリップポイント刃が光を受けて不気味に光り、スザンヌの口から〝ひっ〟という声が洩れた。そのナイフは先日の夜、自分に向けられたものとおそろしいほどよく似ていた。

「こういうナイフは一般的になにに使うものなの？」スザンヌはうわずった声で質問した。

「こいつは万能タイプでね」カイパーは言った。「ナイフやコードを切るのにも、魚をさばくのにも、獣の皮をはぐのにも使える」

なんてこと、とスザンヌは心のなかでつぶやいた。ひょっとしてこれは、人を殺すのにもうってつけなんじゃないかしら。

18

四時四十五分、空がほぼ真っ暗になった頃、スザンヌはカックルベリー・クラブに戻った。裏の駐車場に乗り入れると、なかには入らず厨房のドアを荒々しくノックした。いきなり飛びこんで、トニを死ぬほど怖がらせたくなかったからだ。

「ここでなにしてんのさ？」出てきたトニが訊いた。ドアをあけてもらうと、スザンヌは少しでも早く寒さから逃れたくて、急いでなかに入った。

「薄気味の悪い劇場に乗りこんだあと、感情的になってるアンバー・ペイソンと話をして、わたしを殺そうとしたのと同じタイプのハンティングナイフを見てきた」スザンヌはトニに告げた。

「それだけやって、まだ無鉄砲な人づきあいをする時間があるってわけ」トニは言った。「まったく、あんたって人は本当に働き者だね」

ふたりでホットチョコレートをこしらえ、カウンターの椅子にすわった。やがてスザンヌはハードウィックのもとに衣装を届けたこと、アンバーの自宅に入れてもらえなかったこと、それからカイパー金物店に立ち寄ったことをくわしく話した。

スザンヌの話が終わると、トニはマシュマロをひとつ口に入れ、ごくりとのみこんでから言った。「本当に忙しくしてたんだね」

「変な話だと思わない？」

「ウサギの穴に落ちこんだら、異次元に迷いこんだみたいな？」とトニ。「ちょっと頭のなかを整理させてよ。テディ・ハードウィックは誰もいない劇場をオペラ座の怪人よろしくうろうろしてる。アンバーは自分を憐れんで、目が腫れるほど泣いてる。そして、あくまで仮定の話だけど、ジェイクス師はハンティングナイフを一本拝借して、アラン・シャープを刺したかもしれない」

「そのあと、わたしを脅した」スザンヌは言った。「そこを忘れないで」

「本当に同じタイプのナイフだった？」

スザンヌは片方の肩をあげた。「まちがいないわ。でも、ハンティングナイフなんてどれも同じように見えるけど」

「いまの話をドゥーギー保安官に突きつけるつもりなら、いちばんあやしい容疑者を選ばなきゃ。ナイフをちゃんと特定できれば言うことないね」

「そこが問題なのよ。だって、絶対これだったなんて断言できないもの。たしかに、ジェイクス師はわたしの容疑者リストにのっているけど、いまはテディ・ハードウィックさんのほうがはるかにあやしいと思ってるし」スザンヌは小さく身を震わせた。「トニ、あなただってあの薄暗い劇場でたったひとりいる彼を見たらわかるわ。ハロウィーン並みの不気味さだったんだから」

「しかもいまは幽霊の衣装があいつの手もとにある」トニは椅子の背にもたれ、スザンヌをじっと見つめた。「で、あんたはどうしたいの？」

「いますぐ引き返して、ふたりでテディ・ハードウィックさんを調べろと頭のなかの声がささやいてる」

「なんでそういう話になるわけ？　ああ、わかってる。あんたいま、〝ふたりで〟って言ったよね」スザンヌが答えずにいるとトニはつづけた。「おやおや。あたしがなにを考えてるかわかる？」

「さあ。なにを考えているの？」

「あんたはあいつをじっくりと観察したいんだよね？」

「劇場にいる彼を観察するつもりはないわ。それはありえない。あそこには絶対に戻りたくないもの。だけど……」

「えー、うそ」トニは目を見ひらいた。「まさか、ハードウィックの自宅に忍びこもうってんじゃないよね？」

「だめ？」

「だめに決まってるじゃん！」

「一緒に行ってよ。だってあなたは共犯なんだから」

「共犯の〝犯〟の字は犯罪の〝犯〟だよ。捕まったらどうすんのさ？　押し込みはやっちゃいけないって法律にちゃんと書いてあるんだよ」

「なにを心配してるの？　前科はないんでしょ？」

「この先も前科をもらうつもりなんか全然ないから」トニは言い返した。「リンジー・ローハンみたいに逮捕されてへんちくりんな顔写真を撮られたい人間なんている？　ああいうのは絶対、インターネットにアップされて永遠に削除されないまま残るんだよ。だから、答えはノー。このかわいこちゃんは、そういうのはやりたくない」

「でも、ていねいに頼めば、いい返事をしてくれるんじゃない？」

トニは深々とため息を洩らした。「うーん、どうかな。ま……考えないでもないかな。カクテルを一、二杯飲んだら、態度が軟化するかもね。ちょっとお酒が入れば、あたしの頭はまともに働くようになるからさ」


そういうわけで、スザンヌとトニは気づいてみれば〈シュミッツ・バー〉に来ていた。スピーカーから「悪魔とモリー」が大音量で流れ、ビールジョッキやビリヤードの音が耳に響くなか、くたびれた木のボックス席にすわっていた。

「なにを食べようか？」トニが訊いた。生ビールを前にして、一ページしかないメニューをにらんでいる。スザンヌはマルガリータを飲んでいた。

「バーガーバスケット」スザンヌは言った。「それ以外にある？」

〈シュミッツ・バー〉のヒッピー崩れのバーテンダーでありオーナーでもあるフレディは、

秘密の方法でおいしいハンバーガーを作ってくれる。まずはパテを石炭のように真っ黒に焼く。肉汁たっぷりの黒焦げパテが焼きあがると、それをふかふかのおいしいバンズにはさみ、パルメザンチーズ風味のフライドポテトと一緒に出すのだ。

ピンクのタンクトップとローライズのブルージーンズという恰好で、ガムをくちゃくちゃやっているウェイトレスが注文を取り、それぞれに二杯めのドリンクを持ってきた。

「悪いんだけど」スザンヌは言った。「これは頼んでないわ」

「ハッピーアワーのサービス」ウェイトレスは言うと、ガムをぱちんと鳴らした。「一杯分の料金で二杯飲めるの」

「いいね」トニが自分のグラスを持ちあげた。「そういう計算ならあたしにも理解できるよ」

ローリング・ストーンズの「スタート・ミー・アップ」がスピーカーから流れるなり、トニは体をくねらせ、楽しそうに椅子の上でダンスを始めた。

「おとなしくしてよ、もう」スザンヌは言った。「いらぬ注目を集めちゃう」

「なに言ってんのさ。注目を浴びたら、してやったりと思えるじゃん」トニは音楽に合わせて指を鳴らしたり、体をくねくねさせたりしながら、カウンターの前に二列に並んだ男たちを見やった。

「こんなところをサムに見られたら、絶対に婚約を破棄されちゃう」スザンヌは言った。

「そんなことないって。彼はあんたがこそこそ通った道の砂だってありがたがる男だよ」

「わたしがなにかこそこそやってると思うわけ？　彼に正直に話してないって？」

「そうだよ。でも、それはサムによけいな心配をかけたくないからだよね」

「まったく、ああ言えばこう言うなんだから」

「ちょっと、ああ言えばこう言うを悪く言ってもらっちゃ困るね。あたしなんかそれで、何度も窮地を切り抜けたんだよ」

ハンバーガーが来たので、ふたりはかぶりついた。

「うーん、おいひい」トニは口のなかをいっぱいにしながら言った。

「おいひいわ」スザンヌは口のなかのものをごくりとのみこんだ。「でも、どうしてあなたはチーズとオニオンをプラスしたダブルバーガーなんか食べて平気でいられるの？　だって、ずぶ濡れになった状態でも体重がせいぜい百十ポンドしかないじゃない」

「新陳代謝がめちゃくちゃいいせいかな。要するにあたしって、ディーゼルエンジンのフォードF－150みたいなもんなんだよ。燃料を燃やすスピードが投入するスピードよりずっと速いんだ」

「すごいのね」

「まあ、恵まれた星のもとに生まれたってだけ。ところでさ、今夜のことはサムになんて言ってあるの？」

「あなたと食事をするとだけ」

「つまり、必要最低限のことしか言わないことにしてるんだね。そして今夜のことは、彼は知らなくていいってわけだ」

「とんでもなくおかしな事実がわかったら話はべつだけど」

二十分後、ふたりともバーガーバスケットをたいらげ、ドリンクを飲みほした。

「本当にやるつもりなんだね？」トニが訊いた。「まだ店を出ないで、もう一杯注文したっていいんだよ。このままだらだら夜を過ごして、計画のことはうやむやにすることだってできる。で、最後にはきれいさっぱり忘れちゃえばいい」

「ううん、どうしても調べたい」スザンヌは言った。

「ハードウィックが家にいたらどうすんのさ？」

「その場合は家の近くには行かないし、窓からなかをのぞきこんだりもしない。でも今夜は遅くまで劇場で仕事をするって、本人が言ってたのよ」

「それで、具体的にどんなものを探すわけ？」

「わからない」

「ええーっ！」

「見たらぴんとくるんじゃないかと思うの」

「とてもじゃないけど、よく練られた計画とは言えないね。なんて言うか、真冬にロシアに侵入しようぜってくらい無謀な計画って感じがする。うまくいきっこないよ」

「わかってる」

「ハードウィックのタウンハウスがどれかはわかってるわけ？」

「登記所で調べたから。でも、インターネットでもわかるんじゃないかしら」とスザンヌ。

「ストーカーにとっての世の中ガイドだもんね」トニはくすくす笑った。

「気が変わったのなら、いいのよ、べつに」スザンヌは言った。

「あんたがひとりでハードウィックの自宅に侵入するのを黙って見てるとでも思うわけ？とんでもない事態になったらどうすんのさ？」トニは身を乗り出し、声を落とした。「やつに捕まって、地下の人質置き場に放りこまれるかもしれないんだよ」

「トニったら！」

「だってさ、あんたはあの心やさしいテディがアラン・シャープを殺した犯人かもしれないと思ってるんだろ。だとしたら、同じことをあんたにやらない保証がどこにあるわけ？」

スザンヌは最後に少し残ったドリンクに口をつけ、喉に流しこんだ。

「鋭い指摘だわ、トニ。いい指摘よ」


十五分後、スザンヌとトニはホワイトテイル・ウッズにあるハードウィックのタウンハウスの前を通りすぎた。ちらちら舞う雪のせいできらきらした靄《もや》に包まれているように見える。積もった雪に街灯の光が黄色い輪を描いている。

「あそこよ」スザンヌは車の速度を落としながら言った。「奥から二軒め」アドレナリンが一気に血管に押し出され、心臓の鼓動がいつになく高まった。

血が騒ぎはじめたのを感じとったのだろう、トニが訊いた。「緊張してる？」

「というより、うずうずしてる」

「あたしも同じだ」トニはポケットに手を入れ、チューイングガムを一枚出して包み紙をむいた。「あんたもいる？」

「ううん」

トニはガムを折りたたむようにして口に入れた。「気持ちが落ち着くんだよ。嚙み煙草みたいなものかな。ガムなら汚い唾を吐かずにすむし」

「ハードウィックさんの家の電気はみんな消えてたから、誰もいないみたいね」スザンヌは言った。

「そうは言うけどさ、部屋を真っ暗にしてテレビを見てるかもしれないじゃん。じゃなかったら、強いお酒をちびちび飲んでるかもよ。中止になったお芝居のことをぐだぐだ言いながらさ」

「いらぬ注意を引きたくないから、車は裏にとめたほうがいいわよね」

「うん、そうしよう」

スザンヌはそのブロックが終わるところまで車を進めて右折し、もう一回右折してきれいに雪かきされた路地に入った。裏はさらに暗く、独立型のガレージを照らす明かりがあるだけだ。スザンヌはハードウィックのガレージのすぐ隣にある一台分の駐車スペースに車を入れた。センサー式ライトのスイッチが入ることはなく、裏にまわってもハードウィックの自宅は真っ暗だった。

「で、どうすんの？」トニが訊いた。

「小さなデッキが見えるんだけど、あそこに引き戸があるはずよ」

「そこから入ろうってわけ？　鍵はかかってないだろうって？」

「さあ。たしかめるしかないでしょ」

ふたりは車を降りると、しばらく暗がりに立ってずらりと並んだタウンハウスを見やり、裏通りをうかがった。タウンハウスはどれも隣とそっくり同じで、どの家にも〈ランディのクリーンシステム〉とステンシルされたプラスチックの青いごみ容器が置いてある。木を燃やしたにおいがかすかにただよっている。どこかの家の暖炉に火が入っているのだろう。

ハードウィックのガレージから裏口につづく通路はスノーブロワーできれいに除雪してあったが、デッキはそうじゃなかった。それでもスザンヌとトニはためらわなかった。ふたりはゆっくりと慎重にステップを二段のぼってデッキにあがり、一フィートほど積もった雪のなかを苦労して進み、ガラスの引き戸に鼻をくっつけた。

「あんまりよく見えないね」トニが言った。

ふたりがのぞきこんでいるのは、ベージュのソファ、同色の椅子、ごくありきたりな電気スタンドがふたつあるだけの小さな部屋だった。

「演劇人ってのはもっと派手かと思ってた」トニが言った。

「どんな感じを想像してたの？」スザンヌは小声で訊いた。「お芝居のポスターやらチラシが飾ってある部屋？」

「ていうより、ふかふかした真っ赤な家具とか、金めっきの額とか、おかしながらくたの山とかだね」

「聞いているだけでぞっとするわ」スザンヌはひとつ大きく息を吸った。「引き戸があくか、ためしてみる」

しかし、うんと力をかけても、引き戸はびくともしなかった。

「ああ、もう」

「裏口があるよ」トニが小声で提案した。

ふたりはそろそろとステップをおり、裏口をためした。しっかり鍵がかかっている。スザンヌは携帯電話を出して、ドアノブについている錠前をスポットライトで照らした。とくに複雑なものではなく、ちょっと安っぽい感じがする。

「ドアノブに鍵がついてるだけで、デッドボルト錠はないね」トニは言った。

「だと思った」アラン・シャープがこのタウンハウス建設にあたって費用をけちったのだとしたら、仕上げの部分にも同じことをしていると思っていた。この程度の鍵ならドアを蹴破るのに最適だろう。あるいはピッキングであけるのにも。スザンヌはほんの一瞬迷っただけで、すぐにバッグに手を入れて、金属製の爪やすりを出した。

「それでピッキングするつもり？」トニが訊いた。

「やってみるわ」

「ちょっと待って」トニは裏口のドアを強く叩いた。「誰かいませんか？」と大声で呼びかけた。「テディ、このばかったれが。いないの？」

「頭がいいわね」スザンヌは言った。たしかに、ハードウィックが在宅している可能性はある。なんとしても避けたいのは、なかに入ったら彼がソファに寝そべって昔のモノクロ映画を観ていたという事態だ。ナイフを研いでいるところに出くわすのもごめんだ。

トニはもう一度ノックしてから言った。「留守だね。死者も目を覚ますくらい強くノックしたんだから」彼女はスザンヌにうなずいた。「時間がどんどん過ぎてくよ。さっさとやろう」

スザンヌは錠前に爪やすりの先端を挿し入れた。ゆっくりと前後させるが、鍵があいた感じがしないどころか、鍵を動かせる余裕すら見つからなかった。何度かためしたのちスザンヌは言った。「うまくいきそうにないわ。思っていたよりまともな錠前みたい」

「ちょい待ち」今度はトニがバッグに手を入れた。「いいものがあるんだ……まだあるといいんだけど」トニはビニールの化粧ポーチのファスナーをあけ、ごちゃごちゃに入っている口紅、頰紅、それにアイブローペンシルを引っかきまわした。「よし。まだあった」

「あったってなにが？」

トニはおかしな形の鍵をかかげた。

「なんなの、それ？」スザンヌは訊いた。

「ジュニアにもらったんだ。バンプキーだよ」

「バンプキーなんて都市伝説だと思ってた」

「そんなことないよ。悪い連中の多くが持ってるもん」

「ジュニアとか？」

「実はこれ、ジュニアが自分で作ったやつなんだ。地元の金物店でごく普通の住宅用の鍵を買ってきてさ。ほら、一般的なシリンダー錠に合う鍵だよ。そいつの歯をいくつかやすりで削って、いくつかの溝を深くしたってわけ」

どうかしてる、とスザンヌは心のなかで思った。他人の家に入れるような鍵を作るのがそんなに簡単だなんて信じられない。本当なんだろうか。「その鍵であくかしら？」

「さあ。ためしてみるしかないね」

トニはバンプキーを錠前の奥まで押しこんだのち、少しだけ引いた。それから上下に揺すったり、左右に揺すったり、押したり引いたりを繰り返した。

「うまくいかないみたいね」

「こういうのは少し時間がかかるんだ」さらに二分ほど試行錯誤を繰り返したのち、トニは言った。「たぶん……」

カチャッという音がはっきり聞こえ、テディ・ハードウィックのタウンハウスのドアが大きくあいた。

トニはにやりと笑った。「やったね」

19

「やったわね」スザンヌは言った。その場に呆然と立ちつくし、闇に沈んだ室内を見つめながらも、心の底では、ありとあらゆる法律を破ったことをしっかり意識していた。ドゥーギー保安官はどう思うだろう？　ううん、それより、サムはどう思うだろう？　もちろん、このままなにもせず、ここでやめることもできる。まだ引き返せるうちに、ささやかな犯罪行為から撤退すればいいのだ。

けれども、せかしたのはトニだった。

「さあ、もうあけちゃったんだからさ。いまさらやめるわけにはいかないよ」

スザンヌは心臓が胸のなかでどくんどくんいうのを感じながら敷居をまたいだ。トニがすぐあとにつづき、なかに入ってドアを閉めた。

室内は暗く、暑いくらいに暖房がきいていた。それにくわえ、なにかとんでもないことが起こったか、起こりそうな得体のしれない感じがする。

それを振り払おうとしてスザンヌは個性の乏しい部屋を見まわした。

「ここはファミリールームになっているみたいね」

「なんで、家族がいなくてもファミリールームっていうんだろうね？」トニが訊いた。

「六、七〇年代はレック・ルームと言っていたんじゃないかしら」

「自動車事故《カー・レック》と関係あるの？」

「〝レック〟は〝レクリエーション〟の略よ」とスザンヌ。

「そっか」

トニはスザンヌの肩に手を置き、あとについてキッチンに入った。よくある赤と緑の表示灯――トースター、電子レンジ、食器洗い機などだ――がついているおかげで、こっちのほうがいくらか様子がわかる。キッチンは狭いものの、オーク材のキャビネットや大理石のカウンターなど、設備は整っていた。ハードウィックは家のなかをきちんと整理しておくのが好きらしく、カウンターに出ているのはすり鉢とすりこぎ、スパイスラック、オリーブオイル、それにリンゴを盛ったシルバーのボウルくらいだった。

「このキッチンはそんなに悪くないね」トニが言った。「家具のほとんどは作りつけで、設備は全部ステンレス製だし。こういう家はいくらくらいするのかな？」

「一軒でだいたい二十五万ドルというところかしら」

トニは小さく口笛を吹いた。「タウンハウスにしちゃ、えらく高いね。しかも、ほかに毎月共益費も払わなきゃいけないし、まわりの土地は自分のものじゃないってのに」

「でも、なかにはそれがいいという人だっているのよ」スザンヌは言いながら、ダイニングルームに足を踏み入れた。ただし、ダイニング用のテーブルと椅子がまったくないところをみると、食事をする場所としては使われていないようだ。パソコンがのったデスクとオフィス用の回転椅子があり、その隣にカードテーブルが置かれている。

「ハードウィックはここをオフィスにしてたみたいだね」トニが言った。「でも、なんでオフィスなんかいるんだろう。だって芝居の監督なのに。そんなにいろいろやんなきゃいけない仕事かな？」

「補助金だのなんだのをもらうために、州の芸術委員会に出す申請書をたくさん書かなきゃいけないんじゃないかしら。ほら、去年、郡立美術館で写真展を監督していたじゃない」

「うんうん、そうだった。あれは――」

ビーッ！

玄関の呼び鈴がけたたましく響いた。

「腰を落として！」スザンヌはあわてふためきながら小声で指示した。「床に伏せるのよ！」

ふたりは床に伏せ、絨緞にぴったりと身をつけた。新しくて、ちくちくして、化学薬品のにおいがする。たぶん接着剤だ。

「誰が来たのかな？」トニが小声で訊いた。「まさか、鍵を持ってたりして」

「どうかしら。そうじゃないといいけど」

「確認してきてよ！」

「わたしが？」スザンヌはしばらく迷っていたが、やがて膝立ちになると、ダイニングルームの床をおそるおそる這い進んだ。カーテンの陰に隠れるようにして窓の外をのぞいたところ、ピンク色のコートを着て、お揃いのコートを着せた小さな白いプードルを抱いている女性が見えた。

「プードルを連れた女の人だわ」スザンヌは小声で伝えた。

「えっ？」トニは人間シャクトリムシよろしく、這い進みはじめた。

「いいのよ、忘れて」

呼び鈴がまた鳴った。外の女性は体を温めようと、しきりに足踏みをしている。およそ二分後、女性はまわれ右をして歩き去った。けれども向かった先は車ではなかった。べつのタウンハウスのなかに消えた。

「ご近所さんみたい」スザンヌは言った。

「プードルの女の人、あたしたちがこの家に入るところを見たのかな？」

「それはないんじゃないかしら。格別、心配しているような感じは受けなかったもの」

「だったら恋人とか？」とトニ。

「そんなの知らないわよ。いいから、ざっと見てまわって、さっさと退散しましょう」スザンヌはこんなことはしないほうがよかったと後悔しはじめていた。

「そうだね。あたしもだんだん気味が悪くなってきたよ」

ふたりはタイルを敷いた通路を忍び足で突っ切り、居間に入った。スザンヌはよく見えるよう、懐中電灯のスイッチを入れた。この部屋の装飾はほかにくらべていくらかあか抜けている。ベージュの革のソファ、ガラスのカクテルテーブル、派手な大ぶりのクッションふたつ、隅にはピアノが置いてあった。

「まあまあじゃん」トニは言った。「ハードウィックはけっこう趣味がいいね」

「わたしは二階をざっと見てくる。よかったらあなたはここで待っていて」

「わかった」

スザンヌは懐中電灯のスイッチを切り、真っ暗闇に向かって狭い階段をのぼりはじめた。二階建てのタウンハウスはかなり狭いため、短い階段をのぼると小さな踊り場があり、そこでいったん向きを変えて二階のロフトまでさらに数段のぼらなくてはならない。

踊り場まであと二段というところで、車が一台、がたがたと通りを走っていく音がした。スザンヌは向きを変えて正面側の窓から外をのぞいた。ハードウィックさんが帰ってきたのかしら？　あたりはしんとしていて、カーラジオから流れるかすかな音楽の音すら聞こえてくる。やがて車はブレーキをかけ、あわただしくUターンした。ヘッドライトの光が正面側の窓をさっと照らし、家のなかの壁に当たった。大きくすばやく揺れる光は、どこか昔の映画を思わせる。そのとき、ヘッドライトの光がスザンヌのほんの少し上でゆらゆらしている青白いものを照らした。

いまのはいったい……？

全身にある穴という穴からむかむかする感じがにじみ出た。スザンヌは一瞬にしてわかった。

手をのばし、手すりを握って体を支えた。それから懐中電灯のスイッチを入れ、ほんの数フィート前方でぶらぶら揺れている人間を照らした。

たしかにハードウィックその人だったが、同時にそうでないとも言えた。顔はまったく変わってデスマスクと化し、酸素不足のせいで青白くしなびたように見える。目は飛び出し、舌を突き出し、首にはロープがきつく巻きついていた。

ちらちらする懐中電灯の光を天井に向けると、ロープが二階のバルコニーの手すりに結びつけてあるのが見えた。光をふたたび下に向けると、ハードウィックの足は絨緞からほんの数インチのところで揺れていた。

喉がからからで、唾がたまるのにもしばらくかかった。「トニ」大きな声を出したつもりなのに、狭くなった気道から出たのはしわがれたかすれ声だった。

「なに？」トニの声が小さく聞こえた。どうやらキッチンに戻っているらしい。

「こっちに来て」スザンヌは階段を二段おりた。ハードウィックの冷たくなった体が大きく揺れてぶつかってくるんじゃないかと怖くなったのだ。「見てほしいものがあるの」

トニが階段下まで来ると、スザンヌはハードウィックに光を向けた。そのなかに彼のむくんだ青白い顔がはっきり浮かびあがった。

「ちょっと、ちょっと、なんなのあれは！」トニはぎょっとして息をのんだ。一瞬、ハードウィックを見あげたのち、すぐにあとずさりして膝を折り、十字を切る仕種をした。「あの人、いったいどうしちゃったの？」

「わからない。首を吊って自殺したのかも」スザンヌは言った。

「自殺？」トニは顔をあげたものの、今度は手で目を覆っていた。

「あるいはひょっとして……」死因についてはまだなんとも言えない気がする。

「ひょっとして、なに？」トニが手をひろげ、期待するような目で見つめてきた。

「ひょっとして関与した人がいるとか？」

「ハードウィックは殺されたって言いたいの？　うそ。何者かがやってきて、彼の首を絞めたってこと？」

スザンヌはすでに階段をおりきっていた。「いまはなんとも言えないわ」スザンヌの声はまだこわばり、かすれていた。「検死官か監察医が正確な経緯を解明するまでは」

「それをやるのは、ひょっとしてサムじゃない？」とトニ。

「やだ、どうしよう。現場にいたことを知られたらサムに殺されちゃう。今度こそがつんと言われるわ、きっと」

「その件はとりあえずあとまわしにしようよ。いまはどうすんの？　いま、この瞬間ってことだよ」

「裏口から出て、なにもなかったふりをするわけにはいかないわね。なにも見なかったふりをするわけには」スザンヌは言った「そうしたいのはやまやまだけど」

「うん」トニは自分の鼻をつまんだ。「いずれ、ご近所さんの知るところになるだろうし」

「ドゥーギー保安官に電話するしかなさそうね」スザンヌは暗澹《あんたん》たる気持ちで言った。

「そうしたらあいつはきっと、近隣三郡のすべての保安官助手と警官に警告を発するよ」

「そして保安官はまずまちがいなく、サムに連絡する」

「そうだね」トニは言った。「じゃあ、キッチンに行って、明かりをいくつかつけたら電話しよう」

ふたりは電話した。結果はさんざんだった。

「死んでるだと？」電話がつながってスザンヌがたどたどしく事情を説明すると、保安官は大声を出した。「首を吊ってるだと？　なんてこった！　救急車は呼んだのか？　ロープを切ったりしてないだろうな」

「してないわ。だって手遅れだったもの。ハードウィックさんはあきらかに息をしていなかった。顔が真っ青だったのよ」


保安官はさらにいくつか矢継ぎ早に質問したのちに言った。

「おれが行くまで遺体にさわったり、一インチでも動かしたりするなよ、スザンヌ。おれが行くまで敷地内に誰も入れるんじゃないぞ。わかったか？」


スザンヌは耳から電話機を遠ざけた。保安官のわめく声があまりに大きかったのだ。

「わかった」

「口を酸っぱくして言うが、おれの指示に一言一句違わず、忠実に従うんだぞ」

「言われたとおりにする」スザンヌは言ってからトニと視線を交わした。「わたしもトニも」


電話を切って、トニに伝えた。「ここから出ちゃだめだって」

「大きな声だったからあたしにも聞こえたよ。何マイルも先に住んでる人にも、あの怒鳴り声は聞こえたかもしれないね。隣の州の人にだって……」トニはごくりと唾をのみこんだ。

「あたしたち、まずいことになってる?」

「どうかしら。いまの段階ではなんとも言えないわ」

「ひとつ、あたしたちは不法侵入をやらかした。ふたつ、あたしたちは殺人事件の現場を発見した。ハードウィックの死体が明日まで見つからなかったら、犯人の手がかりはキンキンに冷えて固まっちゃうし、そしたらたどるのがうんとうんとむずかしくなってたはず」トニは唐突に言葉を切って口を手で覆い、ささやくような声になった。「ちょっと待ってよ、まさか犯人はまだここにいたりしないよね? 二階のクロゼットかどこかに隠れてたりして」

「そんなこと言わないでよ、トニ」

トニは冷蔵庫に寄りかかった。「あんたの考えでは、本当にハードウィックは自殺じゃないんだね? だってさ、自殺は大罪だよ」

「たっぷり二分かけて考えてみたけど、ハードウィックさんが自殺したとはどうしても思えない。あそこにぶらさがってるあの人を見たでしょ、トニ。自分で自分をあそこに吊したなんて考えられる?」

トニは首を振った。「どうだろ。ちらりと見ただけだし」彼女は鼻にしわを寄せた。「でもさ、芝居が中止になったことがそうとうこたえてたみたいだよ」

「ひとつ言っておくわ、トニ。素人芝居が中止になったくらいで、自殺するほどこたえる人なんかいないわよ」

五分後、ジーンズ、くしゃくしゃのトレーナー、濃紺のパーカという恰好で現われたドゥーギー保安官は、即座にスザンヌの説に同意した。彼はハードウィックの遺体を一瞥《いちべつ》し、首にかかっているロープを調べてから言った。「殺人だ。単純明快だな」

「そんな単純じゃないですよ」まだ吊されたままのハードウィックを調べていたドリスコル保安官助手が言った。「みずから命を絶ったのかもしれません」

「おれの言うことに間違いはないよ。自殺じゃない」保安官は言った。さらに三人の助手が到着し、スザンヌとトニと一緒にタイル敷きの通路をうろうろしていた。

「ぼくたちはなにをしたらいいんですかね」ドリスコル助手が訊いた。

「おまえとロバートソンは車から鑑識の道具を取ってきてくれ。写真を撮って、被害者の頭と両手に袋をかけ、あらゆるものの表面およびおもてと裏のドアについた指紋を採取するんだ」保安官は残りの助手たちに目を向けた。「リード助手、おまえは外に出て聞き込みを開始しろ。近所の人間から話を聞いて、この界隈で誰か見かけなかったか、見慣れない車がなかったか尋ねるんだ。オーソン助手、おまえは道路にバリケードを設置しろ。監察医の車以外は誰もなかに入れるんじゃないぞ」それからスザンヌとトニに鋭い目を向けた。「あんたらふたりはいますぐキッチンに来い」

スザンヌとトニがキッチンに入っていくと、保安官は一気に怒りを爆発させた。

「ふたりとも、いったいここでなにをやっていた？」保安官は問いただした。「ハードウィックが入れてくれたわけじゃないのはわかってる。輪にしたロープで吊されてたんだからな」

「ええ」スザンヌは言った。「入れてもらったわけじゃないわ」

「ドアがあいてたのか？　それとも窓から侵入したのか？」

「どっちでもない」とスザンヌ。

保安官はでっぷりしたお尻に両手を置いた。「だとすると？」

「保安官に見せてあげて、トニ」スザンヌは言った。

「見せなきゃだめ？」トニが訊く。

「あたりまえだろうが！」保安官は怒鳴った。それから、渋い顔をスザンヌに向けた。

トニはバンプキーをかかげた。

「そいつはなんだ？」保安官は訊いた。

「バンプキー」とトニ。

「なんだと？　おいおい、マジかよ。そういうのは法律で禁止されてるのを知らないのか？」

トニが首を振ったすきに、保安官は彼女の手からたくみに鍵を奪った。

「こんなもの、どこで手に入れた？」

トニは肩をすくめた。「覚えてない」

「あのおつむの弱いジュニアの野郎がかかわってる気がするのはなんでだろうな？」保安官はかんかんに怒っていた。しばらく憤懣《ふんまん》やるかたない様子で口をぱくぱく動かしていたが、言葉はひとつも出てこなかった。

　どすん、ばたんという大きな音がして、ロバートソン保安官助手がキッチンに入ってきた。

「これから遺体の処置にかかります。ほかに調べるものは？」

「キッチンの食器棚を全部調べなきゃいかん」保安官は言った。「それと、被害者のパソコンの中身もだ」

「遺書があるか確認するんですね？」ロバートソン助手は訊いた。

「自殺とは思っちゃいないがな。それでも、あらゆる観点から調べる必要がある」助手が出ていくと、保安官はキッチンをぐるりと見まわし、それからふたたびスザンヌとトニに目を向けた。「どういうことになっているかわかるな？」

　スザンヌもトニも保安官がなにを言おうとしているのかわからず、息をのんだ。

「殺しが二件になった」保安官は言った。「二件の殺人事件だ」

「アラン・シャープさんの殺害とハードウィックさんの殺害が関係していると？」スザンヌは訊いた。

　保安官はじっくり考えこむように、額に手をやった。「考えてもみろ、アラン・シャープはテディ・ハードウィックが監督していた舞台稽古のさなかに殺されたんだぞ」そこで大きく息を吐いた。「ふたつの事件が無関係なら、おれは帽子を食べてみせるよ」

「だけどね」スザンヌは言った。「ハードウィックさんは家にいるはずじゃなかったのよ」

「どういうことだ？」

そこでスザンヌは劇場に幽霊の衣装を届けに行ったところ、ハードウィックが今夜は遅くまで残って仕事をすると言っていたことを説明した。

「だとすると、なんらかの理由で家に帰らなきゃならなくなったんだな」保安官は言った。

「あるいは何者かがそう仕向けたか。その何者かはグリースまみれのイタチのように忍びこんで、彼を吊った」

「吊した、よ」スザンヌは訂正した。

「へ？」保安官の眉がくねくねと寄った。

「いいのよ、気にしないで」

「細かいことを言うな。死んだことに変わりはないんだから」

キッチンに立ちつくし、スザンヌは保安官がいま言った言葉をしばらく考えていた。ダイニングルームの向こう、正面側の窓から外を見やった。赤と青の光がくるくる回転し、凍てついた車のフロントガラスや雪に覆われた木々に反射している。サンタクロースがちょっぴり早く到着したみたいだ――ただし、同行しているのはトナカイではなく警察だけど。

「今度の件には、ささやかながらいい面がひとつだけあるよ」トニが言った。

「というと？」保安官は両手を組んで、関節を鳴らした。

「ハードウィックは容疑者候補のひとりだったけど、これで除外できた」

「たしかに、永遠に除外できた」保安官は目を天井に向けた。「神様のおかげだよ」

ここで神に祈ったりはしなかったが、数分後、サムが医師兼監察医モード全開で到着した。

「今度はいったいどんなことに巻きこまれたんだい？」サムは開口一番、スザンヌにそう尋ねた。けれどもスザンヌがまともな答えをひねり出すより先に、彼はさっさと前を通りすぎ、ハードウィックの遺体を調べにかかった。

「あんまり怒ってないみたいだね」トニがしたり顔で言った。

「ううん、めちゃくちゃ怒ってる」スザンヌは言った。「こめかみのところの血管がどくどくいってたもの。すでに非常事態一歩手前って感じ」

保安官がキッチンに戻ってきた。「あんたらふたりにはまだ訊きたいことがある」

「いいわ」スザンヌは言った。

「それとあんたらを除外するため、指紋を採らせてもらわなきゃならん」

「げげっ」とトニ。

そういうわけで、ドリスコル助手が指紋採取をおこない、保安官が山ほどの質問を浴びせた。スザンヌもトニもせいいっぱい答えたが、保安官はときどき何度も同じ質問を、少しちがった切り口からしてきた。

「よし、よくわかった」ようやく保安官は言った。

「わたしたちが犯人じゃないとわかったの？」スザンヌは訊いた。

「人殺しじゃないって？」トニも訊いた。

「そうじゃない。あんたらふたりは無鉄砲で鈍感で大ばか者だとわかったんだ」

「おだてたってなんにも出ないよ」トニが言った。

裏口のドアをノックする音がして、ジーン・ギャンドルが顔を出した。

「保安官？　ちょっとなかに入って見てまわっていいかな？　またビッグニュースになりそうな話を聞きこんだんだけど」

「バリケードを通っていいとオーソンが許可したのか？」保安官が訊いた。

ギャンドルはうなずいた。彼はひょろっとしたオタクっぽい感じの中年で、茶色の安物スーツを着ている。いつもは《ビューグル》紙の広告の営業担当で、ときどき、高校スポーツの記事を書いている。けれども自分では、ウォーターゲート事件をすっぱ抜いた《ワシントン・ポスト》紙の記者のひとり、カール・バーンスタインのような新聞記者を気取っているのだ。

「オーソンの間抜けめ、殺してやる」保安官は言うと、どこかにいなくなった。

ギャンドルはスザンヌとトニを見つめた。「きみたち、ハードウィックの死体を見たんだって？」

「ええ」スザンヌは答えた。「見なければよかったと心から思ってるけど」

「彼はまだ吊されたままなの？」ギャンドルは居間があるほうに視線を向けた。

「二階のバルコニーからぶらさがってるよ。二階というかロフトだけど」とトニ。

「自分で首を吊ったのかな？」ギャンドルは訊いた。

「それはないわね」スザンヌは言った。べつの部屋から捜査員たちが動きまわる音が聞こえた。ときどきたかれるフラッシュの音や、サムの抑揚のない、事務的とも言える口調が聞こえることから、誰かが写真を撮り、サムが録音機に口述しているのだろう。

「揉み合ったような痕跡はなかった？」ギャンドルはメモを取りはじめていた。

「たとえば？」トニが訊いた。

「銃で撃たれた跡とか」

スザンヌとトニは顔を見合わせた。それからスザンヌが答えた。「それはないと思う」

「何者かがハードウィックを始末したんだ。なあ、ほかにもっと話せることはないのかい？」

「なんにもないわ」スザンヌは言った。「保安官から厳しく口止めされているし」

「でも、こいつはビッグニュースになる事件なんだよ。報道の自由って言葉くらい聞いたことあるだろ？」

「ドゥーギー保安官が担当してる事件じゃ、それは望めないね」トニが言った。


ようやく、すべて終わった。ハードウィックの遺体は袋に入れられ、ラベルをつけられ、運び出された。保安官は数え切れないほどの質問をした。助手たちは（まあ、その大半は）かなりいい仕事ぶりだった。

キッチンに入ってきたサムが、カウンターに肘をついてうつらうつらしているスザンヌを見つけた。トニは冷蔵庫のなかをのぞきこんで、オレンジを一個もらっていいか思案している。

「またひとつ死体が出た」サムはスザンヌに言った。「きみは単なる町のジンクスなんかじゃない。殺人事件を引き寄せるバミューダ・トライアングルだよ」彼はうっすらと、疲れたようにほほえんだ。「スザンヌ、ぼくはもう、きみをどうしていいかわからないよ」

心ときめくロマンチックなことを言って話をそらす作戦に出てもよかったが、今夜のサムは簡単にはだまされそうにない顔をしていた。甘い言葉をささやいても心を溶かすのは無理だろう。三種類のチョコレートを使ったブラウニーでも彼をいい気分にするのはむずかしい。

「とりあえず、家に連れて帰ってくれる?」

サムは彼女に腕をまわした。「そうしよう」

その晩、軽い寝息をたてて寝ているサムの横で、スザンヌはしばらくしていなかったことをしていた。自分の人生における幸運をひとつひとつ数えあげたのだ。友人、カックルベリー・クラブ、最初の夫のウォルター、そしていまそばにいるサム。それらをあたえてくれた神に感謝した。ほかにもある。健康、好奇心、他人のいいところを見抜く力、深く根ざした正義感。

ふたつの殺人事件のどちらにしても、自分が真相を突きとめるいわれはないのはわかっている。それこそ無鉄砲で危険というものだ。それでも、ひそかに嗅ぎまわるのは、日々の生活にスリルをあたえてくれる。

スザンヌは目を閉じてほほえむと、いつしか眠りに落ちた。

20

テディ・ハードウィック殺害が文字どおり、頭を離れない状態だったけれど、それでもスザンヌは金曜の朝、WLGN局との約束を守らなくてはならなかった。カックルベリー・クラブで開催するトイ・ドライブを宣伝するため、ポーラ・パターソンの『友人と隣人』という番組にゲスト出演する予定になっているのだ。

WLGN局の廊下をポーラのスタジオに向かっていると、放送局の報道部長であるノーム・スティードに引きとめられた。猛烈《ストーミン》ノーマンという異名（もちろん、本人のいないところでだけど）を取ることで知られる人物だ。スティードは頭の形はほぼ四角、ずんぐり体形で、千鳥足で歩き、パイ皿ほども大きな黒縁眼鏡をかけている。

「きみに会いたいと思ってたんだよ」スティードはぜいぜいとかすれた声をかけてきた。「昨夜のテディ・ハードウィック殺害事件について、知ってることをすべて話してもらおうか」彼はそこで胸いっぱいに空気を吸いこんだ。「あれは血も涙もない殺人事件なんだろう、え？」

スザンヌは昨夜の騒動では自分はあまりたいした役割は果たしていないように話そうとし

た。「知ってることはそんなに多くないのよ、本当に」

「わたしにそんな答えは通用しないぞ」スティードは言った。「しかるべき筋から、きみが現場にいたのは知っている。きみとトニがハードウィックの死体を発見したことも」

「ええと、そのことはみんなが知っているの？」

スティードは大きくうなずいた。「ああ、そうとも。あたりまえだろう。なにしろ、きょうの最新ニュースなんだから。うちの番組はすべてハードウィック殺害をトップで扱っているくらいだ。リスナーはなにがどうなってるのか知りたがっている。連続殺人犯がキンドレッド周辺および、ジェサップあたりを徘徊してるのか知りたがっている。次の被害者は自分ではないかと、全住民が怯えているんだよ」彼はさもうれしそうに言った。

「ひどい話ね」

「もちろんだ。だが、喜ばしくもある。聴取率という点ではね」眼鏡の奥のノーマンの目が爛々と輝いた。「そして聴取率は収入に直結している」

スザンヌは彼をなんとかやりすごそうとした。「申し訳ないけど、ポーラの番組に遅れたくないの」

「きみなら、彼女も待つさ」スティードは言った。「とにかく、おいしい情報を全部教えると約束してくれ、いいな？　たとえば、ハードウィックの遺体の様子はどうだったかとか。どのくらいのあいだ、吊された状態だったのかとか」

ハードウィックの話をするのは絶対にごめんだと思いながら、スザンヌはBスタジオにするりと入った。幸い、ポーラとは長いつき合いの音響技師ワイリー・ヴォン・バンクからはなにも訊かれずにすんだ。それどころかワイリーはほほえむと、唇の前に指を一本立てて、制御室から小さなスタジオへとスザンヌを案内した。スタジオは薄暗くて暖かく、音の干渉を防ぐウレタンの波形シートが貼ってあり、スザンヌは卵のパックを思い出した。ポーラは小さな制御盤の前にすわり、マイクに向かってしゃべっていた。隣町のジェサップにあるカルのカーペット販売店ではカーペットの特売を開催中ですと甘い声で宣伝している。

スザンヌがハイスツールにすわると、ワイリーが頭にヘッドホンを着けてくれ、口のすぐ前にマイクを置いてくれた。ポーラにテディ・ハードウィックのことを根掘り葉掘り訊かれるんじゃないかと、スザンヌは少しそわそわ、どきどきしながら待った。

けれどもポーラはそんな質問はしてこなかった。それどころか、彼女とのおしゃべりは夢のようなものとなった。

心のこもった紹介ののち、軽く世間話をすると、ポーラは言った。

「カックルベリー・クラブでいまおこなっているトイ・ドライブの話を聞かせて」

「クリスマスにプレゼントをもらえない子どもたちのために、おもちゃを集めています」スザンヌは言った。「べつに高価なおもちゃじゃなくていいんです。おもしろいおもちゃであれば」

「プレゼントを買いたくなったリスナーのみなさんにかわってうかがうけど、どのくらいの年齢を想定したらいいのかしら？」

「下は五歳から、上は十六歳までの子ども向けのおもちゃを集めているわ」スザンヌはマイクにぐっと顔を近づけた。「ほら、幼い子どもに人気のあるテディベアを買う方は多いけど、もうちょっと年齢が上のティーンエイジャーたちは、どうしても忘れられがちなので」

「そのくらいの年齢でも、まだまだ子どもだものね」ポーラは言った。「本人たちはそれを認めるくらいなら死んだほうがましと思っているでしょうけど」

「でも、誰だってクリスマスの翌朝、ツリーの下になにか置いてあれば、うれしいものよ」

ポーラはさらにいくつか質問をしたのち、トイ・ドライブの期間とカックルベリー・クラブの住所を告げた。

「みなさん、お店の場所はご存じですね」とポーラ。「焼きたてのスティッキーバンのにおいをたどるだけですよ」彼女が制御盤のボタンを押すと、番組専用の音楽――ラジオ局の人はジングルと呼んでいる――が流れた。スザンヌの出番は終わった。

「楽勝だったでしょ？」ポーラは言った。

「テディ・ハードウィックさんのことを訊かないでくれてありがとう」

ポーラは手をひらひらさせた。「だって、ふさわしくないもの」そこで彼女の瞳がぱっと輝いた。「でも、スタジオの外に出たら質問が矢継ぎ早に飛んでくるでしょうね」

「もうノーム・スティードにつかまったわ」

「あの人のことだから、また接触してくるわよ」ポーラはおかしそうに笑った。

けれどもどうしたわけか、スティードの姿はどこにもなかった。おかげでスザンヌは局からすばやく出ることができ、まっすぐ帰れそうだった。いまから急げば、開店時間の十五分前にはカックルベリー・クラブに着けるはずだ。

自分の車にたどり着いたとき、べつの車——銀色のＳＵＶ車が隣にとまった。アラン・シャープのパートナーだったドン・シンダーだ。

車を降りたシンダーはスザンヌに気づくと声をかけてきた。

「テディ・ハードウィックの件を聞きましたよ。たいへんな思いをされましたね」声はやさしく、顔には思いやりの表情が浮かんでいる。

スザンヌは小さくうなずいた。「さっきノーム・スティードさんがくわしいことを聞き出そうとしてきました」

「なんとひどいことを。弁護士をしているせいで、不謹慎な好奇心をあらわにする人間には慣れていますがね。事故や殺人があると、くわしい話を聞きたがる人間はいるものです。まったくもっておぞましい」シンダーは不愉快な考えを追い払うようにかぶりを振った。「ところで、きょうはどうしてここに？　あなたもＤＪになる野望をお持ちとか？　いまの忙しさでは満足できなくなったとか？」

「うちの店でやっているトイ・ドライブのことを、ポーラの番組で宣伝しただけです」

「きょうは善行を積む日のようだ」シンダーは言った。「わたしのほうはこれから、スノーモービルの安全運転を訴える公共安全宣言を録音するんですよ」

スザンヌはシンダーの腕をぎゅっと握った。「がんばってくださいね」

来た道を引き返す途中、スザンヌはきょうのドゥーギー保安官はなにをするのだろうと思いをめぐらした。誰かからあらためて話を聞く？　ハードウィックの自宅から見つかるはずのない指紋は見つかったかしら？　保安官はどんな方針でハードウィックを殺した犯人をつかまえるつもりなんだろう？　本当に犯人はアラン・シャープを殺したのと同一人物なんだろうか？

その線は濃厚だわ、とスザンヌは思った。それから注意を向ける先を変更し、自分の容疑者リストをあらためてチェックすることにした。ハードウィックがはずれたいま、残るはモブリー町長、イーサン・ジェイクス師、そしてアンバー・ペイソンの三人だ。

アンバーがすべてのワイルドカード的存在ということはありうるだろうか。彼女はシャープとのあいだに深刻な問題を抱えていた。それはたしかだ。けれどもハードウィックとはどうだろう？　アンバーとハードウィックは知り合いだったのだろうか。ふたりはつき合っていたの？　ハードウィックの首にロープで作った輪をかけて吊すだけの力がアンバーにある？　あったとしても、どうして殺したの？　どんな動機があるというの？

どの容疑者もあやしく思えるが、この人こそ犯人だという感じもしなかった。

「お帰り、スージー・Q」スザンヌが入っていくとペトラが声をかけてきた。「店のビッグなラジオスターのご機嫌はいかが？」

「ゆうべの件に関する質問をかわすのに疲れたわ」

ペトラの表情がくしゃくしゃに崩れた。「ええ、わかる。話は全部トニから聞いたわ」彼女は胸に手を置いた。「もう驚いたなんてものじゃないわ。ジャガイモ袋みたいにぶらさがってるハードウィックさんを見つけるなんて」

「本当におぞましかったわ」

「放送を全部聴いてないけど、ポーラは事件の質問はしなかったんでしょう？」

「しなかった。でも、態度の大きい報道部門のディレクターが矢継ぎ早に質問してきた。それこそ、顔をくっつけんばかりにしてね」

「猛烈ノーマン・スティード」

「そう、その人」

「本当にいやなやつ」

トニがスイングドアをいきおいよく抜けて厨房に入ってきた。

「ねえねえ、あんたが出演したところ、聴いたよ。ラジオをかけながら、テーブルのセッティングをして砂糖入れに砂糖を補充してたんだ」

「いい感じだった？」スザンヌは訊いた。

トニは親指を立てた。「すごくよかった。あれでみんな、次々におもちゃを持ってきてくれるよ、絶対」

「よかった。だったら緊張した甲斐があるというものよ」

「前にあなたが言ってたじゃない。宣伝されて悪いことなんかないって」ペトラが言った。

「それはわたしじゃないわ。たぶん……広告業界の誰かよ」


この日はフリッタータの金曜日で、ペトラがすごいメニューを考案してくれた。産みたての卵三個にマッシュルーム、ほうれん草、ベーコン、モントレージャック・チーズで作るフリッタータだ。

「あのさ」ふたりで店内を忙しく動きまわり、料理を運び、コーヒーと紅茶のおかわりを注ぎ、皿を片づけながらトニはスザンヌに声をかけた。「めちゃくちゃ忙しいと思わない？フリッタータがホットケーキ並みに売れてるよ。ホットケーキもホットケーキ並みに売れてるしさ」

「いいことだわ。純利益が増えるもの」スザンヌは利益に油断なく目を光らせているし、生計をたてることと儲けを出すことの大きな違いを常に意識している。

「でも、どのお客さんも殺人事件の話で盛りあがってるんだよね。第二の殺人事件のほうだよ」

「わたしたちがその場にいたことも知っているみたい？」

「ほとんどの人は知らないよ。少なくとも、いまのところは」トニは話を聞かれるおそれが少ないカウンターのなかへとスザンヌを手招きした。「あんたのほうは大丈夫？　サムのことだけどさ。ハードウィックの家に忍びこむなんてと、お目玉をくらったんじゃない？　婚約を破棄するなんて言い出した？」

「それが不思議なのよねえ。てっきりかんかんに怒るものと思ってたのに、不法侵入が賢明な時間の過ごし方だと思ったのかと訊かれただけ」

「あれあれ、それは雷を落とされるよりもひどいね」とトニ。「彼の作戦がわかんないの？冷静で理性的な戦法をとったんだよ。あたしが同じことを誰かにされたら、ひどい罪悪感にさいなまれるね」

「でも、わたしはとくに罪悪感なんか感じてないわ」

「それはたぶん、あんたに異常人格の気があるからだよ。脳が世間のルールだとか習慣に縛られてないってこと」

「そうなの、トニ？　本当なの？」

トニはいたずらっぽく笑った。「お嬢ちゃん、いまのはからかっただけだって」

入り口のドアがぎしぎしとあき、一陣の風とともに記者のジーン・ギャンドルが入ってきた。「スザンヌ」彼は人差し指をくいくいっと曲げて呼び寄せた。

スザンヌはギャンドルのもとに行った。

「テーブルに案内しましょうか、ジーン。朝ごはんを食べに来たの？」

ギャンドルの黒い目がミラーボールみたいに光ったように見えた。

「スクープを取りに来たんだ」

スザンヌは首を横に振った。「悪いけど、だめよ」

「でも、ラジオでさんざんやってるじゃないか。WLGN局に話したのに、どうしてぼくにはだめなんだ？」

「そこがネタをつかんでいるとしても、出所はわたしじゃないわ」

ギャンドルは灰色の冬用ロングコートからのぞいている蝶ネクタイに触れた。

「実はね、特別版を出そうかと考えてるんだ。号外をね。戦争とか弾劾みたいなビッグニュースがあると、大手の新聞社はそうやってるだろ？　一週間のうちに殺人事件が二件だなんて、キンドレッドでは前代未聞だろうからさ」

「情報がほしいなら、ドゥーギー保安官から取ればいいじゃない」

「そうは言うけど、ぼくはもう法執行センターから出入り禁止をくらってるんだよ」

「悪いわね、ジーン。とにかく力にはなれないわ」

「記事のなかできみのことをでかでかと書いてやると言ってもだめかい？」

「わたしのことをでかでかと書くなら、なおさらだめ」


そのあとは午前中いっぱい、死ぬほど忙しかった。もちろん、テディ・ハードウィックの死は店内で交わされる話題のナンバーワンだった。何人かはスザンヌとトニに目配せしてきたが、たいていのお客はあからさまに質問してくるほど厚かましくなかった。そのかわり、ハードウィックの死についてあれこれ憶測をめぐらし、アラン・シャープ殺害と関係はあるのかと議論し、突拍子もない仮説についてああでもないこうでもないと話し合っていた。連続殺人鬼か、テロリストか、はたまたキンドレッド近辺の断崖から落ちて助かった怒れるサバイバリストかもしれない。

ランチタイムになる頃には、噂話はますます激しく飛び交うようになり、スザンヌは外に出たくなった。

「落ち着きなって」トニが声をかけた。「ほとんどはただ怖がってるだけなんだから。この町で二件の不自然な死――というか実際には二件の殺人なわけだけど――が起こったせいで、みんなぴりぴりしてるんだよ」

「わたしもよ」仕切り窓の向こうからペトラの声が聞こえた。

「保安官がランチを食べに寄ってくれるといいんだけど」スザンヌは言った。「訊きたいことが何十億もあるんだから」

「ああ、保安官ならきっと来るって」トニは言った。「心配いらないよ。あいつの食欲は底なしだからさ。でも、あんたの質問に答えてくれるほどまともな精神状態でいるとは思えないな。なにしろ、ものすごいプレッシャーにさらされてるんだから」

「注文のランチができたわよ」ペトラの声が飛んだ。

スザンヌはスコッチエッグとフリッタータを取り、トニはバーガープレートふた皿とスープの入ったボウルをひとつ取った。スザンヌは注文の品を届けると、店内を見まわして状況を確認した。お客はみな、料理を楽しみ、おしゃべりに興じ、表情からするとけっこう満足しているようだ。ありがたいことに、だいたいうまくいっている。そのとき、ドアがあく音が聞こえた。新しいお客だ。スザンヌは保安官でありますようにと願いながら、すぐにでも質問を浴びせるつもりで振り返ったが、なんとそこにいたのは……。

「サム！」スザンヌは思わず大声を出した。「どうしてここに？」

「ランチを食べようと思って」サムが革の手袋をはめた手を打ち合わせると、くぐもったボンという小さな音がした。「ぼくに会えてうれしくないの？」

「そんなことない。うれしくて小躍りしそうなくらい。こんなにすぐ顔を見られるなんて思ってもいなかったから」けさサムはトーストした全粒粉パンを一枚くわえ、とても早い時間に家を出ていった。しかも、かなり取り乱した様子で。取り乱していたのはわたしのせい？　わたしとはうまくやっていけないかもしれないと不安になりはじめたとか？

「きみに話しておかなきゃいけないことがあるんだ」サムはシープスキンのジャケットを脱いで、青い医療着姿になった。

スザンヌは彼をテーブルに案内し、自分はその向かいの席に腰をおろした。

「なんなの？」サムの顔がさっきよりも深刻なものになった。ああ、やっぱり、別れ話を切り出すつもり？　ゆうべの出来事でとうとう堪忍袋の緒が切れたとか？　彼の気持ちを取り戻す方法はなにかないかしら？

「急なんだけど今週末の勤務が複雑になってしまってね。ボブ・ララビーに約束したんだ。今週のER勤務を替わると。ミネソタ州北部のラットセンまで車で出かけ、息子をスキーに連れていきたいんだそうだ」

スザンヌの心臓にきつく巻きついていたワイヤーがふいにゆるんだ。サムは別れ話をしにきたわけじゃない。よかった。よかったどころじゃない、いまにも踊り出しそうなくらいにうれしかった。

「じゃあ、今週末はずっと病院で仕事なの？」スザンヌは訊いた。

「うん。実際には今夜からだけど。なにかまずかったかな？　ぼくの見たところ、ずいぶんとうれしそうだね。がっかりされるんじゃないかと思ってたのに」

「ううん、わたしのことなら気にしないで。ERでお仕事するのはかまわないわ」

「特別な予定がないか、確認したかっただけなんだ」

「社交行事がないかということ？」

「あるいは特別なメニューを予定していたかもしれないじゃないか。プライムリブとか、きみの超絶おいしいチキンキエフとか」

「あらあら、ヘイズレット先生、いまのはさりげなく要求しているのかしら？」

「なかなか鋭い勘をしているね」

「病院のカフェテリアの食事を食べたくないんでしょう」スザンヌはからかった。

「訊かれたから答えるけど……そのとおりだ」

「だったら土曜日の夜、病院まで自家製のチリを届けてもいい？」

「スザンヌ、ぜひ頼むよ」

「日曜日も仕事なのね？」

「四時までだけど」

「だったら、日曜の夜はあなたのためにチキンキエフを作ってもいいわ」

「ほらね」サムは言った。「きみに結婚を申しこんだ甲斐があった」

午後も飛ぶように過ぎていったが、ドゥーギー保安官はいっこうに現われなかった。その間もコーヒーとパイ、お茶とスコーンを求めてお客が来店し、その多くが寄付するおもちゃを置いていってくれた。三時になって、スザンヌもあきらめかけた頃、保安官がようやく滑りこむようにしてやってきた。

「外にいると寒くて凍っちまいそうだ」保安官はあいさつがわりにもごもごと言った。

「ちょっとちょっと、床を汚さないでよ、もう」トニが大声で訴えた。「さっきモップをかけたばかりなんだから」

「うるさいな」保安官は怒鳴り返した。「男ってのはな、足踏みして靴の雪を落とすなんて面倒なことをいちいちやってられないんだよ」

トニは保安官の靴にモップの一撃をお見舞いし、それから店のなかほどまで彼のあとをついていき、解けかけた雪を拭いてまわった。保安官はおどけたように足をせわしなく動かし、お気に入りのカウンター席に落ち着いた。

「保安官」カウンターのなかにいたスザンヌが目の前に立った。「ランチタイムに来ると思ってたのに」

「まだ昼めしを食ってないんだよ。えらく忙しくてね」

「ハードウィックさんが殺害された事件を調べていたから？　あれは殺人ということでいいのよね？」

「それについてはゆうべ、合意に達したと思ったがな。だが、話に入る前に注文を頼む。まだ厨房を閉めてないならな」

「閉めてないわよ」仕切り窓の奥からペトラの声がした。「なににするの？」

「きょうのお勧めはなんだ？」保安官は訊いた。

「フリッタータがとてもおいしいわ」スザンヌは言った。

「じゃあ、それをもらおうか。本物の野菜もつけてくれ。あのけったいなケールとかいうやつはいらないからな。あんなのはウサギしか食わん」

「聞こえているわ」ペトラの声が飛んだ。

「そのつもりで言ったんだ」

保安官のランチができあがると、スザンヌは彼が食べ終えるまで十分待つことにしたが、実際には五分とかからなかった。昔のフーヴァー社の掃除機みたいに料理が次々に口に吸いこまれていったからだ。スザンヌはさっそくマーブルケーキをひと切れたずさえ、彼の前に戻った。

「で、いまはどういう状況なの？」スザンヌはケーキを置き、きれいなフォークを保安官に押しつけた。

「なんとも言えん。二件の殺人事件は安物の水まきホースよりもくねくねしている」

「でも、ふたつの事件は関連していると考えているんでしょう？」

「そうとしか考えられん。関連してない可能性などあるわけがない」保安官は言った。

「ふたつの事件が関連していることで、容疑者候補は狭まるの？」

保安官はケーキをひとくち食べてからうなずいた。「かもな。ある程度は」

「まだ、アンバー・ペイソンのことも疑ってる？」

「午前中に彼女のもとを訪ねた」彼は口をもぐもぐさせながら言った。

「それで？」

「機嫌が悪かった……ほかになにを言えってんだ？」

「アンバーはテディ・ハードウィックさんと交際していたと思う？」

「本人は否定している」

「アラン・シャープについてはアンバーで決まりだと思った」保安官は言った。「職場であんな騒動があったんだからな。ただ、テディ・ハードウィックのほうは……そこまで確信が持てなくてな」

「それを信じるの？」

「二カ月前だったかしら、〈ハード・ボディ・ジム〉でアンバーを見かけたけど、そのときの彼女の体つきは……なんていうか……そう、かなり華奢な感じだった。ハードウィックさんのような男性相手に取っ組み合いをするには、ちょっとばかり小柄すぎると思うの。人を吊すのは簡単じゃないはずよ。たとえ、相手の頭に銃を突きつけたとしても」

「あんたが見かけたとき、アンバーはウェイトリフティングをしてたか？」保安官は訊いた。

「バーベルをあげていたか？」

「ヨガと瞑想のクラスを受けていたわ」

保安官はケーキをもうひと切れ食べた。「そうか」

「ハードウィックさんの親族はこの近くに住んでるの？」

「いや。両親がいるだけだが、住んでいるのはミネアポリスだ」

「もうご両親とは話をした？」

「ああ、したとも。仕事の一部だからな。しんどいほうの一部だが」

「じゃあ、楽しいほうの一部はなんなの？」スザンヌは訊いた。

「その人たちの息子を殺した野郎を逮捕することだ」

21

スザンヌが〈ニッティング・ネスト〉の片づけをしていると、ペトラが入ってきた。ペトラはエプロンをはずし、履いていたクロックスを脱ぎ捨て、ふかふかのウィングチェアのひとつにすわりこんだ。

「ふう、ここがあってよかった」彼女はゆっくりと息を吐いた。「まともじゃない世界のなかで、わたしがくつろげる唯一の場所だわ」

スザンヌはほほえんだ。毛糸と布地でいっぱいの〈ニッティング・ネスト〉は、たしかにぬくもりと癒やしをあたえてくれる。これで暖炉があれば完璧だ。

「ショールをとめるピンとファスナーをあらたに陳列してみたけど、見てくれた?」ペトラはスザンヌに訊いた。

「さっき、いいなあと思いながら見ていたところ。ピンのなかには、いかにもビンテージっぽいものもあったわね」ペトラはそれ以外にもセーター、ショール、アフガン編みの作品、帽子などを壁に飾っていた。彼女が編んだ作品のサンプルで、そのほとんどが売り物だ。

スザンヌはつるりとした木製の編み棒を手に取った。「うそみたいにすべすべしてる。まるで象牙みたい」

「ブナの木から手作りしたものだからよ」とペトラ。

「ところで、来週の教室はどんな内容にするの？」ペトラは編み物とキルトの教室に意欲を燃やしていて、春からはアップリケの教室もひらくと言っている。

ペトラはキルトのトートバッグをスザンヌにぽいっと投げた。

「来週のバッグ・レディの教室で使うサンプルよ。キルトを習いたいけど、ベッドカバーみたいに大きなものを作る時間はないという人は多いの。だから、もっと小さなものにすれば、楽に始められるかなと思って」

「それでトートバッグなのね」スザンヌは高くかかげて向きを変え、両面をじっくり観察した。「とてもいいわ。スタイリッシュだし」トートバッグは全面がキルティングされていて、紫と赤紫の小さな四角い布を縫い合わせていた。くっきりした色の布片もあれば、金色の糸が織りこまれているものもある。

「ミシンで縫えば、ひと晩でできあがるわ」ペトラは毛糸のかせをひとつ取ってスザンヌに差し出した。「ねえ、これを見て」

スザンヌは毛糸を受け取り、しげしげと見つめた。深みのあるココアブラウンで、とても光沢がある。「きれいね。なんの毛？」

「ジェサップに住んでいるクレア・ネルソンを知っているでしょ？」

「ええ」

「あの人、ベルジアンタービュレンという種類の犬を二匹飼っているの」

「つまり、この毛糸はその二匹の毛でつむいだの？」

ペトラはにっこりとほほえんだ。「すごいでしょ？」

「本当に」スザンヌは、かせをペトラに返した。「明日の午後のワインとチーズの会は楽しみ？」

ペトラは肩をすくめた。「まあね」

「仕切り役をする気力がないなら、わたしが引き受けてもいいわ。お安いご用よ」スザンヌもトニもすでに手伝うことで話がまとまっていた。スザンヌとしては、少しよけいに働くくらいなんでもない。

「うん、まあ今夜ゆっくり休めば大丈夫。北欧系の頑丈な体だから、すぐ元気になるわ」

カフェのほうからドアのあく音が聞こえ、つづいて男性の声が呼びかけた。

「誰もいないのか？」

「いま頃なにかしら？」ペトラは椅子から腰をあげるのが面倒くさそうな顔をした。

スザンヌはぱっと立ちあがると、カフェをのぞきこんだ。「ジュニアよ」

ペトラは無造作に手を振った。「あら、そう」

スザンヌはなにをたくらんでいるのかといぶかりながら、ジュニアを迎えに出た。トニと関係あることかしら？

「よう、どうしてた？」ジュニアは人なつっこく手を振った。迷彩柄のズボンに揃いのジャケット、それに〝陸軍《アーミー》〟の文字が入った色褪せたTシャツという恰好だ。

「どうかしたの、ジュニア？　侵攻作戦の準備？」

「用心するに越したことはないぜ、スザンヌ」ジュニアは店内をすばやく見まわした。「ほら、この店は好立地にあるだろ。きっといいFOBになる」

「なんなの、FOBって？」

「前線作戦基地だよ。陸軍が設置するみたいなやつ。いわば司令所だな」

「で、どんな戦争だか災害だかを想定しているわけ？」

ジュニアはひとつひとつ数えあげた。「なにがあったっておかしくない。北朝鮮、世界規模の伝染病、宇宙人、ゾンビ……」

スザンヌは人差し指を立てた。「もうけっこう」スザンヌはゾンビが嫌いで、最近のテレビがやたらとゾンビがらみの番組を放送しているのが理解できない。ここでゾンビの大発生についてえんえんと語られるなんてごめんだ。

トニが厨房から出てきた。「あんた、なにやってんのさ？」

ジュニアは肩にかついでいたくたくたのカーキのバッグに手を入れた。

「トイ・ドライブに寄付するおもちゃを持ってきたんだよ」彼は小さなテディベアをふたつ出し、スザンヌに差し出した。

「あら、かわいい。ありがとう」スザンヌは喧嘩腰になったことを申し訳なく思った。まあ、一瞬のことだけど。

「それ、買ったの？」トニが訊いた。

「うん、まあな」ジュニアはあいまいに答えた。

「どこで？」

「一ドルショップ」

「家の食材は買ってくれないくせに、おもちゃを買う余裕はあるんだ」

「全然ちがうものだろ。おもちゃはチャリティのためなんだぜ。だいたいにして、料理もしないくせに、どうして食材が必要なんだよ。おまえのところのオーブンには靴やら化粧品やらがぎゅうぎゅうに詰まってるし、口にするものといったらダイエットコークと電子レンジでチンするポップコーンぐらいじゃないか」

「オーブンにものがいっぱいなのは、収納場所にちょっと問題があるからだよ」トニは言い返した。「あんたのせいで場所がないんだから――」

「とにかく」ジュニアは露骨に話題を変えようとしてさえぎった。「話は変わるけどよ、あんたらもおれと一緒にきょうのハッピーアワーに行くか訊こうと思って、顔を出したんだ。〈シュミッツ・バー〉でフィアレス・レッドネックが一杯の値段で二杯飲めるんだと」

「それって本当にある飲み物なの？」スザンヌは訊いた。

「バーボンに、真っ赤な色の栄養ドリンクを混ぜたやつだ」ジュニアは言った。「めちゃくちゃいい気分になるけど、絶対に眠くならないんだ」

「わたしは遠慮しておく」スザンヌは言った。

「ま、いいや」ジュニアはトニに投げキスをした。「あとでな、ベイビー。戦車のことで人と会うことになってんだ」

「はあああ？」トニが言った。

「コーヌコピアの近くに住んでる男がいてさ、自宅の裏に第二次世界大戦で使われたビンテージものの戦車をとめてあるんだと。モーターをいじればまた動くようになるんじゃないかと思ってさ」

「成功を祈るよ。よその国に侵入したり、ものを吹き飛ばしたりするんじゃないよ」ジュニアがいなくなると、トニはスザンヌに向き直った。「あたしたちが今夜やらなきゃいけないことはわかってるよね？」

「まったく見当もつかないけど、どうせ教えてくれるんでしょ」

「例のクロスカントリー・スキーに行くんだってば。教会の若者たちが主催する〈ココア・ロコ・ロペット〉とかいうやつ」

「スキーですって？　それ本気？」

「あったりまえじゃん。たまりにたまったいらいらを解消するのに役立つよ、きっと」

「いらいらがたまっているのはあなたでしょ。だいいち、あなたはスキーなんか苦手じゃないの。アウトドアよりも断然インドアが好きなくせに。ネットフリックスで映画を観ながらジュニア・ミントをぼりぼり食べるのが好きなこと、ちゃんと知ってるんだから」

「たしかにこのところ、あんまり体を動かしてないのは認める」トニは言った。「でも、お尻の贅肉が国債並みに増えてきたみたいでさ、ちょっと視野をひろげてみようかなって思ったんだよ」

「それがクロスカントリー・スキーなわけ？」

「だって、ちょうどそういう話になったから」

「それにスキーをすれば、今夜は家にいないですむものね。ジュニアのせいでいらいらしているようだから」

トニはうつむいた。「まったく、ジュニアのせいで頭がどうにかなりそうだよ。ゆうべなんか家に帰ってテディ・ハードウィックのことを話したんだけどさ、あいつときたら気味の悪い質問ばかりしてくるんだ。顔はどんな色だったかとか、肌がぶよぶよして、いかにも死んでるみたいだったかとか。ジュニアの悪趣味な質問のせいで、まじで悪い夢を見ちゃったよ」

「それで、あなたが急にクロスカントリー・スキーなんかに興味を持った本当の理由がわかった」スザンヌは言った。

「たしかに、そうなんだけどさ。でも、やってみたらすごく楽しいかもしれないじゃん。それに、カロリーも消費できるしさ」

「いいところを突いてきたわね。そろそろ、ウェディングドレスを物色しはじめなくちゃいけないもの」

「よかったね、サムがまだ結婚する気でいてくれて。ゆうべ、あんなことがあったのに」

「そうなのよ」スザンヌは言った。「本当に辛抱強い人なんだから。なにをしても振り払えそうにないわ」

「じゃあ、スキーをするってことでいいね。それとも、あんたのほうは大事な本日の恋人となにか予定でもあるのかな？」

「実を言うとね、サムはこの週末ずっと、病院のERで仕事になっちゃったの」

「ほうらね。これはアラーの御心《キスメット》だよ。あるいは宿命《カルマ》か。もしかしたらキログラムかも」トニはそこで肩をすくめた。「なんでもいいけど、とにかく行こう」

「あなたの説得には負けたわ。というか、熱弁に負けたというべきね」

床のモップがけを終え、明日のためのテーブルセッティングもすませると、あとは電気を消すだけとなった。そのとき、入り口のドアを小さくノックする音がした。

ああ、もう。

ひだ飾りのついたカフェカーテンをずらし、窓の外をのぞいた。女性らしきふたつの人影がカックルベリー・クラブの正面階段で身を寄せ合っている。

ドアをあけながら、スザンヌは心のなかでつぶやいた。これはどう見てもまずいことになりそうだわ。

そのとおりだった。

ミッシー・ラングストンとアンバー・ペイソンがスザンヌをじっと見つめていた。ふたりとも寒そうで、ぶるぶる震えていたし、まつげの先端に薄い雪片が引っかかっていた。しばらくしてからミッシーが口をひらいた。「入ってもかまわない？」

「ええ、もちろんどうぞ」スザンヌがドアを大きくあけると、ふたりの女性は一列になって入った。「残念だけど、出せるものがなにも――」

「いいの」ミッシーが言った。「わたしたち、ただあなたと……あの……話がしたいだけだから」

近くのテーブルに落ち着くと、スザンヌは言った。「それでいったいどんな……」三人ともあとにつづく言葉を探った。

ミッシーがアンバーに目をやると、アンバーは口をひらいた。「実は、ここに来たのは助けてもらうためなんです」そこでごくりと唾をのみこむ。「もう一度」

「どういうことか……」本当になんと言っていいかわからなかった。なにしろ、すでにアンバーには何度も努力を無駄にされてきた。でも、ここは寛容の精神で、この女性の話を聞こう。

「ドゥーギー保安官にまた悩まされているんです」アンバーは言った。「それもものすごく。今度はわたしがテディ・ハードウィックを殺したと考えているみたいで」

「彼女がそんなおそろしいことをするわけないのに。できるわけないじゃない」ミッシーはぷりぷりして言った。

スザンヌは片手をあげて制した。「その件でざっくばらんな質問をさせて」そう言って、アンバーをまともに見すえた。「昨夜はどこにいたの？」

「自宅です。ひとりきりで」

それではたいしたアリバイにならないのをスザンヌは知っている。というより、お粗末なアリバイと言える。「まったく出かけなかったの？」

「ええ、出かけてません。ちょっと待って……」アンバーはショックを受けたような顔になった。「いやだ、あなたまで。わたしがテディ・ハードウィックを殺したと思っているんですか？」

「わたしがどう思ってるかなんて関係ないの。説得しなきゃいけない相手はドゥーギー保安官よ」

「あの人は、ほかのどんな答えも聞く耳を持たないわ」ミッシーが言った。

「どうして？」スザンヌは訊いた。

「まともな頭の持ち主じゃないからよ」

「本当にそれが理由かしら？」スザンヌは言った。

アンバーは身を守るように両肩をすぼめた。「もしかしたら、一時期、わたしがテディ・ハードウィックとつき合っていたからかもしれません」

スザンヌは思わず歯ぎしりしたくなった。やっぱりハードウィックと過去につき合っていたんじゃない。ドゥーギー保安官はなにかぴんときたのかしら？　やっぱりアンバーが犯人なの？

「たしか、前の恋人はカートという名前の人だとばかり」スザンヌは言った。

「それはずいぶん昔の話です」

「じゃあ、保安官にしれっとうそをついたのね。どうしてそんなことを?」

アンバーはうなだれた。「なんでだと思います?　不安だったからです。保安官が怖かったんです」

「ハードウィックさんとつき合っていたときのことをくわしく話して」スザンヌは言った。

「あれはたしか、一年くらい前だったかしら」

「どのくらいつづいたの?」

「数カ月です」

「で、別れたのは……どうして?」

「ただお互い、気が変わっただけです」アンバーは言った。

「T・S・エリオットじゃないけど、ふたりの関係は華々しくはなく、消え入るように終わったの」ミッシーが説明した。「それなりに仲はよかったけど、ときめきが全然感じられなかった。これで、アンバーがあなたの力を必要としてる理由がわかったでしょ」

「もっと早く、いまの話をしてくれたらよかったのに。わたしにも、ドゥーギー保安官にも」

ミッシーはスザンヌの言葉を聞き流した。「そうね……とにかく、ドゥーギー保安官がアンバーとハードウィックさんが感情的になった末に後味の悪い別れ方をしたと思いこんでいるのはまちがいないの。実際はそんなこと、全然ないのに。それで、アンバーが彼を亡き者にしようとたくらんだと見ているわけ」

「ドゥーギー保安官に正直に話していたら、テディからはねつけられたせいで殺したんだと思われたに決まってます」アンバーはすがるような声で訴えた。「それがどれだけひどいことかわかりますか？」

スザンヌは椅子の背にもたれた。「あなたたちが助けを求めているのはわかるけど、わたしはぴったりの答えなんか持ち合わせてないわ」というか、なんの答えも持ち合わせていないのよ、と心のなかでつけくわえる。

ミッシーとアンバーが、気に入らないという顔でじっと見つめてきた。

「じゃあ、どうしたらいいんですか？」アンバーが訊いた。

「確実なアドバイスならしてあげられる。以前と同じアドバイスだけど」

「というと？」アンバーが尋ねる横で、ミッシーが不安なおももちで身を乗り出した。

「弁護士を雇いなさい」

アンバーは両手で顔を覆い、不満のうめきを洩らした。

22

トニはそうとう混乱していた。スキー場に到着し、受付をすませ、クロスカントリー用のスキー板とストックを借りた。そしていま、トニはどっちが左足用の板で、どっちが右足用の板か見分けようとしていた。

「靴下と同じよ」スザンヌは言った。「どっちでもいいの」

「そう？」

「ためしに履いてみるわね」スザンヌはスキー板に足をのせ、ビンディングをはめ、ストックを握った。「滑りながらでもできるわよ、ちょっと……微調整するくらいなら」

ふたりはいかにもゲレンデの花という恰好をしていた。スザンヌはふわふわの襟がついたナイロン製の白いスキージャケットで、トニはやりのバイク乗り風のつやのある黒いスキージャケットを着こんでいる。ペトラからもらったニット帽はてっぺんにポンポンがついているもので、顎ひもを結べばいっそう暖かい。しかもスキーウェアの下には長袖の下着、スラックス、膝まである毛糸のソックス（これもペトラにもらった）を着こんでいた。

「ずいぶんと大がかりなんだね」トニが言った。

スザンヌはあたりを見まわした。若き主催者たちが総出で来ていて、その全員が〝旅路の果て教会若者グループ〟と書かれたフリースのフード付きパーカを着ている。スタート地点には、町の公共事業部から借りた十本ほどの照明柱が設置されていた。フードワゴンではコーヒー、ドーナツ、ホットドッグなどが売られ、スキーをレンタルするコーナーもあり、集まった少なくとも二十人のスキーヤーは全員が身支度を終え、出発する気満々だ。

スザンヌはイーサン・ジェイクス師が来ているのにも気がついた。いまはモブリー町長となにやら話しこんでいる。町長はスキーウェアを着ていないが、ダークグリーンのパーカと悪趣味な格子柄のニット帽に身を包んでいた。町長はジェイクス師と話しながらも、えらそうな態度であちこちに目をやっていた。ときどき、スザンヌの様子をうかがっているようだ。目を合わせることなく、しっかり見張っているからなと伝えてきていた。

「もう出発できる？」トニが訊いた。

「いつでもOKよ」スザンヌは新鮮な冷たい空気を深々と吸いこんで、頭をしゃきっとさせようとした。ジェイクス師やモブリー町長のことを気にしすぎて、月光を浴びながらのスキーを台なしになんかしたくない。

トニはジャケットの下にさげた、フリンジのついたスエードのバッグを軽く叩いた。

「気がついてるかもしれないけど、頼りになるヤギ革のワインバッグを持ってきたんだ。念のために」

「中身がいっぱいに入っているみたいね」

「あたしの大好物、一本五ドルのシャルドネだよ。それとおなかがすいたときのために、山歩き用の行動食《トレイル・ミックス》もひと袋、持ってきた」

「トレイル・ミックスというと健康食みたいに思っているかもしれないけど、実際にはM&M'sを食べるのと同じなのよ」スザンヌは言った。

「うん、そうだね。わかってる」

ふたりは出発ゲートまで（へたくそな）スキーで移動した。ゲートには青い旗をてっぺんにつけた二本の竹のポールが立っていた。

「これで全員ですか？」スタート係が訊いた。「ふたりだけ？」

「見てのとおりだよ」トニが言った。すでにワインをしこたま飲んでいた。

「わかりました」スタート係は言った。「道中、グループがごっちゃにならないよう、五分間隔でスタートしてもらってます。なので、おふたりのスタートは――」彼は腕時計に目をやった。「――いまから二分後です」

「そう」スザンヌは言った。こうして立っていると、早く滑りたくてたまらない。たしかにあたりは暗いし、ちょっと寒いものの、滑りはじめれば体はかなり温まるはずだ。なにかで読んだけれど、クロスカントリー・スキーは一時間あたり少なくとも五百キロカロリーを消費するらしい。

「お伝えしておきますが」スタート係は言った。「コースははっきりわかるよう目印がついていて、途中、ホットココアやサイダーをふるまう休憩スポットが二カ所あります。それと、休憩したい場合には、コースのなかほどの地点に暖を取るための家があります」彼は腕時計に目をやり、手をあげた。「では位置について……」彼は腕をさっとおろした。「スタート！」

スザンヌとトニは同時に出発した。高揚感が体内を駆けめぐり、うきうきした気分で滑っていく。

「最高だね」滑走しながらトニが叫んだ。スザンヌの先に立ち、若者グループが雪に掘ったコースをはずれないよう用心しながら滑っていた。

「コースに気をつけてよ」スザンヌは釘を刺した。「変なところで曲がったら大変だもの」

「まかせておきなって」トニがうしろに向かって声を張りあげた。「ちゃんと目印があるし、あたしは視力がめちゃくちゃいいんだからさ」

「そうでなきゃ困るわ」見たところ、トニの滑りは少したどたどしかった。数フィート滑ったかと思うと、両腕を振りまわし、バスケットボールのフェイントをかけるような動きをしている。

「滑り方がちょっとこんがらがっちゃった」トニは言った。「右手と左足を一緒に出すんだっけ？　それとも右手と右足？　でもって、蹴りと押しばかりに頭がいってると、滑るのを忘れちゃうんだ」

「なかなか上手よ」スザンヌは前方を見ながら言った。「反対の腕と脚を出すの。ダイアゴナル走法と呼ばれているわ。スキーの上でランニングをしつつ、ちょっとずつ前に進んでいく感じね」

「それならできそうだ。うん、できるよ」

ふたりはひらけた場所を滑っていった。長くのびた茶色いプレーリーグラスが、やわらかな雪から顔を出している。やがて風よけとなる青緑色のマツの木立が現われ、そこを縫うようにして進んでいくと、ふたたびひろびろとしたところに出た。

「ひろいところに出ると、よけいにいいながめだね」トニが言った。

「ほら、星を見て」スザンヌは言った。

トニがすーっととまり、スザンヌもすぐうしろについた。「あんなに星がいっぱい」トニは顔を上向けて言った。「星がたくさん集まってるところがあるね……ほら、真ん中へん。あれが天の川かな？」

「ええ、そうよ。町やハイウェイの光が多いと、普通は見えないの。でも、すがすがしく澄み切った空だと、天の川がくっきり見えるのよ」

「見てると自分がちっちゃく感じられるね。宇宙とくらべてさ」

「まったくだわ」

「たくさんの星がきらめく空を見てると、ペトラが編んだ濃紺のカシミアのショールを思い出すよ。ほら、銀色の糸がちりばめられてるやつ」

「そんなふうに言われたら、ペトラも喜ぶわ」スザンヌはまだ夜空にうっとりと見とれていた。

「あんたがミッシーとアンバーと話してるのがちょっと聞こえたんだけどさ」トニが言った。

「彼女かもしれないね。事件の犯人は」

「アンバーが？」

「アラン・シャープを死ぬほど憎んでて、ハードウィックとめちゃくちゃひどい別れ方をしたとするじゃん。どっちも一線を越えさせる動機になるよ」

「あなたの言うとおりかもしれないわね」スザンヌは言ったものの、そうではないことを願った。

「もっとけちな動機で人を殺した女の人の話もいろいろ聞いてるもん」トニはストックを深く突き刺して滑走を始めた。「もちろん、そのほとんどは既婚者で、結婚した相手にがまんできなくなったってのが動機だけど」

しばらく尾根伝いに滑っていくと、やがてコースは下りに転じた。

「スピードが出るから覚悟しな。この先は下り坂だよ」トニが言った。

「急斜面？」

「すぐにわかるって」

けれども傾斜はさほどきつくなかった。転ぶほど急ではなく、じきにコースはふたたびたいらになり、ふたりはオークの林をするすると滑っていった。

二十分後、トニがそうとうへばってきた。ストライドが短くなり、前傾姿勢でエネルギーをよけいに使うようになっていた。ついには足をとめ、息も絶え絶えの様子でストックに体を預けた。「もう、くたくた」トニは荒い息の合間に訴えた。「こんなに体を動かすことなんかめったにないからさ。ここ最近でいちばん動いたのは、ジェサップのショッピングモールでちょっとした有酸素運動をしたときだもん。〈ベイカーズ・シューズ〉から〈ファッション・ビー〉まで走ったんだ」

「ねえ、まだ一度も、ホットココアを出す休憩所を見てないわ」

「もっと先なんじゃないかな」トニはワインの入った袋をつかむとぐいっとひと飲みし、スザンヌに差し出したが。スザンヌは首を振って断った。それからトニはふたたび滑走を始め、二十フィートほど進むと、そこでとまって右に折れた。「こっちだよ」

スザンヌはトニのあとをついていった。それから十五分ほど進んだところで、トニがふたたびとまった。

「どうしたの？」スザンヌは訊いた。

「すごくかゆいんだ」トニは肩をくねくね動かしながら言った。「ペトラにもらったセーターを着てるんだけど、ジャコウウシの尻尾かなにかでつむいだ糸を使ってるんじゃないかな」

「ペトラのことだから、ありうるわね」

「それに滑るのものしんどくなってきた。それよりなにより、凍傷になりそうだよ」トニはスザンヌを振り返った。「あたしの鼻、赤くなってる？　凍傷の前兆が現われてる？」

「本当に凍傷だったら、鼻は白くなって、そのあと黒くなるのよ」

「うへ」トニは自分の鼻をさわった。「うん、大丈夫みたいだ」それからあたりを見まわした。「ほかの参加者と全然出くわさないけど、変だと思わない？」

「五分おきにスタートしているから、いいかげん、すぐうしろまで迫ってきてもいいはずよね」

けれども誰も近づいてくる様子はなかった。

「まさか、曲がるところとか見逃してないよね」トニはのろのろ進みながら言った。

「ちょっと、トニ！　ちゃんと目印に気をつけてなきゃだめじゃない」

「そうしてるつもりだったけどさ」

「最後に曲がったとき、目印はあったの？」

「さっぱり覚えてないや」トニの声にパニックの響きが交じりはじめた。

「しょうがないわね」スザンヌは言った。「もうちょっと滑っても目印が見つからなかったら、引き返しましょう。いい？」

「うん」

けれども二分後、トニが歓喜の声をあげた。「ちょっと先に休憩所が見える！」

「助かったわ」

「あそこで少し休んで足をあっためよう。車でスタート地点まで運んでくれるかもしれないよ」

けれども小さな木造建物の近くまで行っても、明かりはついておらず、ほかの参加者の姿もまったくなかった。

「おかしいな」トニは横歩きで近づいて、ドアを揺さぶった。ドアは数インチ、横にスライドした。「ここにちがいないよね」腰をかがめてビンディングをゆるめ、スキー板からおりた。スザンヌも、やっと休憩できるのを喜び、トニにならった。

けれども、トニはドアを全開にすると言った。「なかは真っ暗だし、ちっとも暖かくないね。おかしいな。もうイベントが終わっちゃったのかな？　みんな荷物をまとめて家に帰っちゃったとか？」彼女はスキーのストックを放り投げた。「まったく、ツキがなさすぎ」

スザンヌもなかをのぞき見た。「たしかに変ね」質素な木の床、仕上げをしていない壁、窓のない造り。「ヒーターひとつないわ。あるのは木箱とそれに……やだ、うそでしょ！」

「なに？」

スザンヌはぶるっと体を震わせた。「隅に長い箱があるのが見える？」

「見えるけど？」

「悪い知らせよ。わたしたち、曲がるところをまちがえて、コースをはずれちゃったんだわ」

「やばい」トニは言った。

「しかも墓地のすぐ近くまで来てる」

「ええーっ！」

「ここは遺体を保管する小屋よ」

「ええーっ！」トニはキーキーした声で同じことを言った。

「冬のあいだは地面が凍って埋葬できないから、ここに棺を保管しておくの」

トニは両手を頭上高くかかげ、怯えたような悲鳴をあげた。「えええええーっ！」

スザンヌは落ち着こうと自分に言い聞かせた。「さあ、ここを出ましょう」

けれどもその言葉が口から出るのとほぼ同時に、おもてのドアが大きな音をたてて閉まった！

「いまのは……？」スザンヌは言いかけた。風の仕業かしら？　ドアに駆け寄って、あけようとしたものの、固く閉まっていてあかなかった。

「動かないの？」トニが大声でわめいた。「ちょっとちょっと、なにがなんでもここから出なくちゃ。死体のそばにいると思うと、あたし怖くてたまんないよ」

「ドアがあかないのよ」スザンヌは体重をかけて押しあけようとした。

トニはすっかりうろたえ、こぶしでドアを叩きはじめた。「あたしたち、閉じこめられちゃったの？　誰だよ、そんなことをしたのは？」彼女は怒りもあらわに体の向きを変え、ドアを力いっぱい蹴った。

「わたしにわかるわけないじゃない」スザンヌは言った。ちょっとした遊びが突然、深刻な事態に変わってしまった。

「誰かつけてきてたのかな？」トニはせっぱつまった声を出した。「これってジョークかなにか？」

スザンヌは答えようとしたが、やめておいた。殺されたシャープとハードウィックのことが頭に浮かぶ。そして、ここ最近起こったおかしな出来事の数々。そんなことは考えたくもないけれど、それでも……わたしたちがいろいろ嗅ぎまわっていることを知った殺人犯がここまでつけてきたとか？

トニの激しいパニックはまだつづいていた。「ここから出ないと、あたし頭がどうかなっちゃう。ていうか、もうどうかなってる。スザンヌ……」そう言って、スザンヌのジャケットをつかんだ。「あたしたち、どうすればいいの？」

「携帯電話よ」スザンヌはジャケットのポケットをまさぐった。「助けを呼ばなくちゃ」

「ほら、あたしのを使って」トニは言った。「でも、誰にかけよう？」

「サムはだめ」スザンヌは言った。「いまはERで忙しくしてるもの。だいいち、こんなことがばれたらスリーストライクだわ。今度こそ絶対に殺されちゃう」

「ジュニアがいる。ジュニアにかけよう」トニはジュニアの番号をプッシュし、電話がつながると神経質な声でわめいた。「ジュニア、あんたの助けが必要なんだ！」それから電話をスピーカーモードにした。

「そういう甘い言葉がおまえの口から出るのを、ずっと待ってたぜ」ジュニアはうれしそうに言った。なんだか酔っ払っているような声だ。

「そうじゃない、本気なんだって。助けにきてほしいんだってば！」

「どうしたんだ、シュガー？　なんかあったのか？」

「彼、飲んでるの？」スザンヌは訊いた。それから電話に顔を近づけた。「あなた、飲んでるの、ジュニア？」

「まったくのしらふだぜ」ジュニアはげっぷをした。「飲んだのはビール二杯だけ。いや、へへへ、二杯半だったかもな」

スザンヌはそのくらいなら許容範囲だと思った。まだ酔っているうちには入らない。

トニがスキー場に来ていること、うっかりコースをはずれて、墓地の小屋まで来てしまったことを説明した。ジュニアはあまり聡明なたちではないので、いま困った状況にあることを理解してもらうのに同じ説明を何度か繰り返さなくてはならなかった。それでもようやくジュニアは理解し、すぐに行くと約束してくれた。

「お願いだから、急いで！」トニが懇願するように言った。

23

ジュニアは約束どおり、すぐにやってきた。十五分後、窒息寸前のトラクターのような音が近づいてくるのが聞こえ、やがて音は小さくなった。しばらくして小屋のドアががたがたいいながら横にあくと、ジュニアが顔をのぞかせた。

「外のかんぬきがかかってたぜ。おまえら、閉じこめられたな」

「ひどいわ」スザンヌは怒りと寒さで震えていたが、ジュニアが助けに駆けつけてくれたことで心の底からほっとした。

トニはいちもくさんにジュニアに駆け寄り、彼の腕に飛びこんだ。「そうなんだよ、あたしたち、閉じこめられちゃったんだ」と涙ながらに訴えた。

ジュニアはめんくらったような顔をしながらも、トニの体に腕を巻きつけ、やさしく背中を叩いてやった。「大変だったな。ふたりとも棺やらなにやらと閉じこめられてたのか？まるで『ハリウッド・ナイトメア』だ。まったく、ぞっとするぜ。そんなひどいことをしやがったのはいったいどこのどいつなんだ？」

「わかんない」トニは涙目で言った。「でも、怖かった。すっごく怖かった！」

かたやスザンヌは、自分たちを閉じこめた犯人に心当たりがあった。おそらく、自分とトニが今夜スキーで出発するのを見ていた人物だ。たとえば、モブリー町長やイーサン・ジェイクス師。ドゥーギー保安官に報告しなくては。この情報が彼を正しい方向に導いてくれるかもしれない。

「すっかり体が冷えちゃった」外に出ながらトニは哀れっぽい声で言った。こわばって動かない手でスキー板を取ろうとしたが、うまくいかなかった。

「おれがやってやる」ジュニアが言った。「ふたりはおれの愛車ブルー・ビーターに乗って、あったまってな」彼はふたりのスキー道具を手早くまとめると、車の後部座席に放りこんだ。「ヒーターをめいっぱい強くしてあるから、ピッツバーグの製鉄所の溶鉱炉みたいになってるぜ。鉄のにおいまでするかもな」

スザンヌはジュニアの車の後部座席に乗りこもうとして、ためらった。「タイヤのにおいが強烈で、隣になんてすわれないわ」あの放火事件以来、ずっと載せたままなのだ。

「前にすわれよ」ジュニアは愛想よく言い、自分は運転席に乗りこんだ。「トニ、おまえはおれのほうにつめろ。そうすりゃ三人仲良くゆったりすわれる」

「うんと仲良くなれるなんて思わないでほしいね」トニは体が温まっただけではなく、落ち着きを取り戻していた。

「うるさいこと言うなよ」ジュニアは言った。「あんたらふたりを助けるために、ぬくぬくしたリクライニング・チェアから重い腰をあげたんだぜ」

彼は上着のポケットに手を入れ、缶ビールを出した。けれどもふたをあける直前、トニが奪って後部座席に放った。「運転中にビールはだめ」

「マジかよ」

「マジだよ」

「つたく、しらけるぜ」ジュニアは小さくつぶやいた。「なあ、スザンヌ。このまままっすぐあんたの家に行けばいいのか？」ヒーターが最強になっていたので、エンジンにたまったスラッジやモーターオイルの不快なにおいが、温風とともに吐き出されている。

「公園保護区で降ろしてくれればいいわ。自分の車を取って、借りた道具を返したいから」スザンヌは言った。モブリー町長とジェイクス師がまだスタート地点付近にいるか確認したかったのだ。

「ああ、わかった」ジュニアは応じた。

「話は変わるけど」車が雪のなかをがたがた進み、墓地の通路まで出るとスザンヌはジュニアに声をかけた。「わたしの車に積んである工具はいつ取りにくるの？」

ジュニアは洟をすすり、それから袖で鼻を拭いた。「そのうちにな」

トニが小さく体を震わせた。「早く家に帰ってお風呂に飛びこみたいよ。ロブスターをゆでるくらい熱いお湯のお風呂にさ」

「ゆでたてのロブスターはうまいだろうな」ジュニアは笑いをかみ殺しながら言った。

「あんたには食べさせせないよ」

スザンヌは自分の車に戻ると、あたりを見まわし、モブリー町長かジェイクス師がまだいるか確認した。ふたりともいなかった。まだ残っている五、六人が使ったものを箱詰めしたり、幟《のぼり》をおろしたりと忙しく働いていた。

スザンヌはふと思いついて、病院に寄ってみることにした。町を抜け、病院の裏側にまわってER用に確保されている駐車スペースのひとつにとめた。車を降りると、自動ドアの開閉ボタンを押し、急いでなかに入った。

「サム・ヘイズレット先生はいま手があいているかしら？」スザンヌは受付にいた女性に訊いた。

「緊急のご用件ですか？」顔をあげた女性は、おそらく二十歳前後と若く、ピンク色の医療着を着ていた。おそらく技師なのだろう。

「いいえ、全然。ヘイズレット先生の婚約者なの。ちょっと顔を出してみただけで、患者さんの対応で忙しいようなら邪魔をするつもりはないわ」

「あら、そうでしたか」女性はほほえんだ。「幸い、いまはこれといって重篤な患者さんはいませんよ。しかも、ついさっき、一分ほど前にサム先生を見かけましたし。ひとっ走りして連れてきますね」

「ありがとう」

三十秒も待たないうちに、ふた組の足音が廊下をやってくるのが聞こえた。まずはさっきの技師の笑顔が、つづいてサムのちょっと不安そうな顔が見えた。

「きみの顔が見られるなんて思ってもいなかったよ」サムはスザンヌの肩に腕をまわし、窓のそばのソファベンチへと連れていった。「どう？　クロスカントリー・スキーは楽しかった？　少しは気分がよくなったかな？　炭水化物は消費できた？」

「ついさっき、さんざんな目に遭ったわ。ええと、なんて言うか、寄り道をするはめになっちゃって。曲がるところをまちがえちゃったの」

「パンくずをまきながら滑るべきだったね」サムは冗談を言った。

本当は墓地の小屋での出来事を話すつもりだったが、なんとなく言い出せなかった。閉じこめられたことを話したらサムは大きなショックを受けるだろう。好き勝手に嗅ぎまわるのをやめさせようとするかもしれない。だからスザンヌはこう言った。

「今夜は何時頃に帰ってくるの？」

「そうだなあ、午前零時をまわるだろうね。まさか、起きて待っていてくれるの？」

「そうしようかなと思って」

サムが前かがみになってスザンヌの額にキスをしたそのとき、彼のポケベルが鳴った。

「うれしいね。最高にすばらしい夜の締めくくり方だよ」

五分後、スザンヌが自宅の裏口からなかに入ると、バクスターとスクラッフがキッチンのタイルの床にすわって、彼女の帰りを待っていた。

「どうかしたの、ふたりとも？」

犬たちは一対のスフィンクス像のように、飼い主をじっと見あげた。

「わかってる、わかってるってば。たしかに、きょうはほとんど家にいなかったわ。でも、提案があるの。暖かなブーツを履くのを待ってくれたら、お散歩に連れていってあげる。それでどう？」

〝お散歩〟は二匹にとって効果抜群の言葉だ。スザンヌがあったか手袋をはめ、UGGのムートンブーツを履くあいだ、バクスターもスクラッフもスザンヌのあとをついてまわった。最後に二匹にリードをつけ、スクラッフに赤いセーターを着せると、ひとりと二匹は出発した。

歳上のバクスターは、のんびり歩くだけで満足だった。一方スクラッフのほうは元気いっぱいで、なんでもかんでも突撃をしかけていく。二フィート歩くごとに歩道からはずれてよそさまの庭に突っこんだり、車道に出たりする。おかげでスザンヌの手のなかのリードがぐいぐい引っ張られ、引きずられるようにしてついていくはめになった。主人のわきを行儀よく歩くようさんざん教えこんだが、これまでのところ、その技術は身についていないようだ。リスがいれば追いかけたくなるし、ほかの犬のにおいがすればたしかめなくてはいられなくなるのだ。

四ブロックほどそうやって操り人形のように引きまわされたのち、スザンヌはとうとうスクラッフの首輪からリードをはずした。ファウンダーズ公園と道路一本はさんだところまで来ていたし、通りには車が一台もなかった。だったら、好き勝手に走らせせない手はないわよね？

三十分後、スクラッフの姿がいっこうに見あたらず、スザンヌはそう考えたことを後悔していた。口笛を吹いたり、名前を呼んだりしたし、雪にできた不規則な足跡をたどったりもしたが、愛犬の姿はどこにもなかった。

「ねえ、バクスター」スザンヌは頼みこむような声をかけた。「吠えるなりなんなりして、協力してよ。わたしたちが捜してるってスクラッフに知らせてちょうだい」

バクスターは穏やかな茶色い目でスザンヌを見あげるばかりだった。スクラッフを好き勝手に走りまわらせるのはとんでもない間違いだと彼にはわかっていた。なぜ飼い主にはそれがわからなかったんだろう？

「スクラッフ！　スクラッフ！」スザンヌはまた呼んだ。前方に赤いものがちらりと見えた。「見つけた。まったく世話を焼かせるんだから。ほら、戻ってきなさい」

けれども、スクラッフがいたとおぼしき場所にスザンヌとバクスターが駆けつけてみると、彼はもういなくなっていた。

「ああ、もう《ドッグ・ゴーン》」スザンヌは言った。「あの子、もういなくなっちゃった《ドッグ・ゴーン》」〝ドッグ・ゴーン〟という表現の由来がようやくわかった。愚かにも愛犬を自由に走らせてしまった飼い主が叫んだのが始まりだろう。

スザンヌはスクラッフの名前を呼びながら、カバノキの林に飛びこんだ。がさがさという小さな音が聞こえたとき――スクラッフなの？――頭上の枝から大きなフクロウが飛び立つのが見えた。フクロウは翼をはばたかせながら、空へと飛んでいった。その力強くて堂々とした姿はしばらく空に浮かんでいたが、やがて見えなくなった。

アメリカ先住民がフクロウを神秘の動物、変化を告げる存在と見なしているのは知っている。とすると、いまのはわたしの人生になにか変化があるというお告げかしら。

スザンヌは植えこみをかきわけてひらけた場所に出ると、その場に立ちつくした。最善の結果になるよう祈り、追うのをやめたら、スクラッフのほうから寄ってくるのではないかと思いながら。

スザンヌが捜すのをあきらめかけたとき——というか、州兵に応援を要請しようかとまで思ったとき、スクラッフが駆け寄ってきた。ピンク色の舌を垂らし、目をきらきら輝かせて。いかにも思う存分に楽しんできたという顔をしていた。

24

土曜の朝のカックルベリー・クラブでは、ベーコンが脂をはじけさせながらいい具合に焼け、オートミールがぐつぐつ煮え、鉄板の上のフレンチトーストがキツネ色になっていた。ペトラは上機嫌で鋳鉄のフライパンと業務用のパワフルなオーブンとのあいだを行き来していた。オーブンでチェダーチーズ入りポップオーバーを焼いているところで、焼き具合をときどきのぞいているのだ。

「じゃあ、ふたりともゆうべは楽しんだのね？」ペトラは訊いた。「クロスカントリー・スキーを」

「とてもよかったわ」とスザンヌ。

「なかなかだったよ」とトニ。

ペトラにはコースをそれて墓地の小屋に閉じこめられた話は黙っていることにしてあった。ひどく怖がらせてしまうだろうし、きょうはホープ教会でワインとチーズの会を開催するのだから、むやみにショックをあたえたくなかったのだ。

「スキーで滑るのは理解できるのよ」ペトラはオーブンの扉をあけ、ポップオーバーを出した。「でも、スノーシューで雪の上を歩くのはねえ。おかしな移動手段としか思えないわ」

「このへんの人は大勢、やってるじゃん」トニは言った。「狩りをする人たちとかさ」

「スノーシューなら家までの道をたどるのが楽なんでしょうね」ペトラは言った。「だから、森で迷わずにすむのよ」

スザンヌとトニは顔を見合わせた。

「どうしたの？」ペトラは訊いた。「なにかあった？」

「なんでもない」トニはエプロンを手にすると、ドアを抜けてカフェに出ていった。

「なにかわたしに言ってないことでもあるの？」ペトラはスザンヌに訊いた。

「あいかわらずジュニアが寝泊まりしているせいで、トニもいらいらしてるだけだと思うわ」

「たしかに、彼はルームメイトとしては最悪だものね。一緒にいると、四日が四年にも感じるんじゃないかしら。異常な時間のゆがみを生じさせることに関しては、天賦の才がある人だもの」

きょう、スザンヌが黒板に書いたメニューは簡略版だった。フレンチトーストにベーコン、リンゴとシナモンの入ったオートミール、チェダーチーズのポップオーバーを添えたチリ、それにサツマイモのチップスを添えたカリフォルニア・バーガーだ。

トニはメニューに目をやると、耳にはさんだ鉛筆を取って頭のてっぺんをかいた。

「きょうは何時に閉めるの？」

「一時か一時半と考えてる」スザンヌは言った。「お客さま全員にお帰りいただいたらすぐにでも。もちろん、おもてなしの気持ちを忘れてはだめだけど」

「そのあと、全部まとめてペトラの教会まで持ってくわけ？」

「チーズだけでいいの。ビル・プロブストが自分の店のフランスパンを持ってきてくれるし、クイッカー酒店のマーク・フィエリがワインを何箱も持ってくるそうだから」

「ワインの種類はなにかかな？」トニはきょうはじめて、心から興味をそそられたという顔をした。

スザンヌは無造作に肩をすくめた。「さあ。ミサで使うワインじゃないかしら」

トニは口をあんぐりあけた。「えーっ！」

スザンヌはトニを指差した。「引っかかった！　いまのは冗談よ、トニ。きっと選りすぐりのワインをいろいろ揃えてくれるわ」

「シャルドネがあることを祈るよ」

「わたしは、たくさん人が来てくれるよう祈るわ」

「言えてる」トニは入り口のドアまで行って、〝営業中〟の表示を出した。三分後、ふたりはお客を席に案内したり、注文を取ったりで大忙しになった。

それから二時間はメインディッシュを運び、皿をさげ、コーヒーとお茶のポットを手にテーブルからテーブルへとまわり、勘定書を配るというブランチのバレエを踊りつづけた。十一時をまわる頃には客の波が少し途切れ、ほっとする時間ができた。そのとき、キット・カスリックが正面の入り口から元気よく入ってきた。

「おや、誰かと思ったら！」トニが声を張りあげると、スザンヌは驚いて振り返り、ペトラはいったい何事かと厨房のドアから顔をのぞかせた。

あいかわらずブロンドで美人、妊娠六カ月という身重のキットがややゆっくりめに歩きはじめると、トニが喜びいさみつつもいたわるようにその体を抱きしめた。

スザンヌもペトラも心をこめて抱きしめ、来訪を歓迎した。キットは以前、カックルベリー・クラブで非常勤のウェイトレスをしていたことがある。いまはもちろん、フルタイムの母親になるときをひたすら待っているところだ。

「すごくきれいだ」トニが感心したように言った。「輝いてるよ」

「とても元気そうね」スザンヌは言った。

「予定日はいつなの、ハニー？」ペトラが訊いた。キットの妊娠という喜びが伝染したのか、三人一緒にしゃべっていた。

キットは大きくなったおなかを軽く叩いた。「ちょうどあと三カ月」そう言うとショルダーバッグに手を入れ、ラガディ・アン＆アンディの人形を出した。「はい、これ。クリスマスのトイ・ドライブに寄付しようと思って持ってきたの」

「ありがとう」スザンヌは言った。

「あなたに神の祝福がありますように」ペトラは言った。

「持ってきたのはそれだけじゃないよね」トニが言った。「頼んでおいた招待客のリストも持ってきてくれたんだよね」

「そうそう」スザンヌは言った。「だって、この町の人がいままで見たことがないほど豪華ですてきなベビーシャワーをひらこうと計画しているんだもの」

「リストならちゃんと持ってきたわ」キットは言った。

「リッキーはどうしてる？」トニは訊いた。リッキーというのは、おなかの赤ちゃんの父親だ。

「まだ州兵として派兵されているけど、来月には帰ってくる」

「よかったわね」スザンヌは言った。

「さあ、奥に入っておすわりなさいな」ペトラがうながした。「お茶でも淹れましょうか？妊娠中の女性にはラズベリーとミントのお茶がいいんですって。それともなにか食べる？」

「長くはいられないの」キットはトニに招待客のリストを渡した。「でも、みんなに会えて本当にうれしかった」

「きょうから六週間後を考えているの」スザンヌは言った。「ベビーシャワーのことよ。クリスマスが終わったらすぐ、招待状を発送するわ」

「文句なしよ」キットが言うと、スザンヌたち三人はふたたび彼女のまわりに集まった。

「いろいろありがとう。お礼の言葉もないわ」キットは涙でかすんだ目でスザンヌをまっすぐに見つめた。口の動きで〝ありがとう、スザンヌ〟と伝えた。

はるか昔にも思えるけれど、実際にはわずか一年前、スザンヌは〈フーブリーズ・ナイトクラブ〉でストリッパーとして働くのをやめるようキットを説得した。涙ながらに承諾したキットに、スザンヌはいくばくかのお金を貸し、パートタイムの仕事を世話した。その厚意のおかげでキットの人生は一変したのだった。

スザンヌはキットの頬にキスをした。「あなたもあなたの家族も世界でいちばん幸せになって当然なのよ」


時計の短針が十二を指し、長針が三を指したとき、ドゥーギー保安官がネズミに忍び寄る猫のように入り口からこっそり入ってきた。目立たぬようにしているつもりかもしれない。もしかしたら、モップを手にしたトニにまたもつきまとわれるのではと不安だったのかもしれない。

スザンヌは保安官に気づくと、わくわくした気持ちでエプロンで手を拭いた。よかった。やっと顔を出してくれた。これで重要な情報をいくつか報告できる。アンバーがテディ・ハードウィックと交際していた事実を黙っていたことや、トニとふたりで墓地の小屋に閉じこめられたことを。

保安官はカウンターの手前で足をとめると首をかしげた。

「なんで震えてるんだ、スザンヌ？」

「あなたには想像もつかないと思うわ」

保安官はお気に入りのスツールに荒々しく腰をおろすと、カウンターに両肘をついた。

「ほう、そうか。おれの知らない情報でもあるんだな」彼はすばやくあたりを見まわした。「どうせ話してくれるつもりなんだろ」

「先にブラックコーヒーを出すわね」スザンヌはマグに熱々のコーヒーを注ぎ、保安官の前に押しやった。「これから話すニュースを聞いたら、心臓を再始動させるのにホットコーヒーがいるはずだもの」

「だったら、そこのドーナツもひとつ皿にのせてくれ」スザンヌがグレーズのかかったドーナツを取ろうとすると、彼は言った。「それじゃない。ピンクとオレンジのつぶつぶがまぶしてあるチョコレートのやつがいい」

保安官がコーヒーをずるずる飲み、ドーナツにまぶしたスプリンクルをシャツにぼろぼろこぼしはじめると、スザンヌはカウンターから身を乗り出すようにして、この十二時間の出来事をすべて話した。アンバー・ペイソンがテディ・ハードウィックと交際していた事実について、くわしく話した。それから、昨夜、自分たちが墓地の小屋に閉じこめられたいきさつを説明した。

スザンヌの話を聞くうち、保安官の目はしだいに大きくなり、表情は怪訝なものに変わっていった。やがて彼はドーナツを食べるのを完全にやめた。いつもは最後のひとかけらまで食べているので、これはひじょうに驚くべきことだ。スザンヌの話が終わると、保安官はこぶしでカウンターを叩いた。「やっぱりな。あの娘は絶対うそをついていると思ってた。そんな気がしたんだよ」

スザンヌは肩をすくめた。「びっくりよね」

「まったくだ。だが、あんたのおかげで事実をつかめた。なあ、スザンヌ、アンバーがハードウィックとつき合ってたとなると、話がまったく変わってくる。彼女は容疑者リストのいちばん上に逆戻りだ」

「でも、腑に落ちない点がひとつあるわ。アンバーは人殺しをするタイプには見えないじゃない」

「人殺しをするタイプ？　あんたにプロファイリングのなにがわかるってんだ」保安官の顔が後退しつつある髪の生え際まで真っ赤になった。

「少しはわかってるつもりよ。それに、警察の捜査にだって、それなりに貢献してるじゃない」スザンヌは言い返した。

「たしかにな。あんたはいくつかの点ではおおいに力になってくれた。だが、そのいっぽう……率直に言うぞ、スザンヌ、ゆうべ、あんたは油断したあげく、死体でいっぱいの小屋に閉じこめられた。もっとひどいことになっていてもおかしくなかったんだぞ。犯人は銃を持っていたかもしれないし、それを使うことにしたかもしれない。そいつはバイアスロンの心得があったかもしれない。ほら、オリンピックの種目にあるだろ？　スキーと射撃を組み合わせた競技だよ」保安官は白いハンカチを出して、額の汗をぬぐった。「おれはさんざん警告してきたよな、スザンヌ。捜査によけいな首を突っこむなと。アラン・シャープとテディ・ハードウィックを殺した犯人は本物のモンスターだ。冷酷無比の人殺しなんだよ」

「そこでもうひとつ質問なんだけど」

保安官はいくばくかの不安を抱きながら、スザンヌをうかがった。

「ジェイクス師が犯人という可能性はある？」

「あんたがあの牧師に疑いの目を向けてたのは知ってるが、おれにはどうもそうは思えないんだよな。証拠はあるのか？　なにか具体的なものを言ってみろ」

「ジェイクス師はハードウィックさんに対し、なにかわだかまりがあったんじゃないかとにらんでるんだけど」

保安官はスザンヌの質問に考えこんだ。「恨みを抱いていたということか？　そのような悪感情があったことをしめす証拠は出てきてないが」保安官はコーヒーをさっとひとくち飲んだ。「だが、あんたの話によれば、ジェイクス師はそうとう熱心な伝道者ということだったな？」

「とても信仰に篤い方なのはたしか」

「ハードウィックは芸術家気取りの自由奔放な性格だった、くらいしか思いつかんな」保安官は言った。

「道楽者と言ってもいい」

「そういうところがジェイクス師の厳格な価値観と合わなかった」

「ありうるわ」これはかなり納得できる説明だ。

保安官はかぶりを振った。「やれやれ、なにもかもがえらく混沌としてきたな」

「そう思うのなら、応援を頼んだほうがよくない？」

保安官は片目をつぶった。「どういう意味だ？」

「ディア郡のバーニー保安官に手を貸してもらうよう頼んだらどうかしら。あるいは、彼の部下の何人かでもいい。そうじゃなければ、州の刑事犯逮捕局に連絡をとるとか」スザンヌはさらに身を乗り出した。「いいこと、なにもひとりで殺人事件に対処しなくたっていいのよ」

保安官は肩をすくめた。「それはわかってる。だが、おれは選挙で選ばれた保安官だ。事件は二件ともおれの管轄で起こっている。だから……おれがやるべきなんだよ」

「でも、わたしのことは頼りにしてくれていいのよ」

保安官は深々と息を吸い、ゆっくりと吐き出した。「スザンヌ……そいつは断る」

一時になり、スザンヌとトニはさりげなく皿をさげ、お客のもとに勘定書をそっと置きはじめた。一時十五分までにはほぼ全員がそれとなく察して、店を出ていった。それだけではない。そのお客の多くのおかげでひとつのおもちゃ回収ボックスが半分まで埋まった。

「あんたのステルス計画がＣＩＡの工作活動みたいにうまくいったね」トニが言った。

彼女はスプレーボトルとふきんを手に、せっせとテーブルを拭いていた。「お客さんは誰ひとりとして追い出されたなんて思ってないよ、きっと」

「さりげなくやること。それが大事」スザンヌは言った。

「ようやく駐車場がからになったから、業者に除雪してもらおうよ。凍った轍《わだち》を取りのぞいてもらわないと。ところどころボブスレーのコースみたいになってるもん」トニは外に目をやると口をゆがめた。「ああ、もう」

「なにをそんな苦虫を嚙みつぶしたみたいな顔をしてるの？」そう訊いた次の瞬間、ジュニアが入り口から飛びこんできて、質問の答えがわかった。

ジュニアは左に、つづいて右に目を向けると、耳覆いのついた飛行帽をさっと脱いだ。

「みんな、どこに行ったんだ？」

「帰った」トニが言った。「あんたにもそうしてもらわなきゃなんないよ」

「ジュニア」スザンヌは言った。「ゆうべ助けに来てくれたこと、あらためてお礼を言うわ」

ジュニアは手を振った。「たいしたことないって。いつでも言ってくれ」彼は口を手で押さえ、こらえきれずに笑い出した。顔をくしゃくしゃにして笑いながら、バイクブーツのくたびれたかかとでタップダンスを踊りはじめた。

「やけにご機嫌じゃないの、どうかした？」スザンヌは訊いた。

「ズボンのなかにアリが入ったとか？」とトニ。

けれどもジュニアは、まだにやにや笑いながら踊っている。とてつもなく大きな秘密を話したくてうずうずしているみたいに見えた。

実際、そのとおりだった。

「ちょっと外を見てみな」ジュニアは言った。

窓から外を見たトニの目がいままで見たことがないものをとらえ、彼女は思わず二度見した。「なんなの、あれ?」

「ずっと話したくてうずうずしてたんだぜ。午前中に新しいキャンピングカーの契約がまとまったんだ」

「中古みたいだけど」トニは言った。「というか、おんぼろじゃん。あんなクズみたいなやつにお金を払ったわけ?」

「交換したんだ」ジュニアは言った。「一対一の」

トニは唖然とした顔をした。「なにと交換したのさ、ジュニア? そのハンサムな顔と冴えてるおつむとか? 価値のあるものなんか、なんにも持ってやしないくせに」

「手放したくはなかったけどさ、オールド・イエラーとキャンピングカーを交換したんだ」

「あの車はまともに走らないいんじゃやなかったっけ」とトニ。

「キャンピングカーも同じかもよ」とスザンヌ。

「先に言っておくけど、たしかにあのキャンピングカーには壊れてるところがいくつかある。トランスミッションはへたってるし、ブレーキを踏むとゴロゴロいうし。けど、そんなのは直せる。おれには技術があるし、工具もある」

「ちがうわ」スザンヌは言った。「工具はわたしが持ってる。わたしの車の後部座席に積んだままよ」

「ちゃんと預かっててくれて礼を言うよ。もうじき必要になるからさ」

スザンヌは窓の向こうに目をやり、ジュニアがあらたに手に入れた車をながめた。古ぼけたトラックの上に、丸みを帯びた小さなキャンピングシェルがのっている。キャンピングシェルは派手なアクアブルーと白に塗られている。五〇年代の水泳用プールの色だ。車両全体が片側にひどく傾いていて、いまにも転覆しそうな小さなタグボートを彷彿させた。

ジュニアはスザンヌの表情に気づいて言った。「タイヤも新しいのに付け替えないとな。安定性を高めるために」

「まずは自分の安定性をどうにかしたらどうなのさ」トニが言った。

「あのキャンピングカー、ものすごく小さく見えるんだけど」スザンヌは言った。「そもそもなかに入れるの？」

「だから断捨離しなきゃいけないんだよ」

トニはせせら笑った。「あんたの持ち物といったら、腰穿きジーンズ二本とくたびれたTシャツが何枚か、それに革のジャケット一着だけじゃん。ほかになにを詰めこむのさ？」

「ゴルフ道具も持ってるんだぜ」

「ごみ捨て場で拾った女ものの中古のクラブのこと？」トニは訊いた。

ジュニアはまったく腹をたてなかった。「それに釣り道具もある」

トニは今度こそ大笑いした。「夜中のテレビで見た折りたたみの釣り竿と、変なにおいがする釣り餌入れなんか釣り道具とは言わないよ」

「釣り餌入れは穴釣りに使うんだ。もうすぐ、大きなトーナメントがあるからさ」彼は両手の親指をベルトに引っかけ、にやりとした。「あのキャンピングカーには快適な生活に必要なものが全部揃ってる。ひと口コンロ、小型冷蔵庫、たためばベッドになるテーブル。おまえら、グランピングって言葉を聞いたことあるか？」

「グラマラスなキャンピングの意味？」スザンヌは訊いた。

ジュニアは自分のキャンピングカーのほうに顎をしゃくった。「あれがまさにそれなんだよ。要するにそういうことだ」彼は手をのばしてトニが使っていたスプレーボトルをテーブルから取り、口のなかに液体をスプレーした。「これ、口臭予防のスプレーだよな？」

「お掃除洗剤」とトニ。

ジュニアは咳をして吐き出した。「それでも効果はあったよ」


実を言うと、スザンヌは午後のワインとチーズの会を楽しみにしていた。何時間か事件の調査を忘れられると思ったからかもしれない。あるいは、三人でチーズをさいの目に切ったりスライスしたり、大皿に並べたりすることで連帯感がわいてくるからかもしれない。

「このチーズ、泥くさいね」トニが言った。

「土のにおいがすると言って」ペトラがたしなめた。「ヤギの乳から作るチーズだもの。地元の工房のひとつ、ストロー・リッジ農場のものよ」

「こっちのチェダーチーズは？」スザンヌが訊いた。

「それはアナンデイル農場のもの」

スザンヌはしたり顔でうなずいた。カックルベリー・クラブは朝食とランチが主体のカフェだけれど、地元農家や生産者から仕入れているのが自慢だ。リンゴは地元の果樹園から、卵はカリコ農場、鶏肉は地元の養鶏場、パンはキンドレッド・ベーカリーから仕入れている。ジャムやジェリー、ピクルスや保存食品も技術とレシピに自信を持っている地元業者が手作りしたものばかりだ。地産地消型のレストラン、とはスザンヌが好んで口にする言葉だ。その肩書きに三人は誇りを持っている。

「さいの目に切ったチーズには色のついた楊枝を刺したほうがいい？」トニが訊いた。

「そうして」ペトラが言った。

「でも、すごくいっぱいあるよ」

「楊枝をたくさん買っておいてよかった」ペトラはスザンヌに目を向けた。「ランチのときに保安官と話してるのが聞こえちゃったわ」

スザンヌはぎくりとした。「どのくらい聞いたの？」

「そうね、ほとんど全部。それに聞こえなかった部分は自分なりに推測したし」ペトラは言葉を切った。「昨夜、あなたとトニは墓地の小屋に閉じこめられたみたいね」彼女は信じられないというように首を振った。「それと、アンバーがテディ・ハードウィックさんと交際していたそうじゃない」

「じゃあ、全部、知っているのね」

ペトラは指を一本立てた。「ちょっと時間をちょうだい。言いたいことがあるの」

「言いたいことって？」

「心配なのよ、スザンヌ。保安官からあれだけきっぱりと――ううん、むしろ厳しくと言ったほうがいいかもね――警告されたのに、まだ調査をつづけるなんて」

「やめたほうがいいと言いたいの？」スザンヌは訊いた。

「そういうこと」とトニ。

「あなたがとりたてて慎重にやっているとは思えないのよ」ペトラは言った。「それに話に聞いたり小耳にはさんだりしたことを総合すると、モブリー町長と、あのアンバーって娘さんには近づかないほうがよさそうだわ。少なくとも、保安官が犯人を逮捕するまでは。犯人はひとりじゃないかもしれないけど」ペトラは大ぶりのナイフを手にして、スイスチーズに突き刺した。

「逮捕できなかったらどうなるの？」スザンヌは訊いた。

「逮捕するわよ」とペトラ。「わたしは保安官事務所の人たちを信じているもの」

「信じてる人がいてよかったよ」トニはぼそぼそ言った。

ペトラの話はまだ終わっていなかった。「でも、保安官が逮捕してくれるまでは、とことん用心するのよ。暗い路地を嗅ぎまわったり、他人の家に侵入するなんて絶対にだめ」

「わかった、わかった」トニは言った。

「笑い事じゃないのよ、トニ」ペトラはチーズを大きく切り分けながら言った。

「ペトラ、あなたの話はよくわかったし、ちゃんと気をつける」スザンヌは言った。「あなたがそこまでわたしの身を心配してくれてるのかと思うと、涙が出そうだわ。だからこれまで以上に気をつけると約束する」

「その言葉を信じられたらいいんだけど」

スザンヌはほほえんだ。「あなたの気がすむのなら、指切りでもしましょうか」

「けっこうよ。あなたを信じる。あなたは正直でまっすぐな人だもの。だから……信用するわ」

「ありがとう」

「あ、そうだ。残ったチリをパック詰めしたからサムに持っていってあげて」

「わあ、うれしい」

「今夜、なにをしたらいいかわかってる？」トニが訊いた。「やっかい事に巻きこまれないためにさ」

「なにをたくらんでいるのか知らないけど、わたしは数に入れないでちょうだいね」ペトラが言った。

「なにをするの？」スザンヌはサムが今夜もERに詰めているのにひとり家で過ごす気にはなれないでいた。トニも今回は気のきいたアイデアを思いついたのかもしれない。

「〈シューティング・スター・カジノ〉に出かけて楽しむんだよ。カジノならやっかい事とは無縁でいられるもん」

「なにを言ってるの、無縁でいられるわけがないでしょう」ペトラが言った。「ルーレットをまわす、トランプを手にする、あるいは汗水たらして得たお金をあんな悪魔の機械に注ぎこむ。そこから大罪が始まるのよ」

「お隣のジェイクス師みたいなことを言うんだね」トニは笑った。

「ええ、わかってる」とペトラ。「だってあの方も〝くそ〟がつくほどの堅物だもの」

「ペトラ！」スザンヌは唖然とした。「いつもはそんな言葉を使わないくせに」

「イーサン・ジェイクス師のような牧師さまははじめてだからよ」

25

　ワインとチーズの会の会場はホープ教会の地下という場所だったにもかかわらず、ワインは気前よくふるまわれ、チーズは大人気だった。

「信じられる？」ペトラが昂奮した声で言った。「みんな本当に来てくれたわ。それもこんなに大勢！」彼女の目の前にはテーブルがいくつも並び、それぞれにチーズを盛りつけたお皿や色とりどりのラベルがついたワインがたくさん置いてある。彼女はスザンヌとトニ、それに十人ほどのボランティアとともにきちんと役割をこなしていた。ワインを注ぎ、洗ったグラスを出し、パンをスライスし、切ったチーズの皿をあらたに出し、質問に答え、お客に愛想よくふるまっていた。

「人出がこんなに多い理由のひとつは」とトニが言った。「芝居が中止になったことだろうね。みんなほかにやることがなかったんだよ」

「そんな傷つくような言い方をしなくたっていいじゃない、トニ」

　トニは驚いた顔をした。「そんなつもりじゃなかったんだってば。分析してみただけなんだから。客観的にさ。だから、あたしは……ああ、もう、たしかにばかなことを言っちゃったね」

「謝罪のつもりで言ってるなら、受け入れるわ」ペトラは言った。「いまのわたしは、たくさんの方に来ていただけて舞いあがっているから、いつまでもねちねち言ってられないもの」

「サンキュー」トニはペトラの腕をつかみ、親しみをこめてぎゅっと握った。

「飾りつけもとてもすてきね」スザンヌは言った。

大きな部屋にはクリスマスの飾りが吊され、片隅にはテーブルと椅子のセットがちんまりと置かれてフランスのカフェのような雰囲気を醸し、入り口のところでは弦楽四重奏団がお客を出迎えている。いまはシューベルトの「野ばら」の旋律がワイングラスの触れ合う音と交じり合っていた。

「本物のワイングラスを使うことにしてよかったよ」トニが言った。「プラスチックのカップじゃなくてさ」

「あそこにストレイト師がいらっしゃる」スザンヌは地味な黒いスーツでほほえんでいる銀髪男性を指差した。「会が満足のいく内容になって、大喜びしているみたい」

「秋に開催したチリのゆうべよりもかなり人出が多いもの」ペトラは言った。

「うん、そうだね。ちょっとくらべてみようか……」トニは両手をそれぞれお椀の形にし、重さをはかるみたいに上下させた。「キドニービーンズ対おいしいシラーワイン？　ははは、そんなのくらべものにならないよ」

「ちょっとストレイト牧師さまと話してくるわね」ペトラは言った。「お祝いを言いたいの」

「牧師さまのほうこそあなたにお祝いを言うべきだと思うけど」スザンヌは言った。「そもそも、あなたのアイデアなんだから」

「友だちの協力もあったわ」ペトラは笑顔でつけくわえた。

「行っておいでよ」トニがうながした。「こっちはあたしたちでにぎやかしておくから」

ペトラはエプロンをはずした。「ふたりがそれでいいなら……」そう言っていなくなった。

「ほかのワインもあけていいかな？」トニが訊いた。すでにワインオープナーを手にしている。

「いいんじゃないかしら」スザンヌは言った。「これまで出したのは……なんだっけ？」

「ロゼ、シャルドネ、シラー、それにメルロー」

「ほかにはなにがあるの？」

「スパークリングのロゼ、リースリング、それにジンファンデル。でも、ジンファンデルはオーストラリア産だから、よくわからないや」

「じゃあ、それをあけて試飲してみましょうよ」スザンヌはワインオープナーを手にした。

「賛成」

ふたりは栓を抜いてワインを注ぎ、お客と歓談した。

「ペトラの教会もなかなかおつなことをするよね」忙しさが一段落するとトニが言った。

「きっと毎年恒例のイベントになるわね」

「当然。入場料はひとりいくらだっけ？」

「十ドルよ」スザンヌは言った。「だから、いまここにいる人の十倍のお金が入ってくる」

「何人いるんだろ？　百二十人？　百五十人？　しかもいまから入ってくる人もいるね」

「おいしいワインを飲みたくない人なんている？」

「ぜひとも一杯いただきたいですね」温かみのある男性の声がした。スザンヌが視線をあげると、ドン・シンダーがほほえんでいた。

「こんばんは」スザンヌはあいさつした。「ようこそ。一杯めにはなにを差しあげましょう？」

「そこにあるのはスパークリングのロゼですか？」シンダーは訊いた。

「ナパにあるシュラムズバーグ・ヴィンヤーズのものです。味見なさいますか？」

「本格的なテイスティングは白ワインから始めて、最後が赤ワインという手順を踏むそうですが、わたしは少しばかりルールを曲げたいたちでしてね」

「最近は、ワインに関してはルールを曲げる方も多いですよ」スザンヌは言った。「わたしはいつも、カベルネには鶏肉か豚肉のローストを合わせます」

「それはいい。つまりあなたは大胆で、幅広い好みを持っているということだ」

スザンヌはスパークリングのロゼをグラスに半分ほど注いでシンダーに差し出した。「どうぞ」

「あなたはもう味見されたのですか？」

スザンヌは首を横に振った。「お勧めされるのを待っています」

シンダーはひとくち飲んだ。

「いかがでしょう?」

「たいへんおいしいね」彼は褒めた。「上等のロゼらしい、豊潤でフルーティな味わいがある。これに合わせるのはどのチーズがお勧めだろうか」

「わたしなら半軟質のチーズと合わせますね。グリュイエールかハバティでしょうか」

シンダーはスライスしたハバティを一枚取って口に入れ、目を閉じた。「最高だ」

「ゴートチーズもぜひおためしください」

「まさかストロー・リッジ農場のものですか?」

「実はそうなんです」スザンヌは言った。「あの農場はこの何年か、おいしくてコクがある素朴なゴートチーズを生産しているんですよ」

「つかぬことをうかがいますが……?」シンダーは言いかけたものの、途中でやめて頭を振った。「いや、この場にはふさわしくないな」

「なにがでしょう?」シンダーがなにを訊こうとしたか、なんとなく察しがついた。「先をつづけてください」

「捜査状況についてあらたになにか聞いていないかと思いましてね。あなたと保安官は
……」シンダーは手をくるくるまわした。「親しいそうなので」

「けさ、捜査に首を突っこむなと保安官から釘を刺されました」

「本当に？　あなたはそれなりに力になっているものとばかり」

「おそらく、わたしが突っこむべきでないところに首を突っこんだせいだと思います」スザンヌはいったん言葉を切った。「あの、ちょっと……。つまり、保安官からは情報が行ってないんですか？　アラン・シャープさんが亡くなったのに？　だって、あの方は法律事務所のパートナーだったんですよね」

「保安官からはこのところ、これといった大きな情報は入ってきてないんですよ」シンダーは少しがっくりきたように見えた。「アランの死について、なんらかの幕引きがあればと思ったのですが。ご両親はずいぶんつらい思いをされているようです。けさ、お母さんから電話がありました。わたし自身はと言えば……いま、ジュニアパートナーとなる弁護士をひとり雇おうとしているところなんです」

「シャープさんの葬儀のすぐあと、オフィスの外にいらっしゃるのを見かけました。候補はふたりいるようですね」

「ええ。できるだけ早く決めないといけないのですが。問題なのは、まだそういう気にならないことなんです」

「お気持ちはわかります。でも、ここしばらく、保安官は容疑者を絞りこんでいるように思えました。そこへテディ・ハードウィックさんが殺されて……そのせいで保安官の気がそれたというか。いろんな可能性を考えはじめたようです。犯人は同一人物なのか、それともべつべつなのか。動機はなにか？　ちがうのか同じなのか」スザンヌは首を振った。「もう、なにがなにやら」

「それでもひかえめな言い方ですね」シンダーは言った。

「そのあと、あらたな証拠が浮上して、保安官はあきらかにむっとしていました。でも、その怒りは自分自身に向けられたものだったようです」

シンダーは顔をくもらせた。「あらたな証拠。どういう意味でしょう?」

スザンヌは声を落とした。「アンバーがテディ・ハードウィックさんと交際していたことがわかったんです。保安官にはとくに親しい仲ではないと言っていたのに」

シンダーは口をあんぐりさせた。「うそをついていたと?」

「そのようです」

「だが、いったいどうして? ハードウィックは独身だった。好きなように女性とつき合えたはずです」

「ええ」

シンダーはワインをもうひとくち飲んだ。「わたし自身はやはり、モブリー町長ではないかという気がしている。彼とアランはしょっちゅういがみ合っていましたからね。それに町長は下劣な隠蔽工作に、これまで何度もかかわってきた」

「隠蔽をさらに隠蔽したこともありますね」

「しかし、あのアンバーという娘さんの線は解せないな」

「彼女には弁護士を雇うよう、わたしからアドバイスしました」

「それは絶対に必要なことです。それも、防御戦略ではなく攻撃戦略として」

人々の一団がテーブルに押し寄せ、先を争うようにロゼやカベルネを注いでほしいと言いはじめた。シンダーは当惑と少しの喪失が入り交じった表情を浮かべつつ、わきにどいた。

数分後、ペトラが戻ってきた。「ストレイト師は大成功になって大喜びしているわ。いまも入り口のところでチケットを売っているのよ、知ってた？　まだ、どんどん人が来ているの」

「ワインが足りなくならないといいね」トニが言った。

「ストレイト師が手を打ってくれたそうよ」とペトラ。「クイッカー酒店のマークの番号が短縮ダイヤルに登録してあるんですって」

「それは先見の明があるね」

一時間後、チーズが少なくなり、からのワインボトルがたまりはじめた。

「空き瓶をからのケースに入れておくね」トニが言った。「邪魔にならないところに移動させるよ」

「ありがとう」ペトラは言ってからスザンヌに目を向けた。「チーズは最後のひと切れまでなくなっちゃった？」

「あと十人分くらいは充分あるわ。それがなくなったらおしまいね」スザンヌは言った。

「待って。キューブタイプのモントレー・ジャックがまだボウルいっぱい残ってる」

「じゃあ、それをスライスしたブリーチーズの隣にあけて」

ペトラがチーズを足していると、男性の手がにゅっとのびてきてチーズをひとかけらつまんだ。

スザンヌはふざけて男性の手をぴしゃりとやろうと手を出した。けれども、相手がジェイクス師だと気づき、すぐに引っこめた。ジェイクス師は迷彩柄のナイロンの上着に保温素材のズボンという恰好だった。屋外で作業していたみたいに見える。たとえば薪《まき》割りとか。

「いらっしゃい」スザンヌは声をかけた。「こちら側の生活を偵察にいらしたのでしょう？」

ぶっきらぼうな口調で言うつもりはなかったのに、なぜかそんな声が出てしまった。「ごめんなさい、こんな言い方をするつもりじゃなかったのに。陰険で非難がましい言い方をするつもりはなかったんです」

「いいんです」ジェイクス師は言った。「ええ、きょうはなんとなく教派にこだわらない気分になりまして。よその教会の資金集めのイベントをのぞいて、胸襟をひらこうと思ったんです」彼は会場を見まわした。「かなり盛況のようですね」

きょうのジェイクス師はけわしい顔をしておらず、スザンヌはちょっと驚いた。それに地獄の業火について説くことも、全員をひざまずかせ赦しを乞いなさいとうながすこともなかった。もしかして、ワインを一、二杯飲んだせい？

「ワインはいかがでした？」スザンヌは急に知りたくなって尋ねた。

ジェイクス師は片手をあげた。「まったく手をつけていません。好みませんので」

「でも、水をワインに替えるのはいいんでしょう？」

「カナでの婚礼ですね。ええ。もちろんです。聖書にけちはつけられません」それからジェイクス師の顔が真剣で、重々しいとさえ言えるものに変わった。「昨夜のクロスカントリー・スキーのイベントはいかがでしたか？」

「とてもよく……考え抜かれていましたね」

ジェイクス師は怪訝な顔をした。「どう解釈していいのかわかりかねますが」

「わかりませんか？」

「ええ。あなたからは目を離さないほうがいいようですね」

「わたしもあなたからは目を離しませんよ、ジェイクス牧師さま」スザンヌはテーブルごしに彼のほうに身を乗り出した。「あなたがアラン・シャープさんの死にほんのわずかでもかかわっているなら、ドゥーギー保安官に言って必ず逮捕してもらいます。その場合、次にお会いするときのあなたは、ローガン郡矯正施設のオレンジ色のつなぎの囚人服を着ているでしょうね」

ジェイクス師はスザンヌにほほえんだ。「小柄な女性にしては、またずいぶんと大きな脅しをするものだ」

「それはどうかしら」スザンヌは言った。「脅しだけじゃすまないかもしれませんよ」

「ふー、やれやれ。終わってよかったあ」スザンヌと車まで歩きながらトニが言った。スザンヌはからになった大皿を腕いっぱい抱え、トニはワインのハーフボトルを一本持っていた。

「その残ったワインは、ここでがぶ飲みするか、トランクにしまうかしてね」スザンヌは言った。

「うん、わかってる。ひと足はやく週末のお楽しみを始めるつもりだったんだ。だから、えっと……」トニは迷うような表情をしたが、やがて言った。「トランクに入れておく」

「いい選択よ」スザンヌがトランクをあけると、なかで工具が山をなしていた。ジュニアの工具だ。工具は後部座席まで占領していた。

「ワインはベルトの穴あけ器の隣に置いておくね」トニは言った。

「その工具の名前を知ってるなんてびっくりだわ」

「もしかしたらリベッターかもしれないけどさ。ホントは違いなんかわからないんだ」

「疲れた？」

「ううん、むしろ燃えてきたって感じ。〈シューティング・スター・カジノ〉でスロットマシンをやりたい気分に変わりはないよ。ねえ、行こうよ」

「まったくもう、トニったら」

スザンヌはカジノに行きたい気分ではなかったけれど、家でおとなしくしていたいとも思わなかった。腕時計に目をやる。五時半だ。決めた。サムにチリを届けたら、いったん家に帰って犬たちに餌をやり、タイトジーンズとスキー用セーターに着替えよう。

「わかった」スザンヌはトニに言った。「わたしも行く」

スザンヌは病院に寄ったあと、少し遠まわりをした。カックルベリー・クラブの裏にひろがる八十エーカーの耕作地は彼女が所有する農場だ。いまはリード・デュカヴニーという農民と妻のマーサに貸している。デュカヴニー夫妻はトウモロコシと大豆を育て、スザンヌが所有する家畜の世話をしてくれている。家畜とはモカ・ジェントという名の馬とグロメットという名のラバのことだ。

農場の敷地に車で乗り入れると、少し高くなったところに建つ家の窓から明かりが洩れているのが見えた。よかった。リードと妻は在宅している。町でおかしなことが次々に起こっているせいで、スザンヌはモカ・ジェントとグロメットの無事をたしかめたかったのだ。

どちらも無事だった。納屋の明かりをつけ、がらんとした牛房の前を通りすぎ、奥の大きなふたつの馬房に向かった。モカ・ジェントもグロメットもスザンヌの足音を聞きつけるや、馬房のゲートから頭を出した。

「どっちも元気だった?」スザンヌは声をかけた。最初にモカに歩み寄って耳のうしろをかいてやった。モカが耳をぴんと立て、スザンヌは馬の鼻を上から下へ、さらには顎の下までなでおろし、硬い毛の感触を楽しんだ。それから身を乗り出すようにして息をふっと吹きかけた。いちばん大事な友だちだと馬に伝える最良の方法だ。

次はグロメットの番だ。この子は大きくて、丈は五フィート八インチもあり、足取りがおぼつかないので、スザンヌはあまり乗らないようにしている。けれども、この子は保護された動物で、モカにとって最高の馬房仲間だ。

「またふたりきりになっちゃったわね」スザンヌは言った。一カ月前、スザンヌは保護を必要としていた六頭の馬を買い取った。フーフ・ビーツ馬保護団体の協力もあって、六頭ともいい家に引き取られた。というか、すてきで居心地のいい馬小屋に。

スザンヌはオーツ麦の入った容器に手を入れてひとすくいし、モカとグロメットにおやつをあたえた。二頭が何分か時間をかけて食べるのをじっと見守り、それからまわれ右をして引きあげた。二頭とも機嫌がよく、ちゃんと世話をされているとわかって満足だった。

雪を踏みしめながら車に戻る途中、古い家のサイドポーチにおぼろな人影が立っているのが見えた。その直後、ほがらかな声に呼びとめられた。「スザンヌかい？」ニット帽とデニムのオーバーオール姿のリードだった。

「ええ、わたし。愛馬たちの様子を見に立ち寄ったの」

「なら、いいんだ」

「ちゃんと目を配ってくれてありがとう」スザンヌは言った。

「お安いご用だ。最近は用心するに越したことはないからね」

ええ、まったくだわ。

スザンヌはふたたび車に乗りこんだ。そのうち、雪がやんで太陽が顔を出すようになったら、モカの背中に鞍《くら》を置いて長いドライブウェイを走らせてやろう。体をほぐしてやろう。二頭とも。

自宅まで車を走らせながら、スザンヌは農場で暮らしたらシンプルな生活が送れるだろうなどと考えていた。

もちろん、農場はなにかのときの保険だ。世界経済が崩壊したら、この国が物々交換方式に逆戻りしたら、あそこで暮らすことになる。馬とニワトリ、豚、ヤギと一緒に。野菜を植えつけ、大豆とトウモロコシの手入れをする。あそこにはもう井戸があるから、ほぼ自給自足が可能だ。

総じて言えば、そう悪くもない。


八時をまわり、スザンヌは約束を守った。トニのアパートメントまで車で行き、愚かなデート相手みたいにクラクションを鳴らしてトニを拾い、郡道六五号線に出てカジノに向かった。

けっきょく、今夜カジノに繰り出そうというトニの頼みに完全に屈してしまった。けれども、防衛策として三十ドルしか持ってこなかった。スロットで遊んで、いい結果が出るよう祈ろう。いくらやってもチェリーやレモンの絵柄が三つ揃わなければ、それまでのこと。そこで終わりにすればいい。少なくとも、今夜はそのつもりだ。

26

トニは麻薬でハイになったハチドリみたいに昂奮していた。車が田園地帯を走るなか、早口でしゃべりまくりながら、アイメイクを直したり、つけまつげをつけようとしていた。まつげがうまくつかないとわかると、今度は自分の髪をしげしげとながめ、ヘアアイロンを出してシガーソケットにつないだ。

「それ、使えるかどうかわからないわよ」スザンヌは言った。トニが必要不可欠と判断したメイク用品の数々を見て、おもしろがると同時に少し圧倒されてもいた。

トニはヘアアイロンに軽くさわった。「よしよし、いい感じに熱くなってきてる。誰も煙草を吸わないからってシガーソケットが使い物にならないことにはなんないよ。いまだって、充分役にたつんだから」

「そうね。もしかしたら、ホットカーラーの加熱もできるかも。あるいは、手軽なおやつが食べたくなったときにはポップコーンメーカーを動かすのに使うとか」

「あたしが思うに、メイクは芸術ってだけじゃないんだよね。科学なんだ」トニはつづけた。「ぴったりのアイシャドウや口紅の色を決めるには、いろいろ計算しなくちゃならないじゃん。たとえば、今夜あたしがつけてる色をごらんよ」

「どんな色をつけてるの？」スザンヌ自身は眉を描いて、マスカラをちょっとつけ、ピンク色のリップクリームを塗ってきた。それだけだ。

「このアイシャドウはブルー・バイユーって色。でも、プリズムだとかカラーチャートだとかを勉強したことがあれば、青って色には赤がわずかに入ってるのがわかる。だから、レッド・ホット・ママっていう名前の口紅と合わせたんだ」

「そのメイク——」スザンヌは顔のまわりに円を描くように、手をぐるっと動かした。「——とてもすてきよ」

「ありがと。なにしろあたしって、メイクをしないとホームレスにかぎりなく近くなっちゃうからさ」

「そんなことないわ」

「それと、時間があったら日焼けサロンで人工的に肌を焼いてみたいんだ」トニは指でヘアアイロンに触れたとたん声をあげた。「あっちー！」

「熱かった？」

「めっちゃ熱い」トニは髪を巻いたりカールを作ったりしはじめ、助手席で自分まで体をくねらせた。

ジュー！　なにかが焦げる大きな音が聞こえ、つづいて煙がひと筋あがった。

「いまのはなんなの？」スザンヌは声に不安をにじませて訊いた。

「ヘアアイロンで合成繊維のつけ毛が溶けちゃった。気をつけなきゃね。ヘアピースが溶けて固まっちゃったなんて笑えないもん」

「そんなことになったら困るわ」

トニは髪を巻き終えると、両足をダッシュボードにくっつけた。「考えたんだけどさ、カジノにただ漫然と乗りこんでいくんじゃだめだよね」

「だめなの？」

「だめ。プランがいるよ。ギャンブルの戦略ってやつが」

「わたしとしては、スロットマシンをちょっとやるだけのつもりなんだけど」

「だめだよ、そんなの。まずはブラックジャックから始めなきゃ。今夜はあたし、すごくツイてる気がするんだ」

「わたしはブラックジャックなんかできないわ。ルールをよく知らないもの」

「ブラックジャックはトウェンティワンのこと。知ってるよね。テレビでブラックジャックの選手権をやってるの、見たことあるはずだよ。自堕落な三流俳優連中がテーブルを囲んで、葉巻を吸って、たがいに相手にはったりをかましてるやつ」

「ああ、わかった。見たことある」スザンヌは言った。二秒間だけね。すぐに消しちゃった。

「手札の合計が二十一になるようにカードを引いてくんだ。でもそれより大きくなったら……はい、おしまい。あんたは負けで店の勝ち」

「店？」

「スザンヌ、あんたってば、カジノにいっぺんも足を踏み入れたことがないみたいなこと言うんだな。まるで目覚めたらパラレルワールドに来てましたって感じ」

「ああ、もう」スザンヌは言った、「その場その場で臨機応変にやるわよ」


十分後、ふたりは〈シューティング・スター・カジノ〉のなかを歩いていた。照明が点滅し、ブザーがけたたましく鳴り、音楽ががんがん鳴りわたり、誰もかれもが冷静さを失っているように見えた。ぴったりしたジーンズと金ラメのジャケットを着たトニは、映画『カジノ』に出てくるシャロン・ストーンを気取りながら、近くのブラックジャックのテーブルに近づいた。

「ほら、ここにすわって」トニは言った。「このテーブルは、ひと勝負につき二ドルと安いんだ」

ふたりはワイシャツと黒いストリングタイ姿のまじめな顔をした男性の前に腰をおろした。男性はブラックジャックのディーラーというより、トラック運転手のように見えた。

「きっとすごいことになるよ」トニは言いながらチップを何枚か買った。彼女はディーラーにウィンクし、ブラウスのいちばん上と二番めのボタンをはずした。「絶対にすごいことになる。肌で感じるんだ」

けれどもトニの肌は、今夜はちょっぴり調子が悪かったようだ。勝負はあっという間に終わり、五分後、ふたりとも二十ドルすっていた。

「なんでああなったんだろう?」居並ぶスロットマシンの前を歩きながらトニは言った。わけがわからず呆然とした顔をしている。「あいつ、ものすごいいきおいでカードを配ってたよね。なにもかもかすんで見えたくらい。あたしの頭はあんなスピードじゃ働かないよ」

「ちょっと頭を冷やして落ち着かないと、すぐにふたりとも破産しちゃうわ」スザンヌは言った。

けれどもトニは損失を取り戻すべく動きはじめていた。

「運試しにルーレットをやろうよ」彼女は垂直に立った大きなルーレットを指差した。「数字が当たれば、隣に置いてあるすてきなメルセデスベンツのスポーツカーがもらえるって!」

スザンヌは車のボンネットにうっすらたまった埃に目をやり、あのすてきなスポーツカーは大勢の楽天的なギャンブラーたちを負かしてきたのだと見抜いた。けれどもトニは思いとどまらなかった。一ドルを置いた。それが当たらないと、今度は五ドルを叩きつけるように置いた。

「あ〜あ」ルーレットが十のところでとまるとトニはうめいた。「惜しかった」

「もうこれで終わりにしましょうよ」

「ビュッフェでなにか食べようと思ってたんだ。安くてすごくおいしいらしいよ」

そこでふたりはビュッフェテーブルをめぐり、お皿にリブ、チキン、それに厚切りのコーンブレッドを盛りつけ、テーブルに着いた。

「楽しんでる?」トニがホットソースをたっぷりつけたチキンウィングにかじりつきながら

言った。

「まあまあかな」本当は退屈していたけれど、トニの気分を台なしにしたくなかったのだ。

「ちょっとギャンブルに対する姿勢を改めたほうがよさそうだね。本で読んだことがあるけど、勝つにはまず、負けなくちゃいけないんだってさ」

「だったらもう充分負けているじゃない」スザンヌは指摘した。

「じゃあ、あとはひたすらチャレンジあるのみだ」

ふたりは再度、挑戦することにした。食事を終えて建物の中央あたりまで行ってみると、風変わりなゲームがいくつかおこなわれていた。

「ねえ、あれはなんだろ？」トニは八角形のテーブルを指差した。上からはネオンでできた真っ赤な中国風の龍が二匹、ぶらさがっている。

「パイゴウですって」スザンヌは龍の下につけられた表示を読んだ。

「外国っぽい響きだね」

「危険な響きよ。お金をたくさんすっても、全部外国語でおこなわれるから気づかないかもしれないわ」

「でも、一回やってみる」トニは言った。

「あなた、中国語はできるの？」

「あんまり。でもさ、英語だってよくわかんないもん」

「だったら、しばらく見ているだけにしない？　ゲームのやり方を覚えるの」スザンヌは言った。

けれども見れば見るほど、ゲームはわからなくなった。

「あんたはわかった？」トニが訊いた。

スザンヌは首を横に振った。「ちっとも」

「たぶん、ポーカーみたいなものじゃないかな。ディーラーがサイコロを振って、誰から牌《パイ》を配るかを決めるんだ」

「それに各プレーヤーは自分たちの牌をふたつにわけてるわね。あれは――」スザンヌはそこで唐突に言葉を切った。知った顔が人混みのなかをすっと通っていったからだ。

「なに？」トニが訊いた。「なにを言おうとしたのさ？」

スザンヌは首を振った。「なんでもない。ううん、なんでもなくないわ。いま、モブリー町長が歩いていくのが見えたの」

「どこ？」トニは振り返って、人混みをうかがった。

「わからない。もう見えなくなっちゃった」

「モブリー町長もギャンブルをやるのかな？　町のお金を全部ここに注ぎこんでるのかもしれないね」

「あの人ならやりかねないわ」ここでモブリー町長を見かけたことで、スザンヌはみぞおちに違和感をおぼえた。なにかがゆっくりと警告を発している。町長はここまでわたしたちをつけてきたの？　それとも単なる偶然？　ほかの人と同じで、ただふらりと来ただけ？

「そしてプレーヤーは全員が交代でバンカーをやるのか」トニはふたたびパイゴウに注意を戻した。まだやり方を理解しようとがんばっている。

スザンヌはトニの腕をつかんで、テーブルから引き離した。「さあ、帰りましょう」

「そうだね」トニは言った。ふたりはずらりと並んだスロットマシンが誘うようにチリンチリンと軽い音をたてる前を歩いていき、出口に向かった。けれども突然、トニが急に足をとめた。

「今度はなんなの？」スザンヌは訊いた。

「すっかり忘れてた」

「忘れてたって、なにを？」

「たしか、《ローガン・カウンティ・ショッパー》っていう地元のタウン誌についてた、カジノで使える二ドル分のクーポンを切り抜いてきてるんだ」トニはショルダーバッグに手を入れ、くしゃくしゃになった紙切れを出して、じっくりながめた。「うん、これこれ。このクーポンで五セント硬貨が四十枚、ただでもらえるって書いてある」

「ねえ、なんの話？」

トニはスザンヌの顔の前でクーポンをひらひらさせた。「このクーポンを硬貨と引き換えれば、スロットマシンで遊べるってこと」トニのテンションがふたたび高まった。

「本当なの？」スザンヌはもうカジノにはうんざりだった。ベルの鳴る音とコインのガチャガチャいう音にくわえ、ロカビリー・バンドによる夜の余興が織りなす不協和音のせいで、頭がひどく痛み出していた。

「もらったらあんたと分けっこしよう」トニが言った。

「ううん、気を遣わないで」トニは一度に五セント硬貨を五枚も入れるから、あっという間にカジノをあとにできるはずだ。「硬貨はどこでもらえるの？」

「換金所」

ふたりはラッキー・デュース・カクテル・ラウンジの前を通りすぎ、短い廊下を通って出口の真向かいにある換金所へ向かった。鉄格子と防弾ガラスの奥には、ふたりの窓口係と武装した警備員がひとりすわっていた。そうとう本格的な警備体制だ。もしかしたら、万が一にそなえて奥には訓練されたロットワイラー犬も二頭ひかえているかもしれない。

「さてと」スザンヌは言った。「硬貨をもらってきなさいよ」トニの前には五人が列を作っていた。

「後悔はさせないから」トニは言った。

けれども五分後、ふたりは後悔しはじめていた。

「いつまでたってもあなたの番にならないじゃない」スザンヌは言った。

「みんな、勝ったチップを現金に換えてるんだよ」

「一定の金額以上勝った人は、なんらかの税金の申告書に記入しなくちゃいけないんでしょうね」

「ほらね？　そういう話を聞くだけでも希望がわいてくるんだ。だって、本当にここで大勝ちした人がいるってことじゃん」

しかし、列に並んで待っていると、外で騒ぎが起こっているのに気がついた。怒鳴り声。激しく言い返す声。殴り合っている音？

「ねえ、聞こえる？」トニが訊いた。「どすん、ばたんって音がしてるよね？」

スザンヌはうなずいた。「喧嘩しているみたいな音だわ」

「外の駐車場かな？」トニは列から飛び出すと、出口のドアを押しあけ、顔をのぞかせた。「大変だ！」と叫んだ。「男の人がこてんぱんにやられてる！」

スザンヌも自分の目でたしかめようと駆け寄った。たしかに、スキーマスクをかぶった男ふたりと、あざやかなオレンジ色のパーカを着た男性がいた。ふたり組は、地面にうつぶせにのびて頭を必死に守っているパーカの男性を殴ったり蹴ったり、さらには悪態までついている。

「警備の人を呼ばなくちゃ」スザンヌは向きを変えると、トニを引き連れ、換金所に駆け戻った。最前列に割りこんで、窓を叩き、ガラスを揺らした。「助けてください。駐車場でふたり組が男の人に暴力をふるってます！」

警備員はすぐさま立ちあがり、無線機を口もとに持っていった。なんと言っているかは聞こえないものの、助けを呼んでいるのがガラスごしに見て取れる。応援を要請しているのだ。

一分後、さらに四人の警備員が到着した。そして黒い制服軍団はV字形のフォーメーションを取って、出口を出ていった。しかしそこには……。

なにもなかった。

スザンヌはわけがわからず、肘で押しのけるようにして集団の先頭に出た。

「でも、たしかにここにいたんです」

「ふたりとも見たんだ」トニが言った。「男ふたりがべつのひとりをぶん殴ってた。顔の形が変わるくらいに」

「もう終わったようですね」換金所にいる警備員が言った。「おおかた車に飛び乗って、とっくにどこかへ行ってしまったんでしょう」

あとから来た警備員のひとりが肩をすくめた。「不和の原因が解決したんですよ、きっと」

「単なる行き違いよりもずっと深刻に見えましたけど」スザンヌは言った。「オレンジ色の上着を着ていた男性はこてんぱんにされてました」こぶしが飛ぶのを見たし、こぶしが相手の身体に叩きつけられる、どすっという胸の悪くなるような音も聞こえた。けれども駐車場を見わたしても、ナトリウム灯のオレンジ色の光に照らされた車が見えるだけだ。雪がひらひらと舞いはじめていた。スザンヌはあきらめたように両腕をあげた。「こういうことはよくあるんですか？　駐車場での喧嘩は？」

黒い癖毛とブラシのような口ひげを生やした警備員が首を横に振った。

「それこそ、お客さんには想像もつかないくらいにね」

スザンヌとトニが来た道を引き返しはじめた頃には、雪はさらに強くなっていた。

「あのタイミングでカジノを出てよかった。少し道路に積もりはじめていて、滑りやすくなっているもの」スザンヌは言った。

「昔からある道路だから、やたらくねくねしてるね」トニが言った。「ジュニアのブルー・ビーターを借りればよかったかな。あれならスパイクタイヤを履いてるもん」

「スパイクタイヤって違法じゃないの？」

「うん、違法かも。でも、ジュニアは氷の上を走るアイス・レーシングに夢中なんだよ。毎週日曜日になると、男どもがフィッシュ湖に集まるんだ。見てるだけでもすごく楽しいよ」

「そうでしょうとも」

車は郡道六五号線をひた走り、ローガン郡でもっとも美しい田園地帯の一部を通り抜けた。高い稜線に届くほどの森があり、岩でごつごつした川床を小川がいきおいよく流れていく。それと同時に、この荒れ果てた土地には人が住んでいる気配がまったくない。キンドレッドの西部もここまで来ると、優良な農地とは言えないのだ。

車はS字カーブを抜け、急な坂道をくだっていた。道の両側に雲を突くようなモミの木がそびえ、道路がいっそう狭く感じる。ふいに、ヘッドライトのなかに水路からこちらをうかがうふたつのきらきらした目が浮かびあがった。

「ねえ、見た？」トニがびっくりして叫んだ。「いまの動物、なんだろう？」

「たぶんキツネよ」スザンヌは言った。「じゃなかったらアライグマかな。でも、いまの時期は穴ごもりしているはずだけど」

「この道沿いにはあんまり家がないんだね」トニの声には不安な響きが交じっていた。

「たしかに多くないわね」スザンヌは前方の道路だけを見すえて運転していたが、ちょっとだけルームミラーをのぞいた。

「動いてるものなんかなんにもないじゃん」トニは言った。

「うしろから来る車をべつにすればね。ものすごいいきおいで近づいてきてる。時速七十マイルは出てるんじゃないかしら」

「追い抜かせてやんなよ」

「それに異論はないわ」スザンヌはアクセルを踏む足をゆるめて、右側に寄った。

けれども車は追い抜いていかなかった。それどころか彼女の車のうしろにぴったりとつき、ヘッドライトのまぶしい光がリアウィンドウから射しこんできた。運転手は車間をあけずに走っていても気にならないらしい。

「いやだわ。よけてくれればいいのに」

トニがうしろを向いた。「うっそ。なんでヘッドライトを上向きにしてるわけ?」

「常識を知らないからよ」

しかし、それだけではすまなかった。五秒後、うしろの車がスザンヌの車の後部バンパーに接近して、押したのだ。

「うしろのいかれドライバーってば、いまやったよね?」トニが訊いた。

「たしかにぶつかってきたわ。きっと追い抜きたくてしょうがないのよ」

スザンヌが速度を落とすと、うしろの車も速度を落とした。

「しょうがないわね。スピードをあげるわ」スザンヌは頭に血がのぼりはじめていた。こんな荒野でチキンレースなんてごめんこうむりたい。

「うわっ」トニが首だけうしろに向けながら言った。「今度はうしろのやつも加速してきてる」

「これじゃ引き離せそうにないわ」

「とにかく、気をつけてよね」

「そうしてるわよ」

「おそらく、ふてくされたギャンブラーなんじゃないかな」とトニ。「クラップスで小切手を全部すっちゃったんだよ」

「よく聞く話だわ」

下り坂に差しかかり、スザンヌは速度をゆるめた。ここは途中に危険なカーブがあるのだ。そのとき、うしろの車がまたぶつかってきた。

「携帯電話を出して」スザンヌは言った。「ハイウェイ・パトロールに電話して」

トニは自分の携帯電話を手に取ったが、電話をかける間もなく、悪質な運転手が後部バンパーにいきおいよく車をぶつけてきた。衝撃でふたりの体は大きく揺れ、電話がトニの手から飛び出した。

「しっかりつかまって！」スザンヌは大声を出した。車は凍った路面に差しかかり、スザンヌはハンドルを取られまいと必死に制御した。車が左にそれ、スリップするのがわかった。低いガードレールにぶつかり、今度は右にそれた。

そこからは悪夢だった。

スザンヌは車をまっすぐにしようとしたが、思うようにならなかった。その直後、車の後部が制御を完全に失い、片側に流れた。つづいてフロント側が凍った路肩に落ちこみ、固くなった雪の上部を削り取った。スローモーションのような動きで車体が傾いていき、それからゆっくりとした吐き気をもよおすような回転を始めた。シートベルトがきつく締めつけてくるのを感じた瞬間、車ははるか下の水路目がけて斜面を転がり落ちた。さっきフロントガラスの向こうの景色を見ていたと思ったら、次の瞬間には上下逆さまになっていた。つづいてサンルーフの向こうにひろがる満天の星が見えた。また白い雪がちらりと見え、もう一度星が見えた。

なんてこと。両腕をむなしく動かし、後部座席にあった段ボール箱に後頭部を叩かれながらスザンヌは心のなかでつぶやいた。車が土手を転がり落ちている！

27

闇、凍てつく寒さ、そして絡まり合った手足。とうとう心臓がとまるかと思うほど唐突に車がとまったのを知ったとき、スザンヌの目に焼きついたのはそれだった。何度かまばたきをし、鋭く息を吸いこんで、自分たちが置かれた状況を把握しようとした。頭は朦朧《もうろう》としているものの、車が水路に逆さまに落ちたのはわかっている。ゆっくりながら状況がのみこめるようになると、フロントガラスが大きく割れて、穴の周囲が鮫の歯のようにぎざぎざしているのに気がついた。そこから雪と冷気が吹きこんでいた。

「トニ？」スザンヌは弱々しい声で呼びかけた。あたりを見まわしたが、親友の姿は見えない。まさか、車から投げ出されたとか？「トニ、どこなの？　怪我をしたの？」

返事はない。

「トニ？」スザンヌは胸と肩に痛いほど食いこんでいるシートベルトをはずした。どさっという音とともに下に落ち、さっきよりも大きな声のつもりで、もう一度呼びかけた。エアバッグが作動していないのを見て、なぜだろうと不思議に思った。故障かしら？　それとも雪がクッションになって落下の衝撃はそれほどでもなかったとか？　たぶんそうだろう。

「ここ」か細くて頼りない声が聞こえた。

「トニ」スザンヌはきょろきょろと見まわして、ようやくトニを見つけた。車の奥まで這い進むと、トニが背中を丸めた恰好でうずくまっていた。彼女の側のエアバッグは作動したらしく、シートベルトが勝手にはずれていた。「どこか怪我してる？」

「わかんない」トニはどうにか声を絞り出した。「右腕が曲がって、すごく変な感じ」

「動かせる？」

「無理。息をするだけでも痛いもん」

「そこでじっとしてて。わたしは這い出して、助けを呼んでくるから」

「あたしをひとりにしないで、スザンヌ。頼むからさ。怖いよ」

「ほんの何分かのことよ。約束する。わたしがやらなくちゃ……。やらなくちゃいけないのは……えっと」いったいわたしはなにをやらなきゃいけないの？　まだ頭がくらくらしているのに。そうだわ、携帯電話を探して助けを呼べばいいのよ。

スザンヌはフロントガラスのほうに這っていくと、バッグはどこかと両手でやみくもにあたりを探り、ドアを蹴破って外に出られるだろうかと考えた。あるいはドアのひとつをこじあけることは可能だろうか？

そのとき、ブーツが雪を踏む音が聞こえた。

「誰か来る」わずかな希望の光がスザンヌの胸に灯った。誰か救助に来てくれたの？

「誰？」トニが訊いた。

「車にぶつかってきた人よ、きっと。助けに来たんだわ」

「まったくとんでもないやつだよね」

濃い緑色のパックブーツを履いた足が近づき、割れたフロントガラスの少し手前でとまった。

「あの？」スザンヌは言った。誰かしら？

「助けて」トニが弱々しい声を出した。「あたしたちをここから出して」

パックブーツが動いた。誰だかわからないが、しゃがんでふたりを引っ張り出そうとしているようだ。

「怪我はないですか？」男性が大声で尋ねた。

スザンヌは答えようとしたものの、こみあげる恐怖に言葉をのみこんだ。その声には聞き覚えがあった。彼女は恐怖におののき、奥の暗がりに引っこんだ。そうよ、あの声の主は知っている。イーサン・ジェイクス師！

なんてこと。まさかあの人が、わたしたちの車にわざと追突して、道路から押し出した犯人なの？

「こっちに来ないで」スザンヌは大声でわめいた。ジェイクス師はすでに膝をついていて、のぞきこんでくるその顔がスザンヌにも見えた。心配そうな顔で、割れたフロントガラスごしに手を差し入れ、スザンヌの手をつかもうとしている。

「誤解です」ジェイクス師は言った。「追突したのはわたしじゃない……たまたま車で通りかかって、あなたの車が転落するのを目撃したのです。相手の車のナンバーはひかえてあるし……」

「そんな話、信じるもんですか！」

そのとき、ブーツを引きずるような音がまた聞こえた。事故現場に第二の人物が到着したようだ。ジェイクス師が言うのが聞こえた。「あなたはいったいなにを……？」すると、鈍器のようなもので人が殴られたような、やわらかでくぐもった音がした。

スザンヌが目を丸くして見つめるなか、ジェイクス師は白目をむいて、大きなうめき声を洩らした。それから、割れたフロントガラスから数フィート先の地面に倒れこんだ。

スザンヌは唖然とし、闇をすかしてジェイクス師をうかがった。顔の側面を血がたらたら流れ、目をぎゅっとつぶっている。どう見ても、気を失っている。何者かが牧師の頭を鈍器で殴ったのだ。おそらくタイヤレバーだろう。

「でも、誰なの？」スザンヌはしどろもどろで、どうにか言った。もうひとりはいったい誰？　救済者……それとはちがう人？

雪が降りしきるなか、その男性は車のほうに歩いてくると、倒れているジェイクス師のわきに膝をついた。数秒後、ドン・シンダーの顔がのぞきこんだ。

「この男が通りかかるとは予想していなかったな」シンダーはほとんど素っ気ないといえる口調で言った。「一石二鳥のつもりでいたが、まさか鳥が三羽とは」彼は深々とため息をついた。「まあ、いいだろう」

暗いなかとはいえ、スザンヌはシンダーの手にタイヤレバーが握られているのが見えた。ジェイクス師の頭を殴ったのはこの人だ。

「さあ、出てこい」シンダーはタイヤレバーで車のフロントバンパーを音がするほど強く叩き、それから、スザンヌを追いたてるように割れたフロントガラスごしにレバーを突っこんだ。

スザンヌは残骸となった車のさらに奥へとさがり、トニを引っ張り寄せようとした。

「やだよ」トニはうめいた。「ものすごく痛いんだから」

「がんばって、トニ」トニの両脇をつかんで、じりじりとうしろにさがったところ、転落の際に箱から出て散乱したがらくた——大半はジュニアの工具だ——にぶつかった。

「痛いってば」トニはまた文句を言った。

数秒後、懐中電灯の光が闇をなめるように動いた。

「そこにいるのはわかっている」シンダーは言った。

「近づかないで！」スザンヌは叫んだ。懐中電灯の反射光のおかげで、シンダーの両目のまわりが青あざになり、唇が腫れているのが見えた。さっきカジノの外で殴られていたのはこの人？　そうよ、この人にまちがいない。濃いオレンジ色のパーカを着ているもの。

「助けに来たんじゃないか」シンダーは言った。「真打ち登場だよ」

「来ないで」スザンヌはまた叫んだ。

「近づいたらどうするというんだね？」シンダーは訊いた。「這い出してきて雪つぶてでも投げつけるか？　自分では気がついていないかもしれないが、いまのきみには交渉能力などほとんどないにひとしい。罠にかかったネズミも同然なのだからね」

「なによ、人殺しのくせに」スザンヌは恐怖と怒りに突き動かされて言い返した。「あなたは怪物よ！　そのうちドゥーギー保安官が捕まえにくるから覚悟することね！」

「そんなことはありえんよ。いまのわたしはすべてのカードを握っているのだから」

「カジノにいたのはあなたなんでしょ？　ひどく殴られていた人は」

「それもこれも、すべてきみのせいだ！」シンダーは声を荒らげた。背筋が寒くなるような絶叫にも似た声だった。「きみがよけいなことをせずにいれば、わたしはアランの事業保険を受け取ることができて、すべて丸くおさまったんだよ。ギャンブルの借金を返しても、手もとには充分な金が残ったはずだ。だが、きみは……きみはいちいち首を突っこまずにはいられなかった」

スザンヌはシンダーの話を頭のなかで整理した。なんてこと！　当たってた。この人は本当に人殺しだったんだわ。共同経営者を刺し殺し……そのうえ、テディ・ハードウィックさんまで殺したなんて。

どうしたらいいの？

このまま話をつづけさせる？

やってみよう。やるしかない。

「保険金を受け取るためにシャープさんを刺したのはわかるけど」スザンヌは声が震えない

よう苦労しながら言った。「でもどうしてハードウィックさんまで殺したの？」

「追及をかわすためだ」シンダーは言った。「わからないか？　理解できないか？　アンバー・ペイソンがすべてをひっかぶるようにしたんだよ」

シンダーはいきなりタイヤレバーをフロントグラスに叩きつけた。ガラスがさらに割れて飛び散るなか、彼はタイヤレバーを動かしてなかを突きまわし、割れたガラスを払い落とし、穴をもっと大きくしようとした。自分がくぐれるほど大きい穴に。這うようにしてなかに入り、スザンヌたちを殺すために！

「あなた、頭がおかしいんじゃないの？」スザンヌは強い口調で言った。

どうしたわけか、スザンヌの非難の言葉にシンダーは忍び笑いを洩らした。

「それどころか、わたしはひじょうに頭が切れて悪知恵が働く人間なんだよ」彼はそう言うと、タイヤレバーを引っ張りあげ、革の手袋をはめた手を軽く叩いた。「銃を突きつければ、人間というものはどんなことでもするとわかったからね。輪にした縄に首を通すことだってするんだよ」

「こんなことをしたって逃げられっこないわ」

「もちろん逃げられるとも。十秒後、きみの頭をハイウェイによく転がっている死んだリスみたいにかち割ってやる。そう、きみたちふたりに強烈な一撃をお見舞いしておけば、きみが車の運転を誤って、車ごと水路に投げ出され、その結果、頭をかち割ったというふうに見えるはずだ」

スザンヌはさらに奥へともぐりこもうとした。なにか手を打たなくては。でも、なにをすればいいの？

「トニ」と小声で呼んだ。「携帯電話はある？」

「あ……あると思う」トニは言った。「どこかにあるはずだけど、腕が痛くて探せない」

「わたしにまかせて……」スザンヌは体重を移動させ、あたりを手探りした。

シンダーのほうは顔をますますゆがめ、いらいらを募らせていた。悪態をつきはじめ、どたどたと歩きまわり、スザンヌたちをタイヤレバーで突きはじめた。

どうすればいいの？　スザンヌが迷っているうちにもシンダーは膝をつき、はあはあえぎながら、割れたフロントガラスから顔、さらには片腕を入れてきていた。重たいタイヤレンチが左右に揺れながら、少しずつスザンヌたちに近づいてくる。あれがぶつかって頭にめりこむのも時間の問題だ。

スザンヌはまだ、ひっくり返った車のなかでなにかないかと周囲を手探りしていた。シンダーの攻撃から身を守るのに使えそうなものならなんでもいい。指先にトニのヘアアイロンが触れたが、もう完全に冷えていて、役にたちそうもなかった。

シンダーは両手両膝をついていた。彼は慎重にフロントガラスの穴から頭を入れ、スザンヌに視線をこらした。つづいて両肩がなかにするりと入った。

「出てこい、さあ出てこい。どこに隠れても無駄だぞ」シンダーはあざけるように、歌を歌うような口ぶりで言った。

スザンヌはシンダーのほうに向き直った。ここでシンダーの頭をすばやく一発蹴れば、タイヤレバーを捨てさせ、撃退できるかもしれない。でも、それでどのくらい時間を稼げる？

スザンヌは両膝を引き寄せると、いつでもシンダーを力いっぱい蹴られるよう位置につき、両腕をのばして体を安定させた。そのとき、指先になにかが触れた……なんとなく知っているような形のものだ。

「さあ、追いつめたぞ」シンダーがおそろしい声を出した。「これで終わりだ」もうふざけてはいなかった。口は残忍そうに歯をむき、目は純然たる憎しみでぎらついている。

シンダーがすさまじいいきおいでスザンヌに向かってタイヤレバーを突き出すのと、スザンヌがジュニアのネイルガンをつかむのが同時だった。祈るような気持ちで、その金属製の道具を自分の前に突き出し、慎重にねらいをさだめ、引き金を引いた。

28

時速九十マイルのスピードで飛ぶ長さ三インチのスチール製の釘が、ターボチャージャーを搭載したスズメバチ並みの威力でシンダーの左肩に当たった。

「あううう ー！」シンダーの血も凍るような悲鳴がしんと静まり返った夜に痛ましく響きわたり、釘が当たった衝撃で彼の体はうしろに追いやられた。車の外まで押し出され、彼は雪のなかにいきおいよく尻もちをついた。

「当たった」スザンヌの口から小さな声が洩れた。勝ったという感覚はなく、とにかくほっとした。

けれどもその安堵感も長くはつづかなかった。

映画『エイリアン』に出てくる深手を負った地球外生物のように、シンダーはどうにかこうにか起きあがると、唾を飛ばしながら悪態をついた。口のところでによだれが糸を引いている。正気を失った目をさまよわせ、ぽっかりあいた口から哀れをもよおす甲高い声を絞り出しながら、彼はタイヤレバーを不器用に拾いあげると、よろける足でふたりのもとに戻り、スザンヌめがけてふらふらとタイヤレバーを振りかざした。

スザンヌはすかさず相手の右肩をねらった。

二度めに引き金を引くと、ネイルガンが手のなかではね、鈍いぷすぷすという音がした。その一発が決着をつけた。おまけに、シンダーは耳障りな甲高い声を発しながらタイヤレバーを落とし、地面に倒れこんだ。今度は起きあがらず、雪の上でじたばたともがきはじめた。これから十字架に架けられるかのように両腕を投げ出し、それをスノーエンジェルを作るときのように上下に動かしている。次々と罵詈雑言を繰り出しては、ときおり哀れっぽいうめき声をあげている。彼なりに痛いと訴えているのだ。

スザンヌはこれっぽっちも同情しなかった。同情している暇などないというのがおもな理由だ。ざくざく音をさせながら前に移動し、フロントガラスの穴を足で蹴ってさらに大きくし、それから大急ぎでトニを連れ出しに戻った。

「動けそうにないよ」トニは苦しげにうめいた。

「大丈夫、動ける」スザンヌはうながした。「動かなくちゃ」

「手を貸してくれる？」

「もちろんよ。とにかくがんばって、腹這いでちょっとでも動いてみて。わたしも介助する」

スザンヌは車から這い出ると、向きを変えてトニの腋《わき》の下を抱えた。三十秒後、ふたりは車外に立って、みじめったらしい声をあげているシンダーを見おろしていた。

「あたしたちを殺そうとするなんて」トニはむっつりと言った。まだ腕を支えているが、シンダーの頭を蹴飛ばしたくてたまらないという顔をしている。「煙幕を張ろうとジュニアのトレーラーに火をつけたのもこいつなんだね。文字どおり、煙の幕になったわけだけど」

「いまはこの人のことなんか考えなくていいわ。とにかく前を向きましょう。もう身の危険は去ったんだから」スザンヌは首のクリンクルスカーフをはずして、トニの首と左肩に巻いた。怪我をした腕にかかる力を軽減する吊り包帯にするためだ。

トニは顔を下に向け、おとなしくスザンヌの手当てを受けた。それから、いま目が覚めたとばかりに二度まばたきし、ジェイクス師のほうを見やった。「あそこにいるのは？」

「ジェイクス師よ」スザンヌは言った。「わたしたちの車が落ちたのを目撃して、助けに来てくれたみたい。でもシンダーにタイヤレバーで頭を殴られてしまったの」

「なにそれ、ひどい。死んじゃったの？」

「ちがうわ。意識を失っているだけ」

「そっか……なんかしてやらなくていいの？」トニは雪のなかにすわりこんだ。

スザンヌはジェイクス師のもとに歩み寄って膝をつき、首のつけ根にある脈を測る場所に手を当てた。まずまず強く感じる。それに呼吸もかなり規則的で安定していた。

「大丈夫そうよ。意識が戻るまでに少し時間がかかっているだけだわ」

スザンヌがそう言う横で、ジェイクス師がゆっくりと目をあけ、彼女を見あげた。

「ここは？」彼は訊いた。

「ここは水路のなかで、牧師さまはわたしの車の隣に横たわっておいでです。わたしを助けようとしたものの、ドン・シンダーに頭を強く殴られたんです」

ジェイクス師は二度、まばたきしてから左手をあげ、頭頂部を手探りした。痛いところに手が触れ、彼は思わず顔をしかめた。「痛っ。怪我をしているようだ」

「そうでしょうね。すごい力で殴られたようなので」

「ああ、少し思い出してきました」

「いまはそのまま動かないでください。携帯電話を探して、助けを呼びます」

「わたしのをお使いなさい」ジェイクス師は体の向きを少し変えた。「上着のポケットに入っています」

スザンヌはジェイクス師の上着のポケットに手を入れ、彼の携帯電話を出した。

「ああ、よかった《サンク・ゴッド》」と思わず声が洩れた。

「神《ゴッド》はいつもわたしたちを見守っておいでです」ジェイクス師は言った。

スザンヌはドン・シンダーに目を光らせつつ、法執行センターの通信係に電話し、ドゥーギー保安官につないでもらうよう頼んだ。

「助けて！」保安官がようやく電話口に出ると、スザンヌは叫んだ。「自動車事故に遭ったの！」

「なんだと？　誰が？」保安官はつかの間、呆然となった。

「わたしとトニ。それにジェイクス牧師さまもひどい怪我をされているわ」

「三人とも怪我をしたのか？　どこだ？」

「トニは腕、それから――」

「そうじゃない、その場所はどこだと訊いてる。いまどこにいる？　どこで事故に遭った？」

「えっと、カジノからの帰り道、ドン・シンダーに道路から車ごと突き落とされたの。郡道六五号線の、古いミラー屋敷をちょっと過ぎて、道路が下り坂になってるあたり。それでね、わたしたちの車は水路まで転がり落ちて、それから……まあ、要するに撃っちゃったわけ」

「いまなんて言った？」保安官はきんきんした声で訊いた。「撃っちゃっただと？　誰か撃たれたのか？　誰が撃たれた？　シンダーか？」

「いいから、こっちに来てよ、ね？　できるだけ早く。それと救急車を一台要請して」

スザンヌは電話を切った。保安官にはここで自分の目で見てもらったほうがいい。

いま一度、トニとジェイクス師の様子を確認してから、サムの番号にかけた。彼が電話口に出るまで、体を温めようとぴょんぴょん跳ねて待った。運よく、サムは携帯電話を手もとに置いていて、すぐに出てくれた。

「スザンヌ？」

「サム！」彼の声を聞いたとたん、スザンヌはあやうく泣きそうになった。

サムは即座にぴんときた。「スイートハート、なにがあった？」

どこから話しはじめればいいの？「いろいろよ」スザンヌは震える声で言った。「まずわたしたちが乗った車が事故に遭って、そのあとジェイクス牧師さまが怪我をして、それからドン・シンダーがわたしたちを殺そうとしたの。それと、トニは腕の骨が折れてるみたい」

スザンヌは声をあげて泣きはじめた。「いま病院にいるの？　まだERの仕事中？」

「いや。信じてもらえないだろうけど、いまぼくは救急車の助手席に乗ってる。サイレンを派手に鳴らしながらきみのもとに向かっているところだよ！」

「でも……どうして？　どうやって？」サムが自分たちの事故現場に向かっていると聞いて、スザンヌはわけがわからなくなった。

「病院のほうが忙しくなかったものだから、保安官が救急車を要請する電話をかけてきたとき、同行しようと思いたったんだ。なにか力になれるかもしれないと思ってね。よかったよ。まさか、怪我をしたのがきみだったとはね！」

「急を要するのはトニとジェイクス師よ。でもお願いだから、早く来て、サム。どうか急いで」

「ハンドルを握っているディック・スパロウは、滑りやすい道を時速六十マイルにまであげているよ。できるだけ早く行く」

スザンヌの頰を涙がこぼれ落ち、彼女は雪の上にぺたっとすわりこんだ。

「もうちょっと電話を切らないでいてもいい？　あなたが到着するまで」

「もちろんだ。ぼくはいつだってきみのそばにいるよ」それからサムは、気づかう恋人モードからERの医師モードに切り替わった。「でもいまの様子を話してほしい。声からするときみは頭ははっきりしているし正気のようだが、呼吸は正常かい？」

「だと思う」スザンヌは大きなしゃっくりをした。

「トニはどう？」

「彼女はあまりいい状態じゃないわ。体を前後に揺すって、腕をかばってる」

「腕が折れちゃったんだよ」トニが苦しげに訴えた。

「彼女によれば腕の骨が折れたらしいわ」スザンヌは言った。「わたしもそう思う」

「できるだけ暖かくしてあげて」サムは言った。「ジェイクス師も負傷したという話だったね。コートか毛布があるなら、それを体にきっちり巻いてやってくれ。ふたりともだよ。それと、ふたりが眠らないようしっかり見ていてほしい。がんばってしゃべらせるんだ」

「ジェイクス牧師さまはたまたま車で通りかかって、わたしたちを助けようとしてくれたのに、ドン・シンダーに頭を殴られて、気を失ってしまったのよ」

「脳震盪《のうしんとう》だな」サムは言った。「しつこいようだけど、ジェイクス師もできるだけ寒くないようにしてやってほしい。でも、動かさないようにするんだよ。ぼくが確認するまでは、脳にダメージをあたえる可能性のあることはしてほしくない」

「それでね、わたし……それでわたし……」スザンヌはそこそこ冷静をたもってきたものの、ここへきて涙が本格的にあふれてきた。

「がんばるんだ、スイートハート」サムは言った。「気をたしかに持って」

「そうじゃないの。なにがあったか、あなたに話さないと」

「もう話してくれたじゃないか」

「あれで終わりじゃないの。わたし……わたし人を撃ってしまった」そう言って盛大に洟をすすった。「ううん、人じゃないわね。ドン・シンダーよ。でも、あの人がタイヤレバーで殴りかかってきたせいよ」

「なんてことだ」いま聞いたことがまったく信じられないというように、サムの声が小さくなった。「本当に彼を撃ったのかい？」

「シンダーさんはわたしたちを追いかけてきたの。ほんのちょっとの差で、わたしたちは死ぬまで殴られていたかもしれない……殺されていたかもしれないの」

「スザンヌ、ぼくは……」サムの声は喉に詰まって出てこなかった。なにを言えばいいかわからなかったのだ。

「いいの」スザンヌはその声にショックと信じがたい思いを聞き取った。「もう電話を切って、トニとジェイクス牧師さまの様子を見たほうがよさそう」

スザンヌは木々を吹き抜ける風の音に耳を傾けながら、暗い夜の静けさのなかにすわっていた。サムの声からすると彼女の話に心臓がとまるほどのショックを受けているようだった。ドン・シンダーを撃ったと告白したせいで怒っているだろうか？　そうでないといいけれど。しかし、心の奥底では、そうではないかと不安だった。

29

「来てくれるんですか？」ジェイクス師の声がした。

「保安官と救急車が？」

「いま向かっているところです」スザンヌは答えた。

ジェイクス師はうんうんうめきながら、どうにかこうにか起きあがった。

「起きあがらないほうがいいですよ」スザンヌは言った。「サムが、脳震盪を起こしたのではと心配していましたから」

「たしかに目から火が出るような感じはしました」ジェイクス師は言った。

「気を失うおそれはなさそうですか？」声がとても弱々しくて、心配だ。

「それはありません。少しよろよろしてはいますが、でも……」ジェイクス師はそろそろと腰をあげて立ちあがろうとした。最初はうまくいかなかった。「だめか」彼はふたたび雪のうえにへなへなと腰をついた。

スザンヌはすかさず、そばに寄り添った。「立ちあがっても本当に大丈夫なんですか？」

「問題ないでしょう。ちょっと驚いただけです」ジェイクス師はふたたび立ちあがりはじめ、今度は無事に立てた。「だが、あそこにいるあなたのご友人は……」ジェイクス師はトニのほうに頭を傾けた。彼女は地面にすわりこみ、体を前後に揺らしていた。「重傷を負っているようですね」

トニはその声を聞いて顔をあげた。「腕の骨が折れちゃったみたいなんだ」

ジェイクス師は着ているパーカのファスナーをおろして脱いだ。

「いけません」スザンヌは言った。「ちゃんと暖かくしていないと」

「あなたのご友人こそこれが必要でしょう」ジェイクス師はパーカをトニの肩にかけてやった。

「ありがとう」トニは言うと、体に巻きつけた。

「さて、ここから出ないと」ジェイクス師は言った。

「ここで待っていなくていいんですか?」スザンヌは訊いた。

「道路まで戻れば、トニをわたしの車に乗せて寒くないようにしてやれますから」ジェイクス師は言った。「わたしたちも、ですが」彼はしゃがんでトニを抱き寄せた。「こうすると痛みますか?」

「そんなでもない」

ジェイクス師は彼女をやすやすと抱きあげ、しっかりと抱えた。

「これはどうですか、トニ?」

トニは気持ちよさそうに牧師の胸に身をもたせかけた。「大丈夫」

「しっかりつかまっていてくださいよ」ジェイクス師はトニの体を右胸のところで抱え、スザンヌのほうに左手をのばした。「行きますよ、スザンヌ。一緒にこの斜面をのぼりましょう」

三人はのぼりはじめた。トニを抱きかかえたジェイクス師が先導し、さきほど転がり落ちた急坂をせっせとのぼった。スザンヌが足を滑らすたび、ジェイクス師が引っ張りあげてくれた。

「すみません」土手を半分ほどのぼったところでスザンヌは言った。

ジェイクス師は彼女を振り返った。「なにがですか?」

「牧師さまが殺人事件に関与していると疑ったりして。それに、ずいぶんと失礼な態度を取ってしまいました。ひどい人間だとお思いでしょう」

「そんなふうには思ってませんよ」ジェイクス師はスザンヌの手を握る手に力をこめ、数インチ引っ張りあげた。「それどころか、いろいろ考え合わせると、あなたは驚くほど勇敢な人だと思います。面倒なことに巻きこまれたときには、あなたを味方につけたいですね」

十分後、三人はヒーターを最強にしたジェイクス師の車のなかにいた。

「ここのほうがずっといいや」トニが言った。彼女はジェイクス師のパーカにくるまれたまま、後部座席に寝かされていた。体の震えはとまっていて、一度など心からほほえみもした。

最初に到着したのはドゥーギー保安官だった。彼は車を急停止させると、片手に毛布、もう片方の手に拳銃を持ってパトカーから飛び出した。スザンヌはジェイクス師の車を降り、保安官のもとに行った。「無事か、スザンヌ」保安官は彼女が駆け寄ってくるのを見て大声で呼びかけた。「怪我はないか？」

「ないわ。でも、ドン・シンダーがこの谷底で倒れてる」

「あんたが撃ったからだな？」保安官の顔色は冴えなかった。

「あの人はアラン・シャープさんとテディ・ハードウィックさんを殺したと告白したの。それからタイヤレバーでわたしたちを殴ろうとした」

保安官は唖然とした。「スザンヌ！　いまの話は本当なのか？」

「ええ、本当。たまたま通りかかったジェイクス牧師さまが、わたしたちの車が水路に転落していくのを目撃したの。そして助けようとしてくれたのに、シンダーに頭を殴られてしまって」

「ちょっと待ってくれ。最初から話してもらったほうがよさそうだ」保安官は銃をホルスターにおさめ、毛布をスザンヌに渡した。「起こったことをひとつ残らず話してほしい。わかるように順序立てて頼む」

「わかった。救急車が到着したらすぐ……」スザンヌは顔を傾けた。甲高い音がかすかながら風に乗って聞こえてくる。「待って、サイレンの音が聞こえるわ」

一分後、救急車が横滑りするようにしてとまった。救急隊員のディック・スパロウが飛び降り、ジェイクス師の車に駆け寄った。サムも飛び降りると、スザンヌに向かって走った。

「大丈夫？」サムはスザンヌに訊いた。保安官の存在は完全に無視された。

スザンヌはサムの胸に頭を預け、二秒間、その腕に抱かれていた。それから身を離した。

「わたしはなんともない。でもトニを診てあげて。それとジェイクス牧師さまの様子もたしかめて」

「でもきみは……？」サムは言いかけた。

けれどもスザンヌは手を振って最後まで言わせなかった。

「わたしは大丈夫。さあ、行って」

ディック・スパロウとサムとでトニを救急車に乗せ、スパロウがトニの腕にエアスプリントを装着して患部を固定した。サムはジェイクス師に脳震盪かどうかの簡単なチェックをおこなってから言った。「問題なさそうですが、救急車に乗っていただいたほうがいいでしょう。今夜は入院してもらうことになります」

「そこまでしなくても――」ジェイクス師は言いかけた。

「いまのは提案ではありません。医師の指示です」

そこでジェイクス師は救急車に乗りこみ、あとにはサムとスザンヌと保安官が残った。

「ドン・シンダーはどうなんだ？」保安官が訊いた。

「どうなんだとは？」サムは訊いた。

あらたなサイレンが遠くからウーウー聞こえ、保安官は少し待った。タイヤがアスファルトをこする派手な音とともに、二台めのパトカーが滑るようにしてとまった。「ドリスコルか」保安官は声をかけた。それからサムに注意を戻した。「シンダーが頭に弾をくらって水路の底で倒れているそうだ」保安官は怒ると同時に怯えてもいた。「そこにいるあんたの婚約者が射殺した」

「彼女は正当防衛で撃っただけだ」サムは言い返した。

「シンダーは死んでないわ」スザンヌは言った。

保安官はうしろに反り返った。目玉がほとんど飛び出しそうになっている。

「死んでないだと？」

「撃ったのはネイルガンだもの」

「はああ？」保安官は中身が耳から飛び出さんばかりに、両手で頭を押さえた。

「撃ったのは二回よ。それぞれの肩に一発ずつ」スザンヌは言った。「だって、なんとかしてとめなくちゃならなかったんだもの。シンダーはジェイクス師の頭を殴り、そのあとわたしとトニがいるほうに近づいてきた」スザンヌはすすり泣きが洩れそうになるのをどうにかこらえた。「わたしたちを殺そうとしたの」

「それじゃ、あいつは死んでいないんだね？」

「葬儀屋はいらないんだな？」と保安官。

「ええ、もちろん。数分前、置き去りにしてきたときはわめき散らしたり、毒づいたりしていた。いくらなんでも、まだ凍死はしてないはずよ」

「ネイルガンを打ちこまれたとなると、回旋筋腱板を損傷しているだろうな」

スザンヌは肩をすくめた。「気の毒だこと」

保安官がドリスコル助手を手招きで呼び寄せた。「ドリスコル、救急車からバックボードを取ってきてくれ。ふたりでシンダーの野郎を回収しにいくぞ」保安官は言葉を切り、あらためてスザンヌを見つめた。「ネイルガンだと？」

「ほら、屋根職人が釘を屋根板に打ちつけるときに使うでしょ」スザンヌは両手を組み合わせ、撃つまねをした。「ジュニアのものを使ったの。トレーラー火災のときに回収した工具を、車の後部座席に詰めこまれちゃって」

保安官はまた首を横に振り、ひとりぶつぶつぶやきながら、ドリスコル助手とともに道路の際まで歩いていき、雪の積もった土手をおりはじめた。

サムの顔にかすかな笑みが浮かんだ。「じゃあ、本物の銃じゃなかったわけだ」サムは頬をぷっとふくらませ、息を吐き出した。「きみがルガーかシグ・ザウエルをかまえている姿を思い描いていたよ。唇をすぼめ、銃口からのぼる硝煙をふっと吹き飛ばすところも」

スザンヌはサムに身を寄せ、彼のぬくもりを感じ、ちくちくする顎の無精ひげが額にあたる感触を楽しんだ。「わたしはべつに銃が好きなわけじゃないのよ」

「安心したよ」サムは言った。「ずっとそうであってほしい。ところで、すべてはドン・シンダーの仕業だったわけだ。町長でもジェイクス師でもアンバーという娘でもなかった」

「しかもなんと、シンダーはシャープさんとハードウィックさんを殺したことを本当に認めたの。さも自慢そうに語ったわ。わたしとトニを殺そうとする前に」

「おそろしい話だ」

「まったくだわ」スザンヌは顔を仰向け、サムに向かってはにかんだようにほほえんだ。「でも、悲惨な事件が終わってほっとした。そして、あなたに心配と気苦労をかけてしまって、ごめんなさい。わたしのこと、あまり怒ってないといいんだけど……」そこで言葉が喉の奥に詰まって出てこなくなった。「そして、いまも結婚するつもりに変わりはないといいんだけど」

サムは彼女を見おろした。「スザンヌ、きみほど心配な気持ちにさせられる相手ははじめてだよ。でも……」

「でも……？」

サムは彼女を強く抱き寄せた。「でも、そんなびくびくものの一瞬一瞬をきみと過ごしていきたい気持ちに変わりはない」

サムの抱擁に押しつぶされそうになりながら、スザンヌはほほえんだ。とりあえず、世界は平和になった。これ以上のぞめないほど平和に。

ハラペーニョ風味の
グリルドチキンのサンドイッチ

【用意するもの】4個分

ハラペーニョ・ジェリー……¼カップ

リンゴ酢……¼カップ

塩……小さじ½

タバスコ……小さじ½

鶏胸肉(骨なし)…… 4枚

ハンバーガー用バンズ…… 4個

レタスとトマト……適宜

【作り方】

1. 小鍋にハラペーニョ・ジェリーを入れて中火で溶かし、リンゴ酢、塩、タバスコをくわえて混ぜる。
2. レタスはちぎり、トマトは薄切りにする。
3. 鶏胸肉を片面につき5分ずつ、グリルするかフライパンで焼く。その際、1のソースをかけながら焼く。
4. 鶏肉が焼けたら、レタスとトマトと一緒にバンズにはさむ。

※1カップは米国の1カップ(約240ml)

スザンヌ特製
カニたっぷりのクラブケーキ

【用意するもの】4個分
カニ肉……約450g
卵…… 2個
マヨネーズ……大さじ3
マスタード……大さじ3
食パン…… 4枚
ウスターソース……大さじ1
ベーキングパウダー……小さじ1

【作り方】
1. 食パンはさいの目に刻む。
2. 材料をすべてボウルに入れて混ぜ、4等分してケーキの形にまとめる。
3. フライパンでバターまたは油(分量外)を熱し、1のクラブケーキを片面5分ずつ、全体がキツネ色になるまで焼く。
4. 前菜、またはメインディッシュのつけ合わせとして出す。

教会の地下のお葬式クッキー

【用意するもの】15～18個分
溶かしバター……⅓カップ
砕いたグラハムクラッカー……1½カップ
ココナッツフレーク……1カップ
ナツメヤシ(刻む)……1カップ
サクランボの砂糖漬け(刻む)……1カップ
パイナップルの砂糖漬け(刻む)……1カップ
ペカンナッツ(刻む)……1カップ
コンデンスミルク……1缶

【作り方】

1. オーブンを160℃にあたためておく。
2. ボウルに溶かしバターと砕いたグラハムクラッカーを入れて混ぜ合わせる。
3. 2を23cm×33cmの焼き型に敷きつめ、その上にココナッツフレークを散らし、ナツメヤシ、サクランボ、パイナップル、ペカンナッツも同様に散らす。
4. 3の上からコンデンスミルクをまんべんなくかけ、オーブンで20分焼く。

冬のサラダ

【用意するもの】4皿分
レッドリーフレタス(大)…… 1個
バルサミコ酢……大さじ2
ディジョンマスタード……小さじ1
海塩……小さじ½
オリーブオイル……½カップ
リンゴ(大)…… 1個
クルミ……½カップ
ドライクランベリー……½カップ
フェタチーズまたはゴートチーズ……½カップ

【作り方】
1. レタスは食べやすい大きさに刻むかちぎる。リンゴとクルミは刻み、チーズはくずしておく。
2. サラダボウルにレタスを敷く。
3. ミキサーにバルサミコ酢、マスタード、海塩を入れて10秒、低速で攪拌する。さらに低速で攪拌させながら、オリーブオイルをゆっくりとたらしていき、ドレッシングを作る。
4. 3のドレッシングを2の上からかけてよくあえる。そこへリンゴ、クルミ、クランベリー、チーズをくわえ、さらによくあえる。(付記：メインディッシュとして出すときはサラダの上にグリルした鶏胸肉をのせる)

エルヴィスのフレンチトースト

【用意するもの】4人分
熟したバナナ……2本
ピーナツバター……2カップ
蜂蜜……大さじ4
ナツメグ……小さじ½
食パン……8枚
卵……2個
ハーフ&ハーフクリーム……½カップ
バター……⅓カップ
シロップ
粉糖

【作り方】
1. バナナはつぶして、ピーナツバター、蜂蜜、ナツメグとよく混ぜる。
2. 1を食パン4枚に塗り、残りの4枚ではさんでサンドイッチを4つ作る。それぞれ4つの三角形ができるように切る。
3. 卵とハーフ&ハーフクリームを混ぜる。
4. フライパンにバターを入れて溶かす。
5. 2をひとつずつ3の卵液にひたし、フライパンで焼く。片側がキツネ色に焼けたらひっくり返す(焼く時間は片面につき1分くらい)。
6. 皿に盛り、シロップを添え、粉糖をかける。

朝食用のブリトー

【用意するもの】6個分
缶詰のベイクドビーンズまたは
リフライドビーンズ(456g入り)……1缶
卵……6個
塩、コショウ……適宜
バター……大さじ2
ベーコン……6枚
グリーンオニオン(みじん切り)……⅓カップ
小麦粉のトルティーヤ(直径15～20cmのもの)……6枚
シュレッドしたチェダーチーズ……½カップ
サルサソース
サワークリーム(お好みで)

【作り方】
1. ベーコンは焼いて小さくちぎっておく。トルティーヤは温めておく。
2. 小さなソースパンに豆の缶詰をあけ、充分に火をとおす。
3. 中くらいのボウルに卵を割り入れ、塩・コショウしてほぐす。
4. 直径25cmのフライパンにバターを入れ、中火で溶かす。
5. 4に3の卵液を流し入れ、ちぎったベーコンと玉ネギのみじん切りを散らし、ときどき混ぜながら、卵がふんわりするよう火をとおす。
6. 5を6等分してトルティーヤにのせ、さらにその上から6等分した豆をのせ、最後にチーズを6等分してのせる。
7. 両端を折ってからくるくるっと巻く。サルサソースやサワークリームを添えて出す。

カボチャの朝食用キャセロール

【用意するもの】6人分
食パン…… 10枚
缶詰のカボチャのピューレ(約400g入り)…… 1缶
卵…… 6個
牛乳…… 1カップ
エバミルク(約140g入り)…… 1缶
砂糖……⅔カップ
シナモン……小さじ1
ナツメグ……小さじ½
バニラエクストラクト……小さじ1
塩……小さじ⅛

【作り方】
1. 食パンはさいの目切りにする。卵は割りほぐしておく。
2. 23cm×33cmの焼き皿に薄く油を引き、そこにさいの目切りにした食パンを並べる。
3. 大きなボウルでカボチャのピューレ、割りほぐした卵、牛乳、エバミルク、砂糖、シナモン、ナツメグ、バニラエクストラクト、塩を混ぜ、それを2の上に流し入れる。
4. 3をラップで覆い、冷蔵庫でひと晩置く。
5. 翌日、オーブンを175℃に温め、4のラップをはずして45分焼く。中央に竹ぐしを刺してなにもついてこなければ焼きあがり。

ドゥーギー保安官特製
三匹の子豚のホーギーロールサンド

【用意するもの】巨大サンドイッチ1個分

ホーギーロール…… 1本

ソーセージ…… 3本

ハッシュブラウン

目玉焼き

【作り方】

1. ホーギーロールは横にスライスして内側にバターを塗る。

2. 1に焼いたソーセージ、ハッシュブラウン、目玉焼きをはさんでめしあがれ！

訳者あとがき

〈卵料理のカフェ〉シリーズ第八作、『気むずかし屋にはクッキーを』をお届けします。前作『とろとろチーズ工房の目撃者』の刊行から二年近くもあいてしまいましたが、物語のなかでは一カ月半ほどしか経過していません。今回はクリスマス間近の雪深いキンドレッドが舞台です。

物語は舞台稽古のシーンから始まります。演目は『クリスマス・キャロル』。チャールズ・ディケンズが一八四三年に発表した有名なクリスマス・ストーリーです。舞台監督こそプロであるテディ・ハードウィックがつとめるものの、役者も含め関係者はすべて一般のキンドレッド住民。つまりアマチュアのお芝居です。カックルベリー・クラブのスザンヌとトニも、店の飾りつけの仕事をサボって、裏方として緞帳や照明やスモークマシンの操作を担当しています。

そんななか、とんでもない事件が起こります。第二幕の終盤、舞台では主役であるスクルージを演じるアラン・シャープが書き物机に向かっています。そこへ、灰緑色の衣装にすっぽり身を包んだ幽霊が登場し、スクルージに近寄ります。幽霊が退場したあともスクルージ役のシャープは机に突っ伏したまま動かず、不審に思ったスザンヌが近づいてみると、すでに事切れていました。幽霊に扮した人物が殺したのです。出演者や関係者が息をつめて見守るなかでの大胆な犯行でしたが、迫真の演技に魅了されていたのと、幽霊の衣装が顔や体つきをわかりにくくしていたため、具体的な犯人像が得られません。

アラン・シャープは過去の作品に何度か登場していますが、弁護士でありながら、よからぬ取引にくわわったり、リベートを受け取ったりと、あまりいいイメージのない人です。本書でもスザンヌが〝シャープを亡き者にしようとした人がいままでいなかったことのほうが驚きだ〟と心のなかでつぶやくシーンがありますが、そのくらい町の嫌われ者でした。それでも命を奪われていいわけがありません。

ドゥーギー保安官が疑いの目を向けたのは、アンバー・ペイソンという若い女性でした。アンバーはシャープのもとで働いていたのですが、彼のセクハラに耐えきれず数カ月で辞めてしまいました。アンバーがシャープを憎んでいるという匿名情報がきっかけで容疑者として浮上したのです。アンバーをよく知るミッシー・ラングストンから頼みこまれ、スザンヌは彼女の力になると約束し、独自に調べはじめるのですが……。

物語のなかの季節がクリスマスということで、赤と緑の飾りつけをされた町やカックルベリー・クラブの店内の模様が事件の捜査と並行して描かれ、クリスマスらしさにあふれた内容になっています。しかも、事件が起きるのは『クリスマス・キャロル』の舞台稽古のさなか。ローラさんのこだわりが感じられますね。

ディケンズの『クリスマス・キャロル』は一八四三年に発表されてから百九十年近くになりますが、いまでも多くの人に読まれていますし、何度も映画化され、舞台でも演じられている名作です。主人公のエベニーザ・スクルージは貸金業を営んでいますが、大金持ちなのにみんなから嫌われています。そんなスクルージのもとに、七年前に亡くなったかつての相棒の霊が現われ……というお話です。博愛の精神を訴えるこの作品は、現代のわたしたちが読んでも充分楽しめる内容です。この本ではじめて知ったという方はぜひ読んでみてくださいね。

また、カックルベリー・クラブで開催しているトイ・ドライブもクリスマスならではと言えます。これは本書のなかでスザンヌが説明していますが、恵まれない子どもたちにプレゼントするおもちゃを集める運動です。一年を締めくくる祝祭の時期に恵まれない人々に援助の手を差しのべる。そんな精神がしっかり描かれていてうれしく思います。

最後に次作のご紹介……といきたいところですが、いまのところ *Battered Eggs* というタイトルで二〇二〇年十二月に刊行されるという情報があるのみです。スザンヌとサムの結婚はどうなるのか。今回初登場となった人物は今後も登場するのか。気になることはいろいろありますが、しばらくはお預けのようです。

二〇一九年五月

コージーブックス

卵料理《たまごりょうり》のカフェ⑧

気《き》むずかし屋《や》にはクッキーを

著者　ローラ・チャイルズ

訳者　東野《ひがしの》さやか

2019年5月20日　初版第1刷発行

発行人　成瀬雅人

発行所　株式会社　原書房

〒160-0022 東京都新宿区新宿1-25-13

電話・代表　03-3354-0685

振替・00150-6-151594

http://www.harashobo.co.jp

ブックデザイン　atmosphere ltd.

印刷所　中央精版印刷株式会社

落丁・乱丁本はお取り替えいたします。

定価は、カバーに表示してあります。

 ISBN978-4-562-06094-8 Printed in Japan